The Guide to the Coming Days

未來生活指南

Yoav Blum

約夫・布盧姆 著

吳宗璘 譯

獻給西格爾·普克金
愛強尼·戴普的捲髮女孩

1

首先，讓我們先建立一點信任感。

你躺在床上，依然衣裝完整，至少，你脫掉鞋子了，這一點的確值得讚美。

你一手拿書懸空閱讀，另一手枕住頭，現在，你開始覺得不對勁。

好，你起疑也情有可原，但你應該得多看個幾行再說。

你的床被是奶白色，對面的牆上貼了張令人尷尬到不行的俗氣日落照。床邊桌上頭有個從來沒使用過的閱讀燈，它滋滋作響讓你抓狂。你也想要扔掉那張照片，I hear you 我聽到了，我也受不了。你簡直就像是睡在飯店房間裡一樣，應該要想辦法弄出一些更獨特的東西才是。

你是一時衝動買下這本書，就在一個小時前，主因是你的名字出現在封底。你覺得這是奇怪的巧合。不是，真的沒在跟你開玩笑：這本書是為你而生，你應該要把這一點謹記在心。

領悟到這本書是為你而生，將是你在接下來這幾天能否存活的關鍵。

你的包包——重得要命，裡頭的東西雜亂無序，塞滿了從網頁列印下來的不必要紙張，以及沒有人會看的書（嚴格來說，是除了你之外沒人會看）——正躺在你家大門口，你一進來就擱在那裡。

把它留在那裡真的是不用大腦。當有人闖進你家的時候，這事等一下就會發生了——我看看——十一分鐘之後吧，你絕對不會希望他們一進來就立刻找到自己想要的東西，這一點你很外行。

對了，把吃過的口香糖黏在你包包的側袋，不是很符合你的風格。我知道，你忘了，但它就是黏在那裡，好噁心。

不，現在千萬不能停止閱讀！

你現在已經撐起手肘，下一個動作就是把書擱在旁邊，起身去洗臉，千萬不要那麼做。

我知道接下來發生的事很惱人，但你務必要相信我跟你站在一起。

你叫班恩，三十歲，在某間地方報擔任潤稿者，為內容添加資訊——你自己平常不太看那份報紙。你知道自己的腦袋裡總是泡著一堆無關緊要的內容，對吧。但我們現在要管的不是那個，現在有更緊急的狀況。

你覺得自己有點軟弱，我知道。我從來沒有那種感覺，但我可以想像得出來，驚覺正在閱讀的這本書其實是在與你自己的思緒進行沉默對話，想必是令你有些不安。

努力吸氣，從鼻腔吸一大口氣，然後從嘴巴緩緩吐出來。

我說從嘴巴！

很好。

你知道嗎？先休息一下，我相信你。

先把書放在一旁的床上，將注意力轉移到你的吐納，放鬆。

好，現在你就算起身去洗臉也不成問題。

但一定要回來，你必須要繼續讀下去。

嗯，是不是好多了？

很好。

所以，就是這樣：我要你起身，然後——慢慢的，不要驚慌——走到窗前。要挨在窗戶側面，這樣才不會有人看到你。

稍微拉開一點窗簾，偷看街上的動靜，找出那個身穿黑外套、戴海軍藍棒球帽的男子。

他躲在路邊，但他正緊盯你的窗戶，所以千萬不要讓他看到你，然後，回來找我。

不錯，你回來了。

對了，我的天啊，那窗簾居然積了那麼多灰塵，真驚人，但我們等一下再處理這問題。

我想，你看到他了。

好，現在你要加快速度，再過幾分鐘，他就會不耐守候，準備朝你家的方向前進。他會慢慢爬上階梯，甚至有人會形容為從容不迫的步伐，然後，按你家的電鈴。要是你不開的話，他會堅持敲好幾次的門，之後就是硬闖進來東翻西找。

哦哦，不是那種一般的翻找，不會出現客廳的抽屜全部被清空、浴缸裡都是枕頭羽毛的畫面，那不是他的行事手法。

他不是你想像的那種一般竊賊。他會翻遍公寓的每一個角落，但等到你回來的時候，就連一枚指紋也找不到。

明白吧，你手中握有某項極其特殊的物品，是某一小撮人的垂涎目標。

現在，那東西就放在你包包裡，門口旁邊。

當然，要是你直接幫他打開大門，你的處境會更加危險。他可以在心跳毫無改變的狀況下殺你滅口。你和我以鞋底踩死蟑螂的時候都會變得比較亢奮吧，回想一下你上次做出這種事的畫面，亂中有序的五分鐘，是不是？

好，與在你家外頭、即將衝進來的那男子的同類型之人，他們已經培養出一套全新的本能體系。當有東西跑進你眼內的時候，你會拚命眨眼；而當他遇到阻礙的時候，他就是敲破對方的腦袋。這是很類似的機制，但其實不一樣。

就他的觀點看來，你是障礙，當他破門而入的時候，你絕對不會想要在這裡坐以待斃。

所以，我才會出現在這裡。

仔細聽我說，或者，應該說是仔細看我的內容。

去你的書房，拿起那個放在角落的小背包。

清空裡面的所有東西。

把這本書放到包包裡，還有浴室急救箱裡的一些繃帶、牙刷，大門包包裡的那一瓶威士忌，當然，不要忘了你的錢包。

等到你全部搞定之後，趕快準備離開這地方，至少躲過今晚。不過，我的新朋友，在這個節骨眼，絕對不能從大門離開。戴棒球帽的男子馬上就會進來，恐怕你得要從窗戶逃走，不是臥室的窗戶，而是書房，對，就是那一扇窗。

別擔心，那裡有還能站人的地方，牆面有突出平台。穿上暖和的衣物，外套啊什麼的，把包包揹在後面，爬出窗外。前面的二點五公尺必須要小心翼翼，步履要呈一直線，然後你就會遇到牆面的排水管。感謝老天爺，幸好你住的是排水管線依然裸露在外的那種公寓。

慢慢爬下去——還是要小心翼翼，而且，要等到早上才能回來，或者，更好的時機是三天之後。

現在，最重要的部分來了——

不要忘了把我一起帶走。

接下來這段時間會有點瘋狂，我希望你知道只要你好好運用這本書，依靠我絕對不成問題。只要你有需要——拿起書，隨機翻開任何一頁，開始閱讀。但真正有需要的時候才能這麼做，了解嗎？

等時機到來的時候，我會告訴你該怎麼辦。

現在，趕快離開，你剩下的時間不到兩分鐘，只有一分半。

一會兒見。

2

這是間非常詭異的等候室。

他屁股下方的這塊區域，也就是帶引他進來的那個人堅持稱之為沙發的東西——對方是這麼說的：「來啊，就坐這張沙發吧，我等一下就過來」——其實是會隨著班恩的每一個動作而發出令人焦慮吱嘎聲響的某種家具，就連他深呼吸的時候也不例外。他覺得自己要是朝右方挪移個十幾公分，那麼他的背部就會舒服多了，因為那裡的內墊比較厚一點，不過他擔心這樣一來會製造出過於刺耳聲響，他可能還來不及好好解釋，就會有警衛為了保護沙發而立刻衝上來。

基本上，這裡的陳設原則就是混亂。比方說，書架吧，裡面有許多不是書籍的物品：像是燈罩，還有類似燒焦卷軸的一坨坨小物。

牆面有多道不同顏色的油漆刷痕，這裡是淡綠，那裡又是象牙白。放在兩面牆之間，拉得超緊繃的那條狹長粗毛地毯，融合了風格迴異的各種色彩，凝望一會兒之後，似乎會產生那種瘋狂嗑藥之後的迷霧殘像。此外，還有個應該原本是安放在牆面的虎頭標本，如今卻放在那條地毯上的矮桌，四周堆滿了紙牌，營造出一種強烈的意象，某頭老虎輸了撲克牌遊戲，雖然牌戲早已結束，但牠卻依然在頹喪大吼。

班恩很好奇，到底是什麼人覺得應該要在律師的等候室裡面放一顆虎頭標本，地毯也同樣令人費解，某些事物就是得要換別人的腦袋才能搞清楚是怎麼一回事。等候室的那扇窗戶，特別讓他眼睛一亮，巨大的工業風格，底下的市景一覽無遺，這麼說好了，平常他窩在特拉維夫市中心某棟大樓的十五樓，而現在的位置還多了四層樓高，面向東方，各式熱水器妝點屋頂的吉夫阿塔伊姆市景，盡收眼底。

夕陽已經西斜，漸漸沒入海平面，安裝在郊區平板屋頂的太陽能加熱器，正貪婪吸取今日最後的光束。

這應該是他幽幽漫步回家的時刻，走過辦公室孤寂與居家孤寂之間的縫線。到了這時候，班恩就能放緩思緒，專注於這種點對點移動的徐緩歷程，小心翼翼不越界。他告訴自己，倒不是因為這種儀式有多麼重要，而是讓自己保持開心，就能壓抑自己的焦慮程度。

這趟旅程通常需要三十分鐘，總步數介於三千五到四千之間。當然，這會因為天候與他的心情而產生變化。要是他煩躁不安，或遇到雨天，他行走的速度就會變快。有時候，他下班晚了，他會加大步伐，步數可能會縮到將近三千。

班恩再次檢查在兩腳之間地面的背包，是否已經放置妥當。

裡面有一大堆老早之前就該送入碎紙機的紙張，還有為了他前兩天收到的稿件進行修潤的一疊待讀書籍。在包包的更深處，耐心等待國際救援團抵達的是破爛的小型計算機、可能是天空或海洋——沒人知道到底是什麼的一塊拼圖碎片、一些口香糖包裝紙、潤喉錠、舊銅板、過期的催淚瓦斯罐、一盒包裝依然神奇地完整無缺的豆漿，此外，還有一些捲起來的雜誌，想也知道，是那種遇到攻擊時根本派不上用場的武器。

哦，還有一台超方便攜帶的筆電，裡面幾乎算是儲存了班恩的一生。他對於資料備份的重要性深信不疑，只是一直沒有找到合適時機實踐自己的信仰。

沙發旁的那道門突然開了，出現了某名女子的剪影，步伐疾快。

是一位年輕女子，一頭閃亮黑色短髮，深藍色牛仔褲，純黑襯衫。她一手拿威士忌，另一手拿了信封，隨即塞入牛仔褲屁股口袋。她如風掃過班恩與沙發的旁邊，臉部肌肉完全沒有任何動作，而就在她離開等候室準備進入外頭的世界之前，她朝他的方向瞄了一眼，嘴角附近露出七分之一的微笑，關上了門。

精靈系短髮女孩離開的那間辦公室房門後方，有顆頭探了出來，稀疏的灰色髮絲，根本蓋不住頭皮。

「史瓦茲曼先生，現在請您進來吧。」丟下這句話之後，那顆頭又縮回去了。

班恩起身離座（沙發發出了噪音，沒禮貌），拿起背包。

他拉了拉T恤的底緣，以手指梳整頭髮，倒不是因為他覺得自己要為了這場面會整理儀容，這種姿態只是稍稍減輕焦慮的某種私人準備儀式。

他不是很喜歡突如其來的面會。

他腳步猶疑，慢慢走進去。

「請進，請進，」禿頭男以手臂示意，他坐在某張有玻璃桌墊的寬型辦公桌後面，「來啊，快進來，坐這裡。」他指向辦公桌對面的某張椅子。

這間辦公室與等候室恰恰相反，一切井然有序，而且還有近乎未來主義的況味。律師背後的長型書櫃裡整齊放置了完全看不到灰塵的成排書籍，全都隱藏在奶白色玻璃後方。桌上放有一台亮白色的筆電，螢幕外殼有一個發光的被咬蘋果圖案，而旁邊是一整排標準的家族照以及一個筆筒。斯托施伯格律師自己坐在高背辦公椅裡面，而辦公桌另一頭的椅子看起來也像是那種可以安穩入坐的座椅。

地板是拼花紋路。

牆壁掛滿了律師與大官的合照，有一張是與某位頂尖模特兒的合照，她臉上掛著僵硬笑容。

空調正在頻頻送風。

班恩坐下來，把包包放在地上，開口露了一點縫，每次都這樣。他終於想起來，趕緊把手伸過桌面問好，反應已經遲了半秒，「你好。」

斯托施伯格面露燦笑，握住他軟弱無力的手，「嗨，」他說道，「謝謝你過來，我猜我打電話給你一定讓你嚇了一大跳。」

班恩聳肩，面對講話直白的人，他總是不知該如何是好。

律師雙掌貼住桌面，「好，」他的指尖開始打節拍，「狀況是這樣的。」

他把某個相框轉向，面對班恩，「你認識照片裡的這個人嗎？」

班恩湊前，把眼鏡往上推，「嗯，我想右邊那個人是你。」

「左邊的那個，要是我沒弄錯的話，是海姆．沃爾夫，照片裡的你們都比較年輕。」

斯托施伯格微笑點頭，「年輕多了，」他說道，「這是四十年前拍的照片，當時我們兩個都比較年輕，也比較帥。你能認出我們算你厲害，尤其是沃爾夫更難認。」

沃爾夫？這就是他今天來此的原因嗎？

「我與海姆．沃爾夫是在這張照片拍攝前的兩個月認識的，我可以告訴你，認識他不過才十五分鐘，我就知道我喜歡這個人。當然，他年紀比我大，約長我十五歲，但我們還是變成了好友。我們也曾經有過狂野歲月，但後來就沒有了。我們之後失聯，我完全不知道他的近況，沒想到他突然打電話給我，而那是去年的事。

「對。」

「他說他住在養老院，沒有親戚去看他，然後，我該怎麼說呢，他不是在最佳狀態。」

班恩差點脫口而出，上個禮拜他聽說海姆．沃爾夫在睡夢中過世。他很清楚，沃爾夫是他認識的老人當中，最健康最快樂的人之一。不過，他面前的這個男人滔滔不絕，班恩覺得為了說出心聲而打斷他會很尷尬。

「沃爾夫請我去養老院找他，當然，我說沒問題。很開心的一場面會，即便在多年之後，沃爾夫依然很有幽默感。我想，是因為人生體驗給了你超然的視角。反正，我們交換近況，聊了一下我生命中的那些女人，還有現在照顧他的那些護士之後，我發現沃爾夫找我去是為了寫遺囑。『你是我唯一認識的律師，』他當時是這麼說的，『你也知道我跟你的那些同業一直處不來，我需要一個我信賴的人。』

「那天晚上，我們坐下來寫遺囑。我從來沒草擬過這麼詭異的遺囑。他的所有財產——或者，至少是那些在他養老院小房間裡的那些財產——他留給了照顧他的那個團隊。只有兩個物品要交給其他人——兩瓶陳年威士忌，我想應該是與他感情不錯的人。」

他轉動椅身，指尖敲碰桌面的速度更加勤快，然後側眼瞄了班恩一眼。

「你是怎麼認識沃爾夫的？」

班恩不知道這位律師想要聽到的是哪一種版本，他最後選的是精簡版，「我常常去看他，一起坐著聊天下棋，他喜歡棋賽，尤其是贏的感覺。」

斯托施伯格點點頭，「對，他喜歡贏。」他搓揉額頭，動作就像是一個想要擺脫胡思亂想的人，「我已經將近十年沒有執業，」他說道，「我退休了，不算正式，但其實已經不碰任何業務了。我最近碰的是劇場，還玩一點室內設計，那些是我的嗜好。我的收入來自於收藏家，他們找我挖掘與評鑑珍品，這工作帶我跑遍全世界，抽佣也還不壞，比當律師好太多了。不過沃爾夫並不知道，堅持我是他唯一相信的人，要由我來處理這兩個麻煩的威士忌酒瓶。」

他低頭數秒之後，起身，走向他後方的那座牆面。就在班恩猜想等候室的裝潢設計到底是出於這名律師的哪一種新職業的時候，斯托施伯格打開了其中一面奶白色玻璃門，然後又對著與他雙眼同高的某個保險箱門口，按下了五位數的密碼。

嗶一聲，門栓整個滑開。

當這位律師（劇場人／室內設計師／藏家評鑑人）把酒瓶砰一聲放在桌面的時候，班恩嚇得往後縮了一下。

「這是格蘭菲迪，」斯托施伯格說道，「三十年的上品。」他的手指深情款款蓋住瓶彎處，「酒體濃重依然帶有果香，圓潤蜂蜜氣味，煙燻餘韻持久。」他瞄了班恩一眼，「你根本不知道我在說什麼對吧？」

「我不喝酒，」班恩回他，「我……嗯……提到酒就會詞窮。」

「沒關係，」斯托施伯格說道，「我喝多了，也不知道自己在講什麼。我從沃爾夫那裡拿到它的時候，才開始研究這瓶威士忌，所以我才會說出蜂蜜啊什麼的，但有些事就是需要你自己親身體驗。」他從抽屜裡取出兩個晶亮的酒杯，「來吧？」

班恩盯了一兩秒，然後恢復理智，「哦，不了，我不喝酒，現在不要，應該會等到特殊場合再喝。」

這位藏家評鑑人癟嘴，滿是失望，「好吧，那就算了，」他說道，「但你最好還是要知道該怎麼正確喝威士忌。」

他傾身向前，面向這個害羞的年輕人，以果決姿態伸出手指，放在桌面。

「你要給予它應得的尊重。這種液體在酒桶裡等待了三十年，三十年啊！而且那還不包括它待在瓶內的時間。甚至還有四十年與五十年的威士忌。這是一種體悟了人間事的液體，它花了這麼久的時間就只為一件事——等你品嚐。所以一開始的時候不要一口氣喝光，千萬不要一心想喝個爛醉。讓它在嘴裡待上幾秒鐘，稍稍搖轉，喝一點，這是基本的表達謝忱方式，而它會給你滿滿的回報。味道會從嗆辣轉為還不錯，從還不錯變成頗有興味，然後又從頗有興味成為一個講故事的人。

「而且，喝酒是為了鎮定心情，而不是要分心。威士忌是為了要讓你敞開心胸，與生命的本質及其角色進行對話，讓你可以一整晚靜靜凝視自己的所愛，與老友建立可以一起笑談往事的共同基礎。想要喝到爛醉如泥？那就喝伏特加。威士忌不是給新手的酒，喝它是為了清除浮動在我們周圍的那一層謊言。

「還有，最重要的是，不可以獨飲。要跟某人碰杯，男女不拘。他們喝什麼沒關係，重點是你下次喝的時候，心頭有個可以懷念的對象。」

他整個人往後一靠，頗是得意，然後又盯著班恩，流露出老人對年輕人進行開示，說出他們自己也心知肚明晚輩絕對不會遵守的建議之後的那種表情。

班恩的目光投向律師，接下來是酒瓶，最後又回到了律師身上。班恩挑眉，就快要說出「沒問題」的時候，斯托施伯格卻笑盈盈說道：「老實說，我是在某些入門書裡看到了那些話，我自己是不知道。我平常喝紅酒，但那樣的說法聽起來言之成理。」

律師離開座位，抓住酒頸，將它遞給了班恩。

班恩動作彆扭地站起來，單手接下那瓶威士忌，把它塞入擱在地上、拉鍊大敞的背包。他試了一次、兩次、三次，終於拉上了拉鍊，它吞納了一整個酒瓶，彷彿那只不過是另一本捲起的科技期刊。

他們默默握手之後，各據辦公桌兩側，站了好一會兒。

班恩不知道雙手該放哪裡才好，軟綿綿貼垂身軀，宛若煮過頭的義大利麵。他知道對方一定期待他說些什麼，不只是感謝的話，某種總結吧。也許是關於沃爾夫，還有他的遺願終於大功告成，或是在他眼前的這個男人的確如實完成了使命，為這整個場面講些冠冕堂皇的話。

他終於開口問道：「這時候『八十二巷』還有營業嗎？」

律師回他，「我不知道。」

班恩點點頭，彷彿在說「哦對啊，就是啊」，然後舉手道別，姿態少了一點應有的堅決，他迅速離開房間，從嗑藥虎頭與其同伴身旁匆匆而過。

他與大門奮戰了一會兒，好不容易才打開，雖然有種想回頭張望，知道斯托施伯格是不是一直盯著他的衝動，還是努力忍住，然後，他一口氣衝下階梯，一直到最下方才停下腳步，他這才驚覺自己得回頭，因為他居然進了地下室。

3

雖然有厚重的橡木門，但是電鈴的聲響依然傳透了整間屋子。

他耐心等待，確認監視攝影機能清楚拍到他的臉。他是家訪服打扮——穿在身上顯帥氣的黑色外套，略微發光的白色棉質襯衫，透氣度足夠，算得上體面，尺寸也夠寬鬆，遇到緊急狀況的時候能夠保持動作敏捷，訂製長褲，看起來就是昂貴的布料，光亮優雅的黑鞋，沒有戴太陽眼鏡。只要遇到家訪，他們就必須要看到雙眼。

還有其他因地制宜的項目。家訪需要短管左輪手槍、暗藏在鞋底的薄刀，還有可以兼作絞殺索的皮帶。家訪的時候，必須小心為上，他先前已經遇過多次暗殺，目的都是要滅口。衣裝保護的是名聲，其餘保護的是肉身。

他小心翼翼，維持泰然自若的站姿，右手隨性插在長褲口袋裡，左手緊抓禮物酒袋的提環，裡面放了一瓶紅酒。他知道固定流程，他得要過三關——負責監視器的菜鳥警衛、在門口審核的資深警衛，還有站崗者本人，會在收到命令之後開門。不過，他們很有效率，整個流程不會超過半分鐘。

門開了，一個幾乎只看得見下巴的臉正迅速掃視他。他已經認得那張臉，偷偷叫對方五號男。在他目前這個老闆的住家裡頭，他已經看過有七個人在不同的地方負責守衛，他們都有相同的陰沉眼神。不過，五號男有棕色雙眸，還有一道應該是起於肩頭，而袖口下方可見圖案收尾的刺青，想必二頭肌一定承受過相當的痛楚。

他自顧自微笑，因為他已經逐一列出了在眼前這隻大猩猩渾然不覺的狀況下，敲爛對方頭骨的必要步驟。五號男是老闆維安相關事務的少見失誤，速度與先見之明比身體強健更重要，他猜五號男之所以可以待在維安前線，應該是老闆欠了對方人情或是有什麼其他情緒盲點，但他已經被流放到管家的位置，唯一的工作就是負責開門而已。

五號男的頭微微動了一下，開門，請他入內。

不需要對話，大家都知道固定流程。講得越少，知道的就越少，就越不需要擔心自己接收到錯誤的資訊。每次家訪的時候，這些潛規則符合每一個人的最佳利益。

他迅速掃視門廳，檢查這裡是否有任何改變。右側還是同樣那一座不體面的雕像，靠近階梯的巨大盆栽也沒變，還是很潔淨的同一面鏡子，同樣的家族各代大家長照片掛在遠處，的確夠搶眼，可以炫耀過往事蹟；但也顯出它的微不足道，這些人對於當下已經沒那麼重要了。芭蕾舞者的油畫也還是掛在遠方的那面牆，沒有燈泡的枝狀吊燈依然從天花板懸垂而下，紋風不動。

每當他進入某個空間，無論是哪一個空間都一樣，他都會開始盤算遇到攻擊時有哪些選項可以作為因應之用。哪一個可以拿來當武器？哪個能夠作為防身之用？又有哪裡的空間必須妥善運用？門廳裡的一切都沒有改變，他就安心讓警戒心恢復到正常狀態。

五號男稍微比了個手勢，示意左側的某道走廊，意思就是，「這邊走，他在書房裡。」

他轉身，準備走過去。

他現在的老闆決定要把曾是夏日小屋或客房的那個地方改建為書房，想要走到那裡，必須走過一個能夠欣賞花園長型游泳池的有蓋走道。他從來沒有看過任何人在泳池裡游泳，但六號男一直都在，盯著四方動靜。

這裡明明沒有任何動靜。

他偶爾會覺得好奇，要是在那樣的團隊裡工作是什麼感覺。一大早起來，穿上單薄西裝，把手槍塞入聚酯纖維布料的長褲褲腰裡，然後坐在游泳池畔待一整天，可能長達八小時、十小時、十四小時，純粹就是要「監視」一片空無，之後回家，吃微波爐的熱餐，打開電視，然後上床睡覺。嚴格說來，過的就是一種充當別人生活之註腳的生活，有人付錢給你，為了要逼你保持緊繃的警戒狀態，駐守在四面都是牆的花園裡，但幾乎沒有任何人會穿道而過，而在你眼前的是一座自己應該從來不曾跳進去、波光粼粼的游泳池。

他沿著有蓋走道徐步前進，左邊是他老闆在諸多難以到達之地的照片：南美洲金字塔的旁邊、印度恆河的前方、商用客機駕駛座裡面，還有巴西嘉年華的喧鬧人群之中。照相時的神情——算計、冷酷、批判——從來沒有完全直視鏡頭，而細薄筆直的雙唇，幾乎完全看不到任何一絲笑意。某一兩張照片裡可以看到嘴角微微牽動了一下。要是湊前細看，很難判斷那到底是光影對臉龐搞的把戲？抑或是某種狀況觸動了他的嘲弄心情，讓他的雙唇露出一抹淡到不行的笑意？

沒有與世界領袖的合照，沒有政治人物、沒有搖滾巨星、沒有電影演員。這個老闆喜歡低調，沒有人會想要與自己不認識的人打交道。他即將見到的這男人的銀行帳戶裡總額，遠遠超過了熱愛參加好萊塢派對、被閃光燈追逐、靠金錢淹沒政客以接近權力核心的那些大咖。不，他的老闆也討厭他們。真正的大事業是在幕後完成，沒有人看到，而且是默默進行。他忙著賺錢，而不是搶曝光。

而他的右側，每相隔兩公尺，就會看到一根支撐天花板的古典希臘式廊柱，柱身之後就是橫跨整片草坪的泳池與寬闊花園，而六號男的那雙鼠眼一直緊隨著他不放。

他在忖度自己經過某根廊柱後面的時候，立刻掏槍的話會怎麼樣，他很清楚要是自己真的動手，六號男沒有時間做出反應。

書房是花園遠方那一頭的巨大建物。

要是換作不同的地點，裡面是不同的住客，那麼，它看起來也許會像是個位於美麗森林深處的遊憩小木屋，只要對於無窗之設計視而不見就是了。

他舉拳捶門，一次、兩次，又繼續敲。

他聽到裡面傳出聲音，「進來吧。」

他打開門，進去了。

書房裡面，更令人嘆為觀止。

整個空間又大又長，完全是木造，還有蓋滿整面牆壁的長型櫃架。其中一面牆擺滿了書，披蓋了一層高雅知識分子的濃重氛圍，對面的那面牆放的不是書，而是酒瓶，各式各樣的紅酒、威士忌、萊姆酒、少見的各式懷舊啤酒，甚至還有紀念款的伏特加。對面的書全都緊緊依偎在一起，但這邊不一樣，酒瓶排得鬆散，還有的地方露出了令人尷尬的光禿櫃面。某些酒瓶全滿，還有些則是剩下一半左右。

遠方有一張放置了閱讀燈的大型原木書桌，上頭是轉速悠緩的金屬吊扇。靠近門的地方有張沙發，一旁是矮桌，上面放了三本書，還有一個小小的大理石菸灰缸。

坐在沙發上的那名男子——目光依然沒望向門口或走入的人——就是他現在的老闆，他身穿深紅色吸菸袍，拿著粗肥的雪茄在吞雲吐霧。

此人四肢粗壯，手指頭的直徑就像是便宜熱狗一樣粗大，下巴鬆垂，脖子懸晃著一坨肥肉，邊緣上翹的黑眉毛讓本來就小的眼睛更顯迷你，造成他的臉成為萬年不變的微怒神情。稀薄黑髮仔細分梳蓋住頭皮。乍看之下，可能覺得這號人物有喜感，不過，只要與他在同一個空間共處個兩分鐘，從他的流暢手勢、睥視目光，還有長篇大論，就可以看出他散發出一種等待爆發與摧毀的生猛力道，要是他的意志夠強大，就會把你碾碎，因為他具有一種汲取自身元氣的力量來源，宛若是一具有人體外型的永久運動機器。

他站在那裡，等待沙發上的那男人開口。

他不喜歡這間書房，沒有窗戶，只有一扇門，如果想要逃跑的話，一開始就處於劣勢。而且，這沙發太笨重，也沒辦法拿來當武器，而原木書桌被定拴在地面，造成狀況更是棘手。

更雪上加霜的是，這地方充滿了某種令人窒息的痛苦躁動感，彷彿已經吸收了主人的特質。他覺得搞不好要是自己在這裡動了什麼歪腦筋，這地方會看穿他的心思，牆壁會朝他聚攏而來，壓碎他，然後——就像是食蟲植物消化完蒼蠅一樣——壁面又會再次舒展，巨大的吊扇會灌入新鮮空氣，就算還有他的殘味，也會被清除得一乾二淨。

「你提早完成了，」沙發上的那個男人說道，「你本來估計是最少兩個月。」

他說道：「這計畫比我想像中的簡單，他們的保護並不是很周全。」

「我看到了新聞報導，看來他們並不知道你是怎麼進去的。」

「我不確定他們是否知道，但在目前這個階段，他們並沒有積極追查我的下落。」

這個大富翁的目光終於投向他，但臉上依然沒有任何表情，「你這次摻入的是什麼？裡面包括了哪些東西？」

他從酒袋裡取出那瓶酒，放在矮桌上頭，就在菸灰缸的旁邊。

「這次包括了前置計畫，」他說道，「闖入博物館，搶劫，之後的連續三天搜索。還有一小段追捕過程，長達好幾個小時。」

穿絲袍的男人輕輕把雪茄放在菸灰缸裡面，拿起了那瓶紅酒，在自己的面前晃了幾下，緊盯不放，然後朗聲宣布，「是卡本內蘇維翁。」

「對，這是美國變種特別款，還混了卡本內弗朗。這種組合可以讓前置的徐緩感、實踐計畫的細節，以及搶劫之後的追捕刺激感得以兼容並蓄。」

對方挑動黑眉，「你到底是怎麼逃脫的？」

他沉默不語。

沙發上的那個男人點點頭，表示讚賞，「當然，當然，不能爆雷，」他說道，「還有，為什麼是鑽石？我們當時討論過小雕像也是可以，對吧？我想你一定辦得到。」

「鑽石，」他說道，「比較有挑戰性。」

「後來你怎麼處理？」

「等到我確定他們不再追查我的行蹤之後，我把它寄還給博物館。」

雇主又抽了一口雪茄，「你花了一個半月的時間籌畫闖進博物館，達成任務，偷走荷蘭皇室的某顆兩千五百克拉鑽石，躲避了警察，然後又把它還給博物館？」

「掛號信。」

「你是寄掛號？」

「鑽石不是我的目標。留著它沒必要，而且太危險了。他們失而復得之後，將會大幅縮減那些拿來追捕我的資源。」

「好，很好，專業。我喜歡，我喜歡你這傢伙。」

「謝謝您。」

「我有一個新任務要交給你。」

「我洗耳恭聽。」

吸菸袍先生往後一靠，坐進沙發內，衣裳發出微聲。

「記得去年帶給我的那一瓶梅洛？」

「蒙地卡羅的那一個？」

「對。」

「我記得。」

「我還想要一瓶那樣的東西。不只是為了我，也為了某個朋友，我們想要一起喝。」

「明白了。」朋友，對啦，好像你真有什麼朋友似的。你只是不想要顯露自己有多麼貪婪。沒關係，我懂。

「不需要太誇張。別管那些顯眼的目標，我只要普通的就好，赤裸裸的體驗。朋友，不必跑到蒙地卡羅那麼遠的地方，簡單，找個附近的地方，我覺得找個流浪漢，朝他後腦勺送顆子彈即可。」

「明白了。」

「或是絞殺也行，只要你覺得最精采的就好。」

「是，我明白。」

「重點就是你要聽我的吩咐行事，一點點的戲劇效果，一些對話，還要氣氛。我要看到他發現自己接下來會出什麼事的那種眼神……」

「沒問題，再過個兩三天，我就會送上新的梅洛。對了，一定要梅洛嗎？」

「沒有，但我覺得梅洛最棒。就我個人經驗而言，它很適合發生在遠方、令人心情激昂的暴力事件。還是有其他的偏愛酒種？」

「沒有，並沒有，真的不重要。」

對方又深吸了一口雪茄。

又一秒的空浮沉思。

「就這樣，你可以走了。卡木內的錢會在今天給你。」

「謝謝您，祝您有個順心的一天。」

他旋即轉身，離開了書房。外頭太陽已經西沉，泳池另一頭的六號男，陰沉目光一直緊追不捨。

4

凡杜爾拖著她的小購物車，輪子在墓園的鋪面步道發出轆轆聲響。

夜幕緩緩籠罩墓園，為空氣帶來了涼意，呼吸也變得稍微輕鬆多了。她剛才做出決定，要在市區進行例常活動之前，最好先來造訪墓園，她本來就把這件事記掛在心。不過，進入墓園之後，她一定是轉錯了彎，走入錯誤的步道，因為她發現自己在墓碑之間不斷穿梭，得在暮色之中瞇眼，想知道他媽的海姆．沃爾夫這次又不知道躲到哪裡去了。

最後，她循原路回去，好不容易找到正確的轉彎口，她走過去，站在通往某座小小新墳的步道盡頭。她加快腳步，小購物車在她後頭發出嗚咽，然後，她終於在那座新墓前停下腳步，氣喘吁吁。有根木棍插在墳頭，旁邊還黏了塊紙板，上面只寫了簡單的幾個字，「海姆．沃爾夫」。

已經有人在那了。

對方身材高瘦，襯衫鬆垮垮掛在身上。領口露出一截鬆軟的頸肉，脖子上方是一張佈滿皺紋的臉，微駝的背，垂喪的頭與雙眸，這一切都是假象，只有他緊抓的那根拐杖揭露了真相。

他不像一般老人在拄杖，而是截然不同的握法，彷彿像是扣住了拐杖的頭，硬是把它推入地面，固定在泥土裡，確保它不會倒翻過來。

凡杜爾問道：「赫施克，最近好嗎？」

耶許雅胡．赫施克威茲教授揚起目光，正對著她，「凡杜爾，」他露出微笑，「妳這些年跑去哪了？」

「都待在老地方，」凡杜爾說道，「你大可以過來打聲招呼啊，混蛋。」

「我很忙，妳這臭三八。」

「忙什麼？用手指檢查肛門嗎？你這個老屁股。」

「忙著搞妳媽啦，」赫施克威茲教授回嗆，「我就是在忙這個，而且搞超久。」

「你白痴。」

「妳是老太婆。」

兩人站著不動長達數分鐘之久，凝望著那座墳。

「凡杜爾，見到妳真開心。」老男人的目光依然盯著那張字牌。

凡杜爾回他，「我也很開心看到你，赫施克。」

赫施克開口，「不會吧，現在沃爾夫也走了。」

「對，哎，你也知道就是這樣，他們在天上一定過得很開心，」凡杜爾說道，「到頭來，似乎每一個人都會離開。」

「希望他過得開心。」

「一定是的，他一直知道要怎麼找樂子。要是那裡的人不知道該怎麼享受，他一定會帶頭示範給他們看。」

「就是這樣，」赫施克發出哀嘆，「某人的一生貢獻了這一切，身後卻只剩下一坨黃土。不知道未來的人是否知道躺在地底這個人的真正眼界。」

「你也知道，沃爾夫的某一部分已經進入許多人的心中，遍布世界各地。」

「我知道，但這座墳還是令人感傷。」

「這句話適用於此地的每一個人，」凡杜爾說道，「數千塊刻有名字的大理石墓碑，底下都是某人的一生，而大部分的故事都已散佚無蹤。」

赫施克回她，「不需要死，就已經會遇到那種結局了。」

「你這話什麼意思？」

「我就是個例子啊，」他說道，「我曾征服過全世界的四大高峰，光是徒手殺死的德國人就連自己也算不清了，而且當我在匈牙利馬戲團的時候，制伏過響尾蛇，還曾經長跑橫跨美國東西岸。不過，當我同棟建物租客的女孩們坐在陽台上抽菸的時候，我聽到她們喊我『住在五號公寓的可愛老頭』。妳知道嗎？我年輕的時候，那年紀的女孩們一看到我走進去，就會臉紅，雙手不知道要擱在哪裡才好，現在卻是『看他出來倒垃圾的時候真是可愛』、『看他提那些購物袋的模樣真是可愛』、『今天早上我匆忙下樓的時候，他好體貼側身讓我先過』……」

「至少她們喜歡你。」

赫施克不以為然揮揮手，「都是指甲有奇怪圖案、對男人與香菸有糟糕品味的無腦妹，」他說道，「我這個人有很多特點可以講，但絕對不包括可愛。」

凡杜爾從她的購物車裡撈了好幾下，拿出一瓶酒。

赫施克問道：「這什麼？」

「我沒有參加喪禮，」凡杜爾說道，「所以我想可以過來，想要為沃爾夫乾杯祝禱。我想他會欣然同意，要不要一起來？」

「我們現在講的是哪一種酒？」

「很單純的一瓶酒，」凡杜爾回道，「傑克丹尼。」

「純酒？還是裡面摻了什麼？」赫施克問道，「裡面要是有加料，我沒意見，我只是想要有心理準備而已。」

「很純，」凡杜爾說道，「就只是威士忌而已。」

赫施克回她，「既然這樣的話就沒問題了。」

她拿出了兩個小杯，把一杯交到那老男人手中，然後打開了酒，聞了一下，開始倒酒。

赫施克問道：「誰先？」

「你嘍。」

教授舉杯。

「親愛的沃爾夫。認識你很開心，與你一起共事也很開心。我一生當中的所有美好事物都源於你的指導與開示。這一路上我們偶有爭執，但我知道你最後的目標具有崇高價值——你希望人類了解彼此，希望人類過著緊密相繫的生活，對於這一點，我要向你致敬。沃爾夫，我們是某個世代的最後一批人。就連我們當中最年輕的人也開始迅速凋零，但你的表現卻出奇優異。你是巨人，你稱之為『生命』的偉大經驗的碎片散落在全世界，只要你的思維依然在其他人的腦中不斷盤繞，就我看來，你等於依然存活人間。敬你，我的老友。」

他舉杯，對凡杜爾微微一笑。

「沃爾夫，」凡杜爾說道，「我沒辦法參加喪禮，希望你別生氣。你從來就不會是火冒三丈的人，現在也沒有理由發怒。你是真誠的朋友，把自己一生的空間塞到溢滿出來。我好喜歡你，感謝你的一切。請原諒我，在你的最後那幾年一直沒有去看你，因為有……阻礙。只能之後再見了，我希望那一天不要來得太快，但我們終會再度相遇。」

他們喝光了杯裡的酒。

「啊，」赫施克說道，「好酒。」

凡杜爾問道：「某個世代的最後一批人？什麼意思？」

「謠言讓人人自危，」赫施克回她，「有一個在緬甸失蹤，兩個死於車禍，有一個在澳洲死於一場詭異火災，還有一個在南美洲經常攀岩的傢伙也是失聯。」

「你是不是覺得有人……」

「很難說，」赫施克回她，「為什麼有人要做出那種事？對，這本來就是一種具有風險的職業，但過去這五年來，似乎一直出現了奇怪意外，老是有人失蹤。高階者越來越稀少，至少我聽來的消息是如此，而且，老實說，我還不是消息最靈通的人，當然不像妳那麼強。」

「我聽說了南美洲那傢伙的事，那些意外也多有所聞。至於緬甸我是真的不知道，」凡杜爾說道，「的確令人憂心忡忡。」

赫施克說道：「妳必須要培訓全新世代。」

「目前考慮中，」凡杜爾說道，「但我沒有資源。」

赫施克說道：「狀況越來越艱難了。」

凡杜爾回他，「我們就等著看吧。」

兩人又靜默了好幾分鐘。

「好，」凡杜爾終於開口，「我得走了，今晚我會四處繞繞，看看能否探聽出什麼結果。」

赫施克說道：「祝好運。」

「你會待在這吧？」

「應該是，」他說道，「我也沒急著要趕去什麼地方。」

凡杜爾拿起自己的小購物車，準備離去。

「教授，見到你真是開心。」

「我也是，小貓貓，見到妳好開心。」

「教授，再跟我說一次，你的專長領域是什麼？」

赫施克微笑，沒接腔，而凡杜爾轉身，往前走向步道，購物車在後頭發出了轆轆聲響。

5

沒想到，「無酒吧」居然相當熱鬧。

歐絲娜特環顧全場，想要找張空椅，完全沒有。吧檯是有三張無人的高腳椅，但是放眼四散的桌位（就如此狹小的空間而言，不知道能不能算是「四散」），就連塞牙籤的空間也沒有。

幾小時之前的傍晚時分，歐絲娜特進來，她發現凡杜爾拿著灰色掃帚清掃餐桌附近的區域。歐絲娜特伸出雙手示意，「等我一下……」然後趕緊跑上三樓，也就是她的公寓住所，放下她剛剛收到的那瓶酒，然後又抓了幾片她新買的CD，準備今晚播放。她決定要夾雜一些史密斯樂團、綠洲合唱團、電台司令，還有某些披頭四的歌曲，這樣就可以讓眾人皆大歡喜，再晚一點的時候，也許可以為那些資深樂迷偷偷塞一點地下鐵樂團的作品，不過，她下樓的時候，凡杜爾已經離開了，而晚上的第一個客人已經到來，坐在酒吧，等待她現身。

「蘿蔔條。」納提把那盤東西放在廚房與吧檯之間的聯通窗。

在「無酒吧」裡頭，沒有服務生。歐絲娜特是酒保、女服務生、DJ，還有電話響起時的接線生（真是多才多藝！）萬一出現問題，抑或是出現暴力事件的前兆，她會朝廚房窗口的方向厲聲叫喊，「納提！」他就會立刻衝出來。只要他出現，就會讓氣氛冷靜下來。他個頭高大，眼睛暴凸，左耳垂到脖子有一道弧狀長疤。那其實是他四歲時從不安全鞦韆狠摔下來的沉默證據，但對於那些想要在酒吧裡滋事的傢伙來說，卻產生了驚人效果。

歐絲娜特拿起那一盤東西，對群眾大吼，「誰點了蘿蔔條和醬汁？」

身穿過緊襯衫的某桌男子舉手。

歐絲娜特把盤子放在吧檯，露出一抹詭異淺笑，指向那盤東西。

「謝謝。」對方把盤子端到了自己的桌位。

「好好享用，」她說道，「對眼睛很好。」

這些桌位，專門給那些不知道為什麼認定這裡很適合認識彼此的一小群朋友或情侶，而獨行客則坐在吧檯，如果不是話太多就是根本不說話的人。今晚，酒吧裡有她最喜歡的沉默型客人。戴著綠色籃球帽的老先生，短短的大拇指，銳利的睥睨目光；住在對街、有雙好看眼睛的男子，身著短褲與領口有個小洞的背心，喝啤酒的同時一直在玩手機，還有那個總是帶著筆記本的鬥雞眼瘦男，偶爾會寫下一些字句，手裡總是握著一瓶可樂。

吧檯本身是後來才添加的物件。這地方最早的主人，因為空間侷限之故，決定犧牲吧檯空間，為了要多塞進另一張四人桌，他自己動手打造了一面折疊式的木板，有點像是書桌的那種東西，可以依照酒吧狂歡客人數展開或收合。老闆們後來發現這可能是全國唯一沒有真正吧檯的酒吧，所以他們就換了名字，把原來的「似曾相識」換成了比較貼切的名稱。

「無酒吧」。最近這稱號也是名不符實，因為那些木黃色小桌已經上了鎖栓，上頭加上薄板，形成了由一堆小木片組成的狹長型接合式木色平台，但這名字還是比「似曾相識」好太多了。

大門開了，某個二十多歲的年輕人走進來，他身著皺巴巴的灰色西裝，嘴邊有一整天沒刮的鬍碴，眼眸周邊滿是倦意。他擠到吧檯邊坐下來，開口說道：「啤酒。」

歐絲娜特問道：「有沒有指定款？」

「都可以，」他揮揮手，「只要有發酵過，呈液體狀態即可。」

歐絲娜特倒了一品脫的啤酒，放在他面前，他看著她，疲累點頭。

她問道：「今天很辛苦哦？」

他再次點頭，喝了一小口。

「好，以下一定會有讓你很受用的話，」歐絲娜特在吧檯上傾身向前，「狀況其實沒那麼糟，本來不該發生那種事的；他固然是混蛋，但他畢竟會給你薪水；凡殺不死你的，必使你更強大；對於自己無法改變的事，何須對抗；反正，她配不上你；工作爛斃了，你走人是好事；你下次會得手；這是一段過程，要有耐心；你總有一天得要說不；要以正面角度看待一切；當無法改變現實的時候，也許可以改變自己的態度。」

他問道：「啊？」

「這些是我的好心情金句，」歐絲娜特聳肩，「至少一定有哪句話可以發揮作用吧？」

他露出淡淡一笑，「謝謝，我沒事。」

「對啦，你好棒，心情好得不得了，」歐絲娜特說道，「是我不好，我還是把我這些老掉牙的話講給別人聽吧。」

他又喝了一口啤酒，「不，別這樣，只是我的狀況已經無法挽回了。」

「好，那你就說出來吧，」歐絲娜特回他，「悲慘客人在這裡有打折招待。」

他再次微笑，歐絲娜特繼續擦拭早就擦得乾乾淨淨的酒杯。

她柔聲問道：「怎麼了？」

「我戀愛了。」

「她不愛你？」

「什麼？不是這樣。純粹只是戀愛了，難道這還不夠糟糕嗎？」

「是哪裡糟糕？」

「妳在開什麼玩笑？結束了，一切都結束了，我已經到了人生的最後一站。」

「什麼？」

「我本來以為我還有剩一點時間，我還有好多事得完成，還有這麼多的女人沒交手過！為什麼是現在？天？為什麼現在要把她帶到我的身邊？真浪費，真的是超浪費，」他搖頭，一臉不可置信，「陷阱就這麼啪一聲關上了。」

「嘿，而且是密不透風，」歐絲娜特說道，「關得死緊。」

嗯，真的，她在這工作遇到了不少怪胎。

「你是第一次來，對吧？」

「是啊。」

她說道：「第一杯啤酒，小店招待。」

「謝謝。」

「第二杯啤酒，價格加倍。」

「可是……」

「只是開玩笑罷了，放輕鬆，」她說道，「好好喝一杯吧。你要記得，現在全世界在喝啤酒的人當中，有九成的人迫不及待想要和你交換位置。」

坐在吧檯另一頭的綠色棒球帽大鬍男捧腹大笑。

她問道：「比喬？怎麼了？」他真的叫比喬嗎？當然不是。不過他第一次來的時候就是這麼自我介紹的，所以她就一直這麼叫他。

「我剛剛聽到妳說悲慘客人有優惠。」

「比喬，你哪裡悲慘啊？我們認識得也夠久了，我很清楚的。」

「但這裡食物的品質會讓每一個人都覺得很悲慘。」

廚房裡傳出聲音，「我聽到你講的話了！」

「這裡的沙拉醬沒味道，」比喬回吼，「淡到不行！」

歐絲娜特問道：「你說的是千島？」

「隨便妳怎麼說，就連三百島也沒有，」他說道，「還有，雖然我現在還不覺得自己很悲慘，但我跟妳發誓，要是我再聽到『小妖精』合唱團的歌，我一定立刻起身回家，然後帶著火焰噴射器回來，燒光這地方和所有的客人。」

歐絲娜特露出一抹邪笑，「你是哪時候弄來了火焰噴射器？」

「我會想辦法，」他說道，「也許會有人送我一個當禮物，誰知道呢。今天是我生日，所以也許有人會送我一個驚喜大禮，包裝得漂漂亮亮，放在我家門口，我一回家的時候就會踢到禮物。」

「今天是你生日？」她微笑，「你怎麼沒說？」

「好，既然我說了，要不要送我一個我真心渴望的禮物？」

「再一杯威士忌？比喬，你都到這年紀，就不要再虐待你的肝了。」

「才不是這樣，我得靠威士忌活下去。」

「真的嗎？」

她心想，現在要切入鮑嘉的故事了。

「妳知道亨佛萊．鮑嘉是誰嗎？聽過他吧？還是妳年紀太小所以沒聽過？」

「我聽過他。」

「當他在一九五一年與凱瑟琳．赫本一起拍攝《非洲女王號》的時候，只有他與另外一個人沒有發生腹瀉，妳想知道為什麼嗎？」

「為什麼？」

「因為他們不像其他人喝水，他們只喝威士忌。」

歐絲娜特在心中暗暗哀號，就連措辭也一模一樣。但她露出微笑，再次問道：「但既然今天是你的生日，你當然應該要有特別待遇，你想要什麼？」

他搓揉雙掌，瞇眼盯著她，「妳也明白我想幹什麼。」

歐絲娜特假裝嚇一跳，「你知道這是不可能的。」

「拜託，歐絲娜特，逗老頭開心嘛。」

「這根本徹底違反我的原則。」

「妳說過妳會……」他開始嘀咕，「妳記得嗎？兩個月前的時候，妳說過……」

歐絲娜特盯了他許久，然後露出淺笑，「大家給我注意聽好了！拜託，專心一下！」她舉高雙手，喧鬧聲也沉寂下來，「這位是比喬，他是我們的常客，總之這個人超可愛，今天是他的生日。所以，首先請大家好好鼓掌！」

酒客們紛紛拍手，比喬起身，對他們微微鞠躬致意。

「比喬之前曾經問過我，為了慶祝他的生日，『無酒吧』是否能夠讓他自己選擇放一首歌。好，大家也知道我對這裡播放的音樂有多麼謹慎……」

納提在廚房裡大吼，「獨裁者！」

「沒錯，」歐絲娜特沒理會他，「我們不該聽到任何的垃圾音樂。不過，既然是比喬的生日，這一次就由他挑選歌曲，還有，下不為例。好，來吧。」

比喬臉色紅通通，「瑪卡蓮娜！」

「什麼？！」歐絲娜特倒抽一口氣，「絕對不行，太犯規了！」

「妳明明說過什麼歌都可以，」比喬說完之後又面向大家，「要不要聽瑪卡蓮娜？」

酒客們歡呼叫好，他又面向歐絲娜特，喝光了威士忌，露出因勝利而得意洋洋的表情，「放吧。」

歐絲娜特不可置信地搖頭，走到了旁邊的小型電腦控制台，「煩死了，真的是煩死了，你也知道你很煩人，我覺得我們根本連那首歌都沒有。」

「妳有，妳一定有，」當第一段副歌以切分節奏響起的時候，比喬高舉雙手，「哇！」納提走到聯通窗前，站在歐絲娜特後面，「真不敢相信我耳朵聽到了什麼。」

「你什麼都沒聽到，」歐絲娜特頭也沒回，「因為根本沒這檔子事。」

他說道：「我以為妳寧可跳下懸崖也不願意讓別人碰妳的音樂。」

「白痴。那不是跳下懸崖，而是低空跳傘，下次我會拉你一起去。」

「抱歉，但我不像妳會迷戀那種瘋狂活動。」

「那才不瘋狂，那是生活，你應該要找機會試試看。」她轉頭，對他吐了一下舌頭。

比喬是歐絲娜特在「無酒吧」工作歲月中必須處理的無害（這種說法可能有點奇怪）客人之一。

久而久之，她學到了要如何將客人分門別類，把他們編到不同的群組。通常，最多就是兩句話，或是迅速掃視對方肢體語言，她就能夠知道自己要對付的是什麼樣的人。

酒吧裡會有一群坐在一起吵鬧的年輕人，講的是上次待在這裡時的同一個笑話，算是某種自我滿足或隨意取暖——記得我們上次在這裡的情景嗎？記得我們那次旅行做了什麼嗎？他們的關係建立在以往的連結，也許是就學的時候，他們靠著這一點，為自身的怠惰與恐懼抹上一層友誼的粉飾，一起焦慮面對超越他們友誼範圍與層次之外的潛在危險，他們陷入集體焦慮，他們確信酒精能夠抹消所有的痕跡，包括了死亡、心碎、失敗、大學的蹉跎歲月，讓一切成為模糊記憶，意識周邊的一塊小斑點。

這道光譜再往前一步，就是那些因為突然心湧懷舊而過來的客人，而這種情緒的來源依然不明。他們曾經一起坐在某間酒吧，或是某張破爛的公園長椅，認定人生就應該如此，自此之後，他們就努力想要重建當時的那一刻，而不是繼續營造全新的感受。他們會窩在吧檯附近，企圖從自己含糊不明的靈魂繪像的複製品中雕琢某種真確感，然後，抱著挫敗與困惑的心情離開，他們很篤定這次幾乎就快要成功了，下次一定能夠達到完美複製。

然後，還有獨行客，還沒有發現自己是魯蛇的獨行客，或者，是那些已經體悟到自己是魯蛇、但覺得自己也許能夠在無人協助的狀況下成功脫魯的人。他們坐在吧檯，努力模仿某部電影裡的角色，不然就是坐在某個憐憫他們，邀請他們一起入座的一群人旁邊，殊不知自己挨在那裡，活脫脫就像是被車頭燈嚇傻的小兔子，想要以某種自己從來不曾置身其中、根本不明白的部落語言進行聊天。他們是你上了公車之後，不想與其坐在一起的那種人，倒不是因為他們壞，而是因為你的下意識感受到他們引發不安感之後所造成的痛苦，近身接觸只會讓你與他們之間的差異更形擴大。這些人過的是幾乎沒人會注意他們意見的那種生活，一旦有人稍微顯現出願意聆聽的意願，通常是基於禮貌，他們就會誤會而滔滔不絕。他們是那種在謀畫某種能夠顛覆世界之秘密革命性計畫、但卻永遠不會實踐的人，而且，他們是那種把耳朵緊貼牆壁聆聽鄰居做愛的人，但鄰居其實只是在操作洗衣機，吱吱嘎嘎，某種固定的節拍，誤會真的很大。

久而久之，歐絲娜特已經能夠辨識出一切能夠洩漏秘密的徵兆。帶著絕望之怒的人、無憂無慮不戴手錶的人、不起眼的毒蟲、假裝謙虛其實卻超自負的人；吧檯都有這些人的位置。不過，卻有這麼一群個性篤定的人，早在她一進入「無酒吧」工作的時候，她就已經接獲警告要注意。

他們的高矮、身材、服裝、髮型不一，但是他們的眼神和其他人很不一樣，更加飢渴，活得精采的人，但有更多的渴求。

他們進來之後會要求來杯「里夸多」威士忌或「安姆比利亞」紅酒或是某種名叫「米歐善恩」的可樂。歐絲娜特很清楚酒吧裡有哪些品項，她從來沒有聽過那種威士忌或紅酒，當然也沒聽過那種可樂，網路上也完全沒有提到那種東西。但凡杜爾早已告訴過歐絲娜特，要是有人進來要求喝一杯她從來沒聽過的飲料，那麼歐絲娜特就應該要上樓打電話給凡杜爾，她會親自招呼那位客人。雖然凡杜爾大部分的時候都不在酒吧，但也不知道為什麼，只要那類的客人一進來，她都正好會接電話，當她邀請他們上樓「遠離喧鬧」的時候，他們都會眼睛一亮。

瑪卡蓮娜最後節拍結束的那一刻，比喬停下了煩人的狐步舞舞步，就在這時候，門開了。某個高大男子走進來，他的綠色眼眸目光銳利，一頭黑髮剪成平頭，馬球衫緊貼著他的超級英雄身材。

好，很好，這是工作中沒那麼痛苦的部分。

他坐在吧檯，歐絲娜特的注意力飄向他。

她微笑問道：「要來點什麼呢？」

「馬丁尼。」

「哦，好的，一杯馬丁尼，」歐絲娜特說道，「那並不是天天有人點的飲品。龐德先生，用搖的？還是用攪拌的？」

「不重要，」他回道，「只要裝在正確的酒杯就好。」

她把冰涼的馬丁尼酒杯放在他面前，開口問道：「要不要加苦艾酒？」

「不要，」他微笑，「我要夠冰，還要加橄欖，麻煩了，妳會在這種馬丁尼裡面加橄欖吧？」

她聳肩，「我從來不加橄欖。」

「好，」他說道，「但妳要和我喝一杯。可以嗎？因為我絕對不獨飲，我有和別人碰杯的習慣。」

「沒問題，」她為他倒酒，「但我想我不會喝馬丁尼。如果你不介意的話，我想喝點更有意思的東西。」

她在吧檯放了一個小酒杯，為自己倒入梵谷雙倍濃縮伏特加。

「只要是酒，而且和我一起喝，那就完全沒問題。」

她回道：「太好了。」

他微微側頭，面向角落的方向，「獨自坐在那裡的古怪傢伙是誰？」

歐絲娜特望過去，「那個人？他是舒基，詩人。他幾乎每個晚上都會過來，不喝酒，只是靜靜坐在那裡沉思。不過，他和朋友一起現身的時候就成了野獸，沒騙你，啤酒喝個不停。」

她又轉回來面向他，他已經舉起自己的馬丁尼，雙唇露出淺笑。

她舉杯，與他互碰了一下，然後一飲而盡。當她的目光又回到他身上的時候，她發現他笑得更開懷了。

他們凝望彼此好一會兒。她發覺內心冒出了一股激動情緒，溫暖、甜美、不安，滿溢氾流，不禁忍不住微笑。

「好，」他開口，「給我一個吻啊什麼的吧？我已經等了一整天，美眉，快過來。」

她從狹窄的吧檯靠過去，嘴唇相貼了好幾秒。

「說真的，你今天過得怎麼樣？」

「還沒有結束，」史蒂芬說道，「我必須進辦公室一趟，為明天準備好計畫。我只是想要在消失之前，先過來打個招呼。」

她捧住他的臉頰，溫柔愛撫，然後以手指擠壓出可愛的魚嘴表情，「哦，你真是細心體貼，」她說道，「或者，其實是馬丁尼吸引你來到這裡？」

他回道：「一半一半吧。」

「好，你可以走了。你已經打了招呼，我還得工作，今晚這裡很忙，快走吧。」

他迅速喝了幾大口，馬丁尼全沒了，「別擔心，」他說道，「但給我鑰匙就是了，我得要上樓進公寓，拿回我留在妳家的那個袋子。」

她從屁股口袋取出鑰匙圈，丟給了他，他在空中一把抓下鑰匙圈。

「給你五分鐘，」她說道，「凡杜爾不喜歡我把鑰匙交給陌生人。」

他嗤之以鼻，「陌生人？」

「反正趕快還給我知道嗎？」

「好。」

歐絲娜特說道：「還有，再吻我一次，白痴。」

史蒂芬再次吻她，她感受到他的淺笑。他往後一退，開口說道：「我馬上回來。」離開時還多望了她一眼。

她在這時候才驚覺比喬與那個短褲背心男一直盯著她，兩人臉上都掛著困惑神情，就讓他們看吧，那是他們的問題。

「喂，美眉，」她聽到納提的聲音從廚房裡傳出來，「怎麼回事？妳是哪時候交了男朋友？」

「我有沒有男友，又是哪時候變成你的事了啊？」她回嗆，「難道你沒有煮菜加鹽巴之類的事好做嗎？」

「我從來沒見過。」她看得出來他挑高雙眉，表情古怪。

她不耐對他揮手，「唉呀，別煩我。」

哦，史蒂芬，史蒂芬，你真的是美好驚喜。

他們在一起多久了？幾個禮拜？還是幾個月？時間感彷彿變得充滿彈性，而她能夠想起的是一連串的記憶，有他的雙眸、他的微笑，還有他的氣味……

誰會想到有這種進展呢？她反戀愛，對於與戀愛有關的一切，她是堅貞的無神論者，對於各式各樣的追求都一律不予核准。就她的觀點看來，這都是在浪費時間。納提安排朋友要介紹給她至少已經五次了，但她總是屢屢拒絕。

她倒不是完全排拒男人，只是對這種事非常冷靜。她會自己找樂子，而且總是把話說得很清楚，僅止於此，這是一種打發時間的方式，排解無聊，然後，結束的時候，就此劃下句點。她與男人的關係是冒險，不是囚籠。她打量生命中每一個男人的方式都是「將來的前任男友」。這樣也好，她不期待更多，也沒有那種想望，她不會欺騙任何人，也不會被任何一個人所欺瞞。

所以，這個史蒂芬究竟是怎麼偷偷溜進她的生活之中？他是什麼時候進入她的腦海與她的心——她明明是向媚俗與浪漫開戰的聖女貞德啊？

她整個人斜靠在吧檯，雙腿微微顫抖，就像是玩完那種驚險高空跳傘之後的感覺。

她真不敢相信三分半鐘的相遇再加上兩個草草結束的吻會讓她陷入這樣的情境，她猜自己現在應該是滿臉紅通通。

但也不知道為什麼，她並不在乎。她專心整理吧檯，音樂變得微弱，客人的喧鬧也轉為無聲。她現在只希望接下來能夠好好回憶他們在一起的時光，有多少次呢？到底，他們約會了多久？

這個風趣暖男是什麼時候進入她的生命之中？這個狂放又自持的傢伙，很清楚要怎麼像超人一樣把她送上天空，同時又以他近乎狗兒般的溫柔讓她融化池中。

外表披掛狼皮的尖銳憤世嫉俗之人，其實底下隱藏的卻是一隻等待撫摸的溫柔小羊？

啊，史蒂芬，你到底是從哪裡冒出來的？

她想起他們去巴黎的那次短暫之旅，大驚喜。他一大早叫她打包，下午的時候，他們到了機場，夜晚，他們已經待在可以看到艾菲爾鐵塔美景的某間小旅館裡面，在街上慢慢散步與眺望塞納河談心的神奇三日。或者，還有那一次，兩人都請了病假，抓了條凹凸織紋毛毯，幾條新鮮麵包、起司，以及水果，開到偏僻山丘的樹下，幾乎在那裡消磨了一整天，吃東西，小睡，凝望上方的纏結枝椏，直到太陽西下。

從諸多方面看來，她覺得他們的關係宛若經過精美修編，充滿歡喜的一連串璀璨記憶。

「嘿！」她聽到大門附近有人在喊她。

史蒂芬站在那裡，把鑰匙圈扣在指間，宛若把它當成了什麼昂貴的戒指一樣，「抓得到嗎？」

她默默點頭，然後他把鑰匙圈從比喬頭上拋過去，她抓住了，微笑對他揮手道別。

史蒂芬對她送出飛吻，「再見了。」說完之後人就消失不見，關上了大門。

納提開口，把盤子放在窗口平台，「素食小漢堡。」

歐絲娜特對整屋的人大喊，「誰點了素食漢堡？」

「我。」某名灰髮男子起身，朝她走過去。

她的上唇變得僵直，將盤子遞過去的時候，她對他開口說道：「請節哀。」他微笑以對。

6

班恩下了公車，這才發現他早了兩站。

他對自己苦笑，他整個人精神不安，一開始是雙肩，然後慢慢滲透到全身，落入雙腳，現在他的步伐變得越來越沉重。最近，就算只是稍微恍神，感覺也像是嚴重至極的疏失。只有偶爾出現的一時半刻，他才能夠以旁觀者的身分，看待自己在這種狀況下的心情。

他搖搖頭，釐清思緒，將那個害身體微微斜傾的沉重背包往上提，開始往前走。

夜色已經籠罩整座城市，班恩走在寬闊的人行道，步伐疾快。眼前的這條路徑處處充滿了小型障礙物。餐廳的椅子、報攤、建物廊柱、戴眼鏡騎單車的年輕女子，全都大剌剌擋住他的路，害他像是一根難搞的紗線，必須在人行道迂迴穿梭。

他經過了坐在鷹嘴豆炸丸子小攤前的那些食客，刻意迴避正在播足球賽的電視螢幕，他盯著地面，腳步雖然急切，但也不敢太誇張，以免引來不必要的目光。

沒有用，他的內心深處覺得大家都盯著他，當他從他們身邊走過的時候，每一個人都在側眼瞄他。窩在咖啡館的客人、迎面而來的路人、他身旁公車裡的那些疲憊學生，頭部軟綿綿貼在窗玻璃，近乎精神分裂的目光一片空茫；想必大家都在觀察他，朝他品頭論足，對急躁過頭的步伐、過於游移的雙眼，還有雙肩之間的軟垂地帶逐一打分數。

他知道，他當然知道，其實沒有人會注意他。他剖析他們意識的力道，就像是一把刀劃過滾沸的奶油罷了，他們根本不會多瞄他一眼。不過，當他站在某一群眾面前，準備要發表一場重要演說的時候，他還是出現了胃抽筋。

他覺得每一個人都在看他，但他也知道其實完全沒有人注意——這種感覺與認知之間所產生的違和感——就像是某個隱形人特地花時間梳理頭髮，讓他更加敏銳感受到企圖潛入他外表、步態、談吐的每一絲彆扭或是笨拙感。他一直不肯放過自己，總是不斷回顧那些他早就應該放下的事件，繼續分析那些他不該微笑、不該把手插在口袋、不該聳肩的時刻，還有他應該要設法說出安慰，或者該說些好玩或是發人深省話語的時刻。每一個舉動的定格，似乎都是累積搶眼印象的關鍵。

而且，也不知道為什麼，每當他結束自我省思之後，他總是驚覺注意他、評價他、思索他話語真正含義的人，其實也只有他自己而已。與他有關的其他人，儼然只是一小塊裝飾物而已。

他是其他人生活之中的背景，那些人的生活過得飽滿充實，而且能夠主動與周邊進行雙向溝通。為了要當那完美的背景，他必須要將那兩種矛盾情結融於一體。他必須以沉默迅速的無力姿態穿過他們之間，不會有任何人察覺他的存在。知道某個路人可能會隨意朝他瞄一眼，然後那陌生人的心中就會留下某種不良印象，某種一閃而過的評價，不禁讓他的心陡然一沉。

要是他能夠對於自己心中所扮演的角色定位更自在一點的話，那麼感覺就會變得截然不同。

他欠缺擁抱，他覺得我們每一次伸手抱人或是接受他人的擁抱，都會讓身體周邊的肌膚為之緊綳，但只有大大的擁抱才能夠讓我們對自己坦然，內心舒暢。

他發現右方是燈光大亮的書店櫥窗。

他仔細觀察，發現雖然現在時間已晚，但還是有一些人在瀏覽書架與堆滿書籍的展示桌，某個表情疲憊的女子依然坐在收銀台。

也許該趁這時機買下他一直在找的書，有關蜜蜂的那一本。他推門進去，目光四處搜尋。他需要一本有關蜜蜂舞蹈與量子物理關聯的書籍，是有多難找啊？

一年前，他碰到了肖爾。隨便走在街上，就這麼遇到了。

肖爾站在那裡，身穿優雅黑西裝與小型太陽眼鏡，正在等計程車。班恩下班回家，他希望自己走過去的時候，肖爾也許會注意到他。不過，肖爾沉浸在自己的思緒之中，或者只是在專心凝望街道，班恩必須決定是否應該要立刻退後幾步，彷彿過了一會兒之後才遲鈍地意識到遇見熟人？抑或是算了直接往前走？他有半秒的時間可以做出決定，最後，他的雙腳為他做出抉擇。

「肖爾？」他的語氣彷彿是剛才認了出來，但不是十分確定。

肖爾面向他，摘去了太陽眼鏡，盯了他很久。班恩心想算了，準備開口說「抱歉弄錯了」，然後繼續往前走，不過，那雙棕色眼眸有了笑意，「班恩？班恩．史瓦茲伯格？」

「是史瓦茲曼。」

面。

「對，對，」肖爾伸手，「哇，好久不見！你好嗎？」

「好，很好，」班恩不假思索配合握手，「你也知道，就是工作啊生活啊，你好嗎？」

「感謝老天，還不錯。你在這裡做什麼？公司在這附近嗎？」

「我是中央圖書館的館員。」他說出口之後，一如往常，不知道這份工作聽起來夠不夠體面。

「這裡有圖書館？」

「不遠。過兩條街，然後左轉，再右轉，一棟有點年紀的大樓。」

「酷哦，你做得開心嗎？」

班恩聳肩，「你也知道，我愛書，熱愛閱讀，上班的時候幾乎一片安靜……有時候會出現一些奇怪的人，或是特別可惡的人，但反正就是份工作而已。」

你是不是想當記者啊什麼的？我記得高中的時候你為學生報寫了許多文章。」肖爾開始翻攪埋藏多時的記憶，他怎麼會記得啊？

「對……」班恩小心翼翼地回答，「有一陣子的確這麼想，但宿命把我送到了稍微不一樣的位置。」

肖爾一臉開心望著他，肖爾的一貫模樣。班恩記得很清楚，要是班上有哪個小孩問了蠢問題，或是老師給了他們某個無聊功課，抑或下課時他周邊有人假裝高深開始激辯的時候，肖爾的臉上就會出現那種神情。

他們同班了四年，交談的內容應該不超過十句。歲月在這位當年班上的運動好手身上幾乎沒有造成太大改變。被西裝外套藏住的小腹，兩側嘴角多出的兩三道皺紋，還有一只在他手腕找到歸屬之地的閃亮亮手錶。

肖爾說道：「有趣。」

「什麼有趣？」

馬路上出現一輛計程車，他們再聊也聊不了多久。

「這種方式重逢很有趣，現在的狀況也是很有趣，」肖爾說道，「上個月，我當上了報社總編。」

「真的嗎？」

「對，」肖爾遞給班恩一張大理石色的名片，「熱騰騰，剛拿到而已，你是第一個拿到的人。」

班恩盯著那張名片，肖爾現在是某家暢銷地方報的總編輯。班恩問道：「怎麼辦到的啊？」他心想，也許自己應該使用別的措辭方式提問才是。

但肖爾只是聳肩，「真的，怎麼辦到的啊？好問題。」計程車放慢速度，停在他們旁邊，「我一開始是當運動版的記者，後來轉到文化版，之後又寫專欄，負責部分編務，一開始的時候是某個傢伙被炒魷魚，有個女人請產假，然後就再也不來上班了。於是，蹦，我成了總編。」

「恭喜！」班恩馬上知道自己今晚不平靜了，因為他起了妒心，「祝你好運。」

「謝謝，」肖爾微笑，然後又充滿歉意說道：「我得走了，有重要會議在等我，平常我不是這種打扮……」

「沒關係。」

肖爾與他握手道別，鑽進計程車。他對班恩揮揮手，班恩也回揮了一下，然後，計程車上路。

開了幾公尺之後，計程車停下來，肖爾搖下車窗，探頭出來，「班恩？」

班恩轉頭，「嗯？」

「你還想當記者？」

「嗯，對，沒錯……」

「你有沒有作品集？自己文章的總檔案？」

沒有，根本沒有。「我可以收集一下……」

「太好了，整理之後和我秘書約時間見面。看看吧，搞不好我們可以讓你圓夢，」肖爾說道，「還記得你以前寫的文章，還不錯。」

「哦……好……」班恩點頭，聳肩，雙臂微微舉高，腳跟前後磨蹭，一切舉動都是為了要掩蓋越來越強烈的興奮感。

「所以我們保持聯絡！」肖爾大叫，計程車再次上路，留下了那個面目有些驚呆的圖書館員。

歷經了一夜無眠之後，班恩很清楚這是他必須牢牢抓住耳朵不放（如果真有這種說法的話）的機會。反正——無論如何，絕對不要放手。

多年來隨著時間潮浪漂流，宛若待在溫吞河水裡的某個塑膠袋，他的時機終於到來。

他當然沒有作品集，他怎麼會有呢？不過，他對於寫作有上千個靈感，只是需要寫出來而已，這些主題如果不是沒人寫過，不然就是寫出來了品質卻粗製濫造，沒有彰顯重點。

他一大早跑去買了認真記者應該需要的必備文具，完全不理會自己還是個兼職圖書館員。他買了一本筆記本，五個不同顏色的便條本，口袋大小的數位錄音設備，原子筆、螢光筆、不同尺寸的便利貼、一塊可以讓他寫下靈感摘要的白板，還有四種顏色的麥克筆。他還買了印表機的墨水，咖啡，這樣一來就可以熬夜保持清醒，雖然不抽菸，他還是買了香菸。他買了四種品牌的香菸，決定每一種都抽抽看，最後再決定哪一種最適合他的記者新身分，供稿給大眾觀看的職人。

他決定要寫專題，篇幅夠長、主題夠完整，足以讓肖爾佩服到直接從椅子上摔下來，對文章的原創性大為驚豔，他就會被派到重要部門，因為文采而直接空降。他會交出擲地有聲、具有普立茲風格的作品，深入探索過去五十年以來的社會敘事變遷過程。這會是一篇透過文化與學術的角度、揭櫫都會對過往之觀點所形成之各種重大差異的作品，它會探討過去九十年來對都會文學歷史的態度。那將會是一篇有關痛恨過往，或者應該說重點放在記憶的重要性——他覺得——不然也可以是一篇偏遠養老院住民的深度訪談集。

他應該知道，一堆半失智老人的訪談雜集是不會讓他迅速躍升高位。不過就目前看來，這構想還挺不錯的。

他如鬼一般飄過書店的成排書架，迅速瀏覽那些他過去已經看過數百次的書名，也許，這一次會有吸引他目光的新書。幾公尺之外，有個長髮綠眼、身穿及地白色洋裝的年輕女子站在那裡看書，優雅秀氣又美麗。其實女人不需要百分百絕美，只需要美的靈動。秀髮微動、淘氣斜眼看人、微露頸項、盈盈含笑的手腕，都是美的靈動。

他可以走過去講幾句話，把沉重的包包放下來，站在她身邊，宛若自己要找書一樣，然後，碰巧看到她在看的那本書，講出「哦，《碟型宇宙》啊，怎麼樣？我在找那系列的其中一本，找了好久」之類的話。或者，乾脆就從那裡抽出一本書，直接遞給她，露出刻意的微笑，「嗨，我想妳也會喜歡這本書。」

再不然，總還是有上千種可以接近她的方法，進入她的思想領域，向她喊話，嗯，妳和我，我們兩個人，隸屬於同一種組織，所以我們才會一起站在這兒，是命運帶引我們到了同一個書櫃前面。我們來自同樣的小團體，很可能彼此認識。要是能夠把妳的技巧（透過妳捧書的姿勢盡顯無遺）與我的技巧（讓我能夠以如此安靜的方式接近妳），以及妳的貴氣與我的英勇融合在一起，想必很美好。

當然，他完全不會有任何動作。他只會站在那裡，相隔數公尺之遠，揹著那可以割斷肩膀的背包，目光死盯著那些書的書名，如有必要的時候會吞嚥口水。也許，她會直接走向他，抬頭，反正隨便找話與他攀談就是了，搞不好真有這可能。

他不是那種會直接跳進海裡，期盼海水會分開的人，就算是海水已經分開，他也不是那種確定自己應該要跋涉入水的人。等到大家都穿越海洋，到達陸地的時候，老實說，海水分開固然很好，但這真的是觸怒埃及人的好時機嗎？

多年來，他只要想起全年級決定蹺課的那一天，依然痛苦不堪。一百二十名男孩與女孩，在第二與第三堂課之間的下課時段全溜出去，翻牆逃校，然後一群群各自解散，有的去了市中心、海邊，不然就是租一部電影窩在某個父母不在家的同學家裡。

大家都離開了，每一個人都是，除了他之外。

他躲在廁所裡。一下課的時候就進去，出來的時候正好遇到結束，儼然像是不小心錯過了這場大出逃。他當時坐在廁所隔間裡的馬桶，雙手壓在大腿下方，想要舒緩被猛爪襲胸的那種感受。外頭的世界令人困惑。他所收到的所有訊息都是，「做你自己！為你自己挺身而出！」但是真相的陰險本質其實更為複雜，而且，想要隸屬某個地方——任何地方都可以——就是不要一個人坐在馬桶上的那種渴望，在他的胸中熊熊燃燒。他看到他周邊的人老是在想要被大家喜愛而無法做自己；不然就是因為想做自己而無法被大家喜愛之間擺盪不決。不過，他只想要做對的事，想要當個好孩子，而這卻得要付出代價……

當你自己，不要有任何妥協，似乎是一種令人起疑的成就，它要求付出的是一種過高的代價，被排拒的代價。他彎身，從放在廁所地板的背包裡拿出一本天文學的書。他打開書，開始鑽研數字，想要平息內心的各種衝突欲望。地球與太陽的距離是一億四千九百萬公里；而金星與太陽的距離只有一億零八百萬公里。單純，有數字可依循，容易領悟。

當老師進入教室，走了好幾步之後突然停下腳步的時候，他一個人坐在教室裡，「大家跑去哪裡了？」

「我不知道。」他撒謊，但嚴格說來，他的確不知道每一個人到底跑去哪裡了。

老師喃喃自語，講了一句含糊的話，轉身離開教室。他坐在裡面，她根本沒多看他一眼，反正就是扭頭走人，怒氣沖沖。他覺得他已經把自己的頭放上了社交斷頭台，本來就岌岌可危的地位恐怕不保，而只是為了要做對的事而已，但就連那一點堅持也默默被榨乾流盡，老師沒把他的態度當一回事，完全沒注意到他坐在她面前不斷發抖。

該死的高中歲月。

當他的同學們抱怨老師沒有能力帶引他們準備大學考試，他自願在放學後留下來，教導那些想要學習解題與計算方程式技巧的人。一開始的時候，他教的是三人小組，接下來是十人，然後幾乎是一整班的規模，所有的人都熬夜苦讀，學習他解題的捷徑與技巧。

他站在全班面前開始解釋數理，覺得自己已經破解了社交密碼，終於，好不容易能夠運用他的學術才能、他的好奇心、他對理解歸納與分析的渴求——也就是他一度以為是自己在中學被孤立多年的主因——將它當成支點，讓他可以靠著這個在同儕之間建立尊榮地位。或者，是一種幻象。當那些課程結束的時候，大家只是魚貫走出教室，根本不跟他講話，一堆人繼續聊天。

他是外圍的工具人。他的用途是暫時性的，但依然很好用……他深居自己的殼中，他們很清楚，無論他們做什麼，都只會造成他感謝他們，就像小狗一聽到有人下令「過來！」的時候，一定會開心得蹦蹦跳跳。當他們再也不需要他的時候，他們再次撤離。方式並不殘酷，而是靜默。他依然是那個自以為是的獨行客，別人沒有任何理由要讓他加入這個小圈子。

就連大家對他的基本謝意，也因為達尼．西克金想辦法偷到大學入學考試的試卷而消失無蹤。不只是因為他的那些授課時光變得毫無意義，而且，他還微弱呼喊大家不需作弊，因為他已經讓大家都學會了所有的內容，逼得達尼，也就是那個洋洋得意的金髮男，在全班面前勒住他脖子，威脅他最好別當告密的討厭鬼。

當然，他的文章並沒有通過肖爾那關。

在他們第一次會面的時候，他們待在肖爾位於市中心的破爛辦公室，兩人相視而笑，交換童年往事。他們努力把聊天的重點放在共同的朋友圈，因為肖爾不是很記得班恩，而且班恩對肖爾的過往也不過多了幾段空白的記憶而已。不過他們聊得很盡興，而且還有一種陌生的愉悅感。班恩懷疑自己之所以能夠坐在那裡是因為肖爾對他心生歉疚，很後悔從前以那種方式對待他。不過，他很快就把那樣的念頭拋諸一旁，要是他能到這裡上班是一種對過往的補償，也沒有哪裡不對，別人找到工作的理由更牽強。

聊完之後，他把文章交給了肖爾，高級紙張的列印版，還有CD：充滿省思與懷舊的五千字內容，主題是從「智慧花園」養老院住民的角度看待生命。CD裡面包括受訪者的照片與某些歷史文件，還有第二次阿里耶時期[1]的村落插圖。總編低聲嘀咕了幾句，其實可以靠電郵寄送這份資料，然後，他收下碟片，微笑，還說會盡快看。

[1] 此指一九〇四年至一九一四年間發生的回歸以色列（猶太人移民到巴勒斯坦），期間約有三萬五千名猶太人移民到鄂圖曼統治下的巴勒斯坦，其中大部分來自俄羅斯帝國，一些來自葉門。

過了一個禮拜之後，肖爾打電話來，他說，雖然文章很動人，但語體不對，報社找的是比較不一樣的方向，而且還有其他候選人也在角逐這位置啊什麼的。當班恩提出自己願意再寫另一篇文章，題目由他們決定的時候，肖爾又說這並非他一人能夠作主，很遺憾，已經有人接下這個職位，他真的很遺憾，因為他的確很想要與班恩共事。他又灑了一些甜蜜的藉口，加上漂亮的同情話語，美化了婉拒的滋味，然後就結束了對話。

再來，是至少兩個禮拜之後的事。肖爾又打電話給他，「我找到了一個位置給你，」他說道，「不算是記者，但你可能會喜歡，有空來辦公室一趟。」

總編給他一個他從來沒聽過的位置。

「我們遇到了一個問題，」肖爾說道，「我們有記者寫下了不錯的故事，但細節的描述很薄弱。我們一直忙著在修補這些本來應該會很吸引人的故事，但因為通篇小錯不斷，無法禁得起嚴格檢視，而其他的新聞則是平淡無味。我們需要找到一個知識淵博的人進行審閱，並且加入相關脈絡與數據深化內容……」

「我不懂，」班恩問道，「是希望我當研究員嗎？」

「不，不是，」肖爾回他，「我要你當潤稿員。我希望你可以拿到了普通文章之後，在這裡加個半句、那裡加個四分之一句，讓它們看起來更有學問。這就是我喜歡你在學校時寫的那些文章，以及最近這一篇的原因。你會不斷引用似乎無關的資料，但卻讓讀者覺得你很清楚你到底在講什麼，你利用某個龐大的知識體系在描繪一切。這裡賣弄一下某名相關的哲學家，那裡又丟個歷史小故事，我就是要這樣。時尚新聞有一行半的馬甲歷史；搖滾專題可以提供米克・傑格與莫札特之間的關聯等等。我們曾經調查過我們的讀者群，發現有百分之四十五的人認為報社新聞單薄又膚淺，所以我們打算要充實內容，提供某種知識假象，至少，每一篇文章都要有模有樣。」

「能讓報紙看起來文謅謅的東西。」

「對，沒錯！但不要太過文謅謅。我們不希望讓那些喜歡膚淺新聞的讀者覺得疏離，畢竟他們是多數，百分之五十五。我老實告訴你，我自小到大所接受的薰陶就是見諸報端的都是重要新聞，我心中的新聞就是一堆人拚命要以可靠又吸睛的方式，將新聞提供給社會大眾，《大陰謀》與《星球日報》的綜合體。這就是你之所以今天會看到這些人待在這裡的原因，在真正的新聞室裡工作，有電話與辦公桌，而不是一堆人在家裡穿睡衣工作，貓咪把他們的咖啡弄灑在鍵盤上頭之後匆匆以電郵寄出稿件。明明可以讓每一個人在家上班，縮減支出，你覺得我不懂嗎？我們當然可以這樣，但我想要有報社的氣氛，可以在辦公室裡產生異花授粉的效果。我每個月都與老闆爭吵，但為崇高理想寫作已經再也不是這場遊戲的名稱。每一篇讓我引以為傲的報導背後，就必須有六十篇自我作踐的文章，才能夠讓我勉強營運下去。我必須接受某間公司的媒體招待寫公關稿，然後擠出足夠的內容，才能營造漂亮的背景吸引廣告進來。現在報紙看到的幾乎都反映出利益個人與團體的需求。披露某個正好要在下週發行單曲的歌手消息；有關出版業樂見通過的某種新法規的新聞分析——每一篇報導都有它的特定脈絡，明顯或不明顯而已。還有，線上新聞也必須要這麼處理，才能夠攫取谷歌的注意力，有點擊之後，廣告商就會掏錢。文章幾乎都只是某種手段，是搜尋關鍵字的包裝紙，是點擊的誘餌。不過，這根本不成問題，大家面臨了那些困境。真正的問題是最後的稿件常常看起來都一樣，像是餅乾模切出來的成品。大家開始注意到他們所看的內容跟兩年前的根本一模一樣，同樣的事實與面孔，咀嚼之後又反芻。我想要充實我們的稿件，而你有豐富的知識，所以，你就開始幫這些文章補血吧，方式要精簡，以括號註記。」

「我的工作就是看稿件，然後加入一些類似知識分子風格的括弧註記？」

總編輯思索了一會兒，決定還是誠實為上，「對。」

靠這種工作糊口，當然不成問題，畢竟總是得要找個起點。而且，這個位置根本是為他量身訂做：得涉獵諸多領域，而且還要有賣弄無用小知識能力的真人版百科全書。

其實，也很難想出有誰比他更適合這份工作。班恩的成年生活幾乎都在忙著收集事實與數據、理論以及科學新發現。他求知若渴，妝點內心世界的都是歷史重大事件、量子理論、人類學研究，以及少有人知的數學原理。他暗自覺得只要自己收集到了足夠的知識，那麼他的存在基本輪廓就會浮現出來，他也就能夠明瞭自己人生鬧劇的背後到底是什麼，而且他也會知道需要做些什麼才能讓一切順利。他以充滿數據的厚重毛毯裹住自己，阻絕外在世界的混亂與無異議狀態。所以，當然這角色很適合他，就像是戴在蒼白之手的白色手套一樣剛剛好。

不過，最重要的是，這個方式讓他進入了新聞圈。他有了自己的書桌，在某間報社找到了工作。現在的工作只是加括弧註記，但未來也許會得到信任，有機會寫配稿，搞不好某人請病假的時候，他就可以寫完整的新聞。兩百個字就好，他別無所求。

他滿懷興奮心情回到了家，從今以後，他會在某間新聞室工作。這是一個新起點，純度百分百。這就是新起點的定義，它將會成為改變的契機，蛻變為全新的模樣。再見了，永別吧，隱形人班恩！

他整個晚上都在公寓裡挪動家具，想讓這地方有新風貌，彷彿是一個全新的人入住一樣。那一晚，他覺得是舊班恩與新班恩的分水嶺，而這條線是由沙發從這搬到那、書桌新位置、碗盤更換櫥櫃，還有書櫃移動到比較遠的那個牆面的移動軌跡所繪製而成。冰箱沒辦法移動，真的，但角度稍微有點偏斜。浴室的空氣清淨機移到了廁所的另一頭，而牆壁上的照片也有了全新的排列組合。

到了早上，他醒來，迎接全新的一天，覺得自己彷彿已經公開宣示，「我變得不一樣了。」其實，他真的變得不一樣。

到了辦公室的時候，他發現自己辦公桌的原主人在三天前被炒魷魚。桌面黏滿了便利貼，鍵盤旁邊有個充滿咖啡污漬的藍色大馬克杯一直盯著他，而且電腦被大家都不知道的密碼給鎖住了。電話偶爾會響起，對方要找的都是多倫，當他們一發現多倫再也不會回來之後，立刻就掛了電話。

但是，班恩不會讓這樣的歡迎法擊垮他。他已經下定決心要認真對待這份工作，等到所有的技術問題結束之後，他開始埋首苦幹。

他拿起手邊的這段引言——「星期二的比賽證明了足球領導人何其重要，貝塔隊目前就是欠缺領導人。」——然後，他加上了這段註記（但不需要找澤維．賈鮑京斯基那種等級的）。當某位娛樂記者提到一位歌手的驚人啤酒海量的時候，班恩在後頭寫下這句話「幸好他是在週二的特拉維夫表演，而不是在一九二〇年代的美國路易斯安納州」。還有，有名時尚線記者在刻意吹捧某個品牌的文章中提到了雨傘設計的新潮流，班恩補充了這樣的一段話，「現在雨傘變得越來越流行，想要在群眾中獨樹一格的人，一直在尋覓的就是這種能讓他成為『雨傘人』的品牌。」（不過，這與達拉斯和甘迺迪車隊根本扯不上邊。）

當然，他添加的某些註記也會被打回票。

比方說，當他看到某篇文章裡有這麼一段話：「受傷女子被立刻送醫，在院內輸了五袋的O型陽性血」，而他的加註是（在日本這是一種被視為樂觀人格的血型）。同樣的狀況也發生在某名記者報導裡的這段話：「似乎沒有人真正了解真實的瑪丹娜」，而班恩的註記如下：（畢竟，自從約翰．洛克發表了有關人類領悟力以及知識與語言之間差異的學術文章之後，我們似乎永遠無法真正了解一個人。）

當他看到這句話——「我們坐在市長的陽台，他在切橘子」——並且為其加註的時候，引發了辦公室的一陣小小騷動——班恩是這麼寫的：（宛若某個想要證明巴拿赫－塔斯基定理的人一樣。）

不過，沒關係，也不是每句話都能討總編歡心。

工作本身很有趣，他花一整天的時間做研究，查詢網路與大部頭書籍，純粹就是為了要加一句括號裡的話而已。薪酬不是很高，但知識面的刺激也算是某種形式的補償。

然而，這裡也一樣，似乎沒有任何人注意到他。

他們的確偶爾會走到他的辦公桌前面，詢問他所加註的某句話的意思，而且他們還真的開始喊他「括號男」（他覺得，有奇怪綽號總比沒綽號好），但從來沒有人邀他共進午餐，根本沒有女記者對他打情罵俏；當完成任務，大家要出去喝一杯的時候，也從來沒有人對他大喊，「嘿，要不要一起來啊？」

他主動參與了幾次，但總是坐在邊角，看著他們三兩成群，盯著他們歡笑，舉杯互碰，於是他懂了。

他的同事們似乎在演某齣默劇，活動範圍都在他辦公桌周邊那道透明而不可侵犯的箍環界線之外。從他的有利位置，幾乎可以看到整層樓的所有人，他在遠處認識了他們。

喜歡穿直扣襯衫的單身男要確定辦公室所有的女人都愛上他，要是沒有的話，純粹是因為生命教導她們要找能安頓的對象。

日曬魔人女秘書的膚色實在太深，所以每當她經過他辦公桌旁邊的時候，他總是忍不住哼唱橘色小矮人的主題歌，然後，某一天，她從他身旁飄然而過的時候，居然給了他一個微笑。他想到的並不是她人真好會對他微笑，反而是覺得自己該去洗牙了。

還有個拚命去健身房的傢伙，他曾經有一次在那裡煞到了某名女子，期盼能再見到對方一面，雖然他一直沒見到她，但期盼能再次相會的願望卻把他一直拉進健身房，現在他已經成了超級肌肉男。

至於總是掛著微笑的那個暖男，班恩很確定對方具有把二十元鈔票藏在褲子口袋與沙發靠墊之間隙縫的習慣。這樣一來，等到他忘記許久、某天卻突然發現的時候，一定會很驚喜。

還有那個悄悄許願要開巧克力店的安靜時尚版記者，散發出一種迷離的優雅與尊貴，潛藏的簡純之美。在一個人人都爆出小甜甜布蘭妮式狂笑的地方，她卻會露出奧黛麗·赫本式的淺笑。

他喜歡她，在遠處偷偷喜歡她。

有一次，他看到她與朋友待在購物中心的某間咖啡店。她背對著他，坐在那裡優雅啜飲一大杯卡布奇諾。他剛看完日場電影——當時的身旁觀眾有好幾對高中生情侶，都在忙著吸吮對方的臉——搭乘電扶梯的時候，正好看到了她。

他繼續往下，只有幾秒鐘的時間可以決定該怎麼辦，右轉，背對她，或是左轉，可能會被她看見，但誰知道呢，也許她會認出他，向他打招呼，甚至邀請他一起坐，搞不好還有機會坐在她身邊，這樣一來，他就有機會向她描述那些高中生發出的奇怪聲響，讓她開心大笑。

不過，也許她不會看到他，抑或是假裝沒注意到他，再不然，她可能會覺得他出現在這讓她很尷尬，而且她會覺得他是個怪咖，因為居然會在白天一個人看電影，而不是與朋友坐在一起喝卡布奇諾，她會發出輕快笑聲，以小手蓋住尷尬的雙唇。

後頭的人撞到他，小聲罵髒話，他這才驚覺自己站在電扶梯底端，陷溺在自己的思緒之中的時間也未免太久了一點，他決定右轉。

他有時候會經過她辦公桌旁邊，心想是否應該開口聊天？嗨？都好嗎？嗯，非常好，一切都很不錯。你在忙什麼？哇！對，好像聽你說過，巧克力店，聽起來好棒。我對於夾心巧克力有一些很不錯的點子，想不想聽？

還不到一個月，當他走路回到自己家裡的時候，已經發現自己還是那個舊班恩，只是公寓裡的陳設變得不一樣。唯一的真正差別是他明明已經回到了家，但是卻再也沒有家的感覺。

目前他努力潤飾的這篇文章，與蜂蜜有關。

某間蜂蜜進口商搶進市場，報社有一篇強力鼓吹本地蜂蜜農業好處的報導，包括了好幾篇蜂蜜蛋糕食譜，主要內容是訪談了本地蜂蜜製造商，他們提到本地的蜂蜜製造具有近乎無人能及的「技術優越性」，其中還包括了他們的公司名稱。

班恩想要為蜜蜂加個括號註記。也許是牠們在二十世紀末期的神秘大消亡，也許是牠們為了要告知彼此好花蜜所在地的舞蹈細節。他想起自己曾經不知在哪裡看過一篇分析，蜜蜂舞蹈顯示牠們有六度空間的思維方式，顯然能夠感知次原子量子世界那種範疇的變化。他需要一本認真探討此一主題的書籍，讓他能夠整理出一句論證有據的優質括號註記。

他走到書店中央那張放滿書籍的展示桌旁邊，想要找尋能夠吸引他的書名。先前他刻意接近的那名女子，依然沒有過來找他，又來了。他的內心一分為二，一個想撞牆，另一個則開始解釋，就統計學來看，反正他們的關係註定失敗，所以他等待她來攀談也很合理，至少，日後就不會把錯算在他頭上。他把這段內心獨白擱在一旁，繼續專心找書。

桌面的那一疊疊書籍包括了翻譯類驚悚小說、書名吸睛的科普書籍、驚心動魄的家庭關係小說，還有些不但封面神秘，就連書名也令人難以參透的書籍。

他注意到放在某張桌面遠處的一本書，在書店燈光的照映下，封面閃閃發亮，那本書的書名——《未來生活指南》——實在不怎麼樣，但白衣女孩輕移腳步走來，他趕緊拿起那本書，閱讀書封背面的文字，以免與她四目相接。

他心不在焉，隨便看了一下。

然後，他又看了一次。

不對，不合理啊。

書封背面講的就是他。提到了他的名字，還有他站在這裡讀這本書，他立刻笑了，緊張又短促的笑聲。

他又看了第三遍，然後緩緩抬頭，佯裝不在乎，目光飄向展示窗與街道。

對街有個戴著藍色棒球帽、身著長版黑外套的男子猛盯著他，久久不放。

班恩轉身，背對窗戶，這到底是怎麼一回事？

「我們即將打烊，」女店員說道，「打算購買東西的客戶請盡快結帳。」

他發覺自己雙耳一片燥熱，把書抵在胸前，大步走向收銀台，蜜蜂可以之後再說。

7

我們又相遇了。吾友，當我說歡迎你隨便翻到哪一頁都可以的時候，我的意思是當你需要協助或指引的時刻，而不是你覺得無聊的時候。

我知道，我知道，你坐在這間密閉地下室，大門深鎖，無事可做，所以就找上了我。但你並不是因為想知道接下來該採取什麼行動而打開了我——你很清楚只要大門一開，你就會立刻衝回家，你現在這麼做只是出於好奇罷了。

你知道嗎？想要聽故事？好，那就說給你聽吧。

你八成聽過提修斯吧，那位希臘英雄。希臘人總是千方百計製造英雄。他們的英雄是打從一出生就超級英勇，是那種註定會立下英雄偉業的人，沒什麼好玩的。好，我們現在先別批評這一點。

提修斯殺死了米諾陶諾斯——牠是半人半獸的怪物，被關在位於克里特島的國王迷宮裡——然後，提修斯光榮駕船返鄉。在回家的途中，他還抽空把深愛他的女孩扔在某個孤寂海岸，卻忘記把船帆從黑色換成白色，害他父親以為他已經被米諾陶諾斯所殺害，因為他曾經告訴他的父親，要是他贏得勝利，將會以白帆返家。這只是凸顯了我們絕對不能輕忽功能設計的重要性。提修斯的父親傷心欲絕，投海自盡，一切都是因為他兒子沒有換船帆。

反正，提修斯的船——令人驚豔的美麗船隻，有三十支槳與所有的一切——多年來一直停泊在雅典港口。雅典人捍護它，以閃耀的愛與榮耀保存它，這是他的行動明證。

但是，過了一段時間之後，木板開始腐爛，許多螺絲跟著生鏽，所以他們取走了舊爛的部分，換上新的木板與螺絲。又過了多年之後，他們替換了更多的木板與螺絲，接下來，出毛病的是索具與帆布，發霉得很嚴重，到了最後，經過多年連續不斷的零件更換過程，已經完全沒有任何的原始材料，但大家依然稱它為「提修斯的船」。

不過，希臘哲學家們卻開始爭辯這是否還是同一艘船。如果是的話——那麼要怎麼去理解一切都已經遭到替換的事實呢——如果不是的話，那麼它又是從什麼時候開始不再是「提修斯的船」？是在更換第一塊木板的時候？第一百塊？也許是更換最後一塊木板的那一刻？身分到底是由什麼所決定？

你也看出來了，萬物都在變化，不只是希臘神話裡的英雄船隻而已。每個人都在變，只是速度緩慢。物件、地方、人，在人類行為大陸塊體之下的人格構造板塊一直在移動。每個人都對自我有清楚認知，所以會讓我們覺得自己很穩定，不會有任何改變，不過我們周遭的世界卻由於因果法則而一直在變動，發生各種反應。我們就像是一開始在船上出生，從來沒有離開過的人一樣，以為自己固定不動，而我們周邊的一切卻不斷在移動航行。

不過，一切都在移動，也包括了我們自己。

我們都是「提修斯的船」。我們會拿新的汰換舊木板，我們一直在變動，這是我們累積小經驗、接觸新概念的結果。這樣會讓我們變成不一樣的人嗎？難道因為你不在同一條河洗澡，所以就不會再次遇到同一個人嗎？

你真心覺得自己還是昨天的那個班恩？在這一切瘋狂事件出現之前的那個班恩？畢竟，你心中至少有塊木板已經遭到了置換。

重點就是，我們內心的改變可以幫助我們了解其他部分，當我們說出「我」的時候所代表的那個「我」。當我們讓自己成為與自我認知不同的那個人，當我們讓自己相信我們真的能夠產生改變的時候，某種身分的內點，就會以某種特殊的方式顯現出來。

畢竟，你非常渴望改變。

我不是要對你講故事，我已經說過了，我是要來幫助你。

歷經多年之後，現在的你打算要發掘真正的自我，潛入自我的深層空間，浮出水面的時候，就會成為你想望的那種男人。

過沒多久之後，門就會打開，你可以離開。那麼，你是要回家繼續過先前的生活，只要更換一兩塊木板？抑或是要一頭栽進改變之中？抉擇的時刻馬上就會到來。

你還沒有詢問我的建議，不過，我現在就先說了：不要放棄可能會發生的一切，不要為自己的故事劃下句點。如果那是你尋求的改變——那麼就堅持下去。

8

班恩離家數小時之後，發現自己在同一個街角徘徊已經是第三次了，他真不知道自己怎麼在這種時候還不睡覺。

話說回來，大半夜從自己位於二樓的住家窗戶離開，從建物立面爬下去，奔跑穿越鄰居們的花園，而且還不時害怕回頭張望——這些也都不是正常事件，所以，熬夜不睡，似乎也不是他現在最該掛心的事。

剛才，當他看完了自己買的那本詭異之書的第一章之後，他有幾秒鐘的時間可以決定是否要接受這種理論：原來，他在讀的這些字句真的是他的指引。

他體內的每一塊理性骨骼都在抗拒這概念。顯然這是某種詐術，有人想要戲弄他。不過，書中的字句說出了他在閱讀時遇到的每一個狀況，尤其是他在窗外看到的那名男子，更讓他深信這一次應該要聽從自己的直覺，也就是說目前狀況詭異，但他必須要信任它。

當他以上半身為重心，爬出窗戶的時候，他才驚覺自己的理性居然如此脆弱。

他必須要搞清楚這到底是怎麼一回事。居然有一本特別為他所寫的書，而且還提供他量身訂做的建議，要如何擺脫在追搜某瓶威士忌的可疑人士，一定有更合理的解釋才對。不過，他覺得等到自己恢復平安之後，他還是得解決書裡的這些問題，而且為了安全起見，他要稍微離這本書遠一點。

他走過空無一人的街道，思量自己的各種選擇。藏在他背包裡的那瓶威士忌與那本書不斷發出碰觸的摩擦聲響。謎團一個接一個出現，越來越離奇。酒瓶裡是裝了什麼？居然會引來有人跟蹤他一路回家，還企圖在半夜闖進來？他是否有勇氣再次打開那本書閱讀內容？

最後，他坐在人行道邊緣，將背包放在腳邊，猛力扯開拉鍊。

他陷入天人交戰，不知道該先拿哪一個出來。這種時候看那本書太可怕了，要是沒有特別理由，他不想打開它。

他在手中轉動酒瓶，仔細檢視。

就他看來，很普通的瓶子，長型瓶身，一般的酒標，標明了威士忌的名稱、釀造的時間，還有關於這瓶酒的其他無聊細節。瓶子本身的設計並沒有花俏之處，只有在接近瓶口的地方有一個凸狀酒窩。湊近一看，可以發現酒瓶並沒有密封，的確是旋緊的，但已經被開過了。有人拆開了封口，但班恩從來沒喝過這瓶酒。

班恩旋開瓶蓋，嗅聞威士忌。氣味濃烈，有明顯的酒香，還有一種讓他聯想到海灘營火與餘火灰燼的氣味。一對情侶走過人行道，他心中有個聲音提醒自己，過了午夜時分坐在路邊聞威士忌酒瓶，對於某些路人來說可能很奇怪。他立刻旋緊瓶蓋，發現瓶頸那裡黏了張白色小貼紙。

「在『無酒吧』豐釀而成。」這排小字旁邊有某個已經褪淡的署名。細瘦的黑色字跡超出了貼紙外緣，弄髒了瓶頸，似乎是貼紙黏住瓶子之後才有了簽名。

他把酒瓶放回包內，思索那本書的事，心想也許可以看一點吧，最後，還是決定要拒絕誘惑。除非必要，否則他絕對不打開那本書。他要慢慢處理，必須依靠邏輯與對策，或是不知別人會怎麼稱呼的那些在他內心洶湧起伏的恐懼浪潮，反正他最後一定要弄清楚這是怎麼一回事。首先，先去找那地方，應該也很合理。也就是「無酒吧」。

他本來的計畫是找到一個可以上網的地方，但他沒想到他向某個路人請教這簡單問題之後，他需要的資訊全都有了。

好，他心想，一定是對這座城市夜生活有一些了解的人，才會在這種時候掛著醉醺醺的淺笑走在街上吧？他詢問了第一個看起來不像流浪漢、不像變態，也不像流浪漢加變態的人，是否知道一個叫做「無酒吧」的地方？對方的答案是：直走，第三個路口右轉，然後再問人，「因為就是在那個區域。」

他憑藉這樣的指示，卻繞到了其他街道與街角，最後到了一個似乎是一片死寂的街區。但正當他打算回頭找一條比較有人氣的大馬路時，卻意外進入某條單行道小巷，他看到寫了那幾個字的招牌，「無酒吧。」

終於，搜尋了五十多分鐘之後，班恩推開厚重的門，進入了那個應該是自己在尋找的地方。

雖然是深夜時分，但客人還是不少，三三兩兩散坐四處，聊的都是那種要有一定醉意才能躲避社會約束而講出的話題，但也不能醉過頭，不然聊天就成了胡言亂語。狹長吧檯坐了兩名唇線僵硬的男子，吧檯後方是一名短髮的年輕女孩，拿布對著某個酒杯不斷繞圈擦拭，她看著他，開口：「廚房已經關了。」

他舉手，彷彿表示「沒關係」，然後開始努力回想到底在哪裡見過她。他曾見過她，或者，只要是他看得順眼的女人，都會讓他產生這種錯覺？我在哪裡見過妳吧？

他悄悄走到吧檯，在她面前靠過去，努力要擺出一點自信姿態，「我要找老闆。」

「她不在，」酒保依然忙著在擦拭那個已經乾乾淨淨的酒杯，「要不要留話給她？」

「妳知道她什麼時候會回來嗎？」

「我不知道。隨時都有可能，也許是明天早上，她來來去去也不需向我報告。」

「我……既然這樣的話，我等她。」

「好，」酒保說道，「不過，要是最後一個客人離開的時候，她還沒有出現，我就得關門了，我不能讓你在這裡待到早上。」

「要是大家都離開的時候，她還沒有回來，那我會先離開，明天一早再過來。」

她放下那酒杯，拿起另一個，「真有那麼急嗎？」

「應該吧。」

「應該吧？」

「對，很緊急，絕對是緊急狀況。」

她聳肩，「你要坐哪裡都不成問題，」她說道，「要不要喝點什麼？」

他回道：「水。」

他找到某個角落，接下來要想辦法找出讓自己貌似輕鬆的姿態。

他聽到了一首自己沒聽過的歌，歌手是利物浦口音，酒保來放了餐巾紙與冰水。「謝謝。」他知道現在是展現機智與調情的好時機，但他卻只是點點頭。就算在正常狀況下，他的思考反應也不夠快，沒辦法展現機智打情罵俏。經過了一整晚的折騰，他早就提前放棄了機智與調情的任務。

他拿起水杯，喝了好幾口，速度悠長平穩。

如果他是真男人的話，早就在吧檯和她聊開了。

他望著她離去，默默發出了嘆息。不過幾秒鐘的時間，他已經知道這女孩很危險。步伐裡的輕鬆姿態，隨著音樂節奏搖頭晃腦，她就是那種大膽無所謂的女孩，讓你開始誤以為世間一切都簡單輕鬆，包括了涉足她的生活，但直到接觸之後你才會發現，這種充滿魅力的無憂無慮態度，只是一種甜蜜陷阱，把你吸入的同時，立刻把你關在她盔甲裡面的某種誘人引力。

對於那種類型的女孩，他早已心知肚明。滿臉笑容、可愛、很酷，那種會讓你對女性重燃信心的聰慧型女子，但之後才會恍然大悟，原來誰與誰相配的那些細節與定義比想像中的重要。

班恩的世界裡沒有太多浪漫故事，寥寥可數的也只有單戀而已。

在他的青少年時代，幾乎都在玩味那些富有格言韻致的非科學事實，比方說那個眾所周知的著名現象，長得越漂亮的女孩似乎越難追，但是當美女開始注意他的那一刻，似乎就失去了原有的光彩。他把它稱之為男人的悲劇，然後，又把它稱之為女人的悲劇，最後把那些亂七八糟的念頭全都拋諸腦後。

最後，他的初戀在他身上留下了一股酸楚氣息——那女孩一直很友善體貼，害他產生了錯誤期盼，但她也一直沒把他放在心上，左閃右避，而且保持高度矜持，害他就連遭人拒絕的機會也沒有。

老實說，報社裡的某個美編注意過他，但他並不喜歡那種關切的方式。

他偷聽到一段自己不該聽到的對話，裡面提到了他的名字。他們竊竊私語，咯咯笑個不停，其間冒出了「魯蛇」這樣的字眼。他很清楚，自己應該要插嘴說點什麼才是。不過，他是後來才醞釀出華麗的反駁之詞，事發之後的那幾個晚上，分階段累積而成，幾乎都是在洗澡時的靈感。他站在蓮蓬頭下面，心中對她破口大罵，自信滿滿，鏗鏘有力。

我是魯蛇？真的嗎？好，也許吧。是真的又怎樣？大家都是魯蛇。每一個人都是。嚴格說來，只要是生下來、最後難逃一死的人，全都是魯蛇。

我們大家對於一切從容以對，彷彿所有事物只是選擇的問題而已，然而，我們其實充滿了渴求，我們隨時都有這些需要：空氣、食物、擁抱、歸屬感、真相，以及時間。我們的本質就是飢渴、需求，還有匱乏。還有比這更魯蛇的事嗎？沒有人能夠以贏家姿態成就一切，沒有人能夠光是靠著戰勝周邊現實就能通往永恆不朽之路。

他在蓮蓬頭的強力水柱澆灌之下，滔滔不絕發表演說，他繼續向她解釋，如果說有什麼樣的時刻能讓我們沒那麼像魯蛇，如果，真有那樣的一瞬間，都是因為我們願意給予之後才會看到它的降臨。當我們真正放棄了部分的自我，證明我們有給予能力的時候，也就讓我們充滿了那種力量，就在那麼一時半刻，我們變得沒那麼可悲，沒那麼飢渴。

而妳呢，現在明明有這樣的大好機會，對我展現妳的大方，稱讚、流露同理心、表現關注與興趣。那樣的短暫片刻不會對妳造成任何損失，絕對不會傷妳分毫，而就連這一點，妳也做不到。

哼，所以誰是魯蛇？誰啊？

然後，他洗淨泡沫，關上水龍頭。

他發出哀號，他還是沒有完全從小孩轉為大人。他從未看過有什麼男子氣概成分的詳細清單，但是幻想自己雄辯滔滔在罵人，應該不會列在其中吧。他很清楚，他自己缺少了許多重要成分。

他從包包裡取出那瓶威士忌，把它放在桌上。他遲早得喝的，重要人士都是喝這種東西。冰水？幫幫忙好嗎？他發現那名酒保又好奇看了他一眼。明明坐在酒吧裡，但是卻抱著一瓶從家裡帶過來的威士忌，感覺有點怪怪的。

那又怎樣，他抗議，為什麼不行？有嚴格禁止嗎？他發現自己正在開酒，要是他這麼想喝，也可以立刻狂灌一大口，根本連杯子都不需要。他直視那名酒保的雙眼，他的目光之中出現了某種暗黑魔法，他無所懼，堅強，舉起酒瓶，稍微做出乾杯姿態，然後灌了好幾口。他依然緊盯她不放，目光力道直透而入，然後，他把酒瓶放回桌上……

哦我的天啊，佩塔提可瓦[2]都會化災難的創始者，這個松節油氣味的噁爛液體到底是什麼？

那股味道讓他的舌頭灼燙，在他的嘴裡泫流了一會兒，穿透他的牙縫，他相信自己喉嚨懸雍垂的搖晃狀態就像是嗑藥的小精靈一樣。他不假思索，灌得急快，這種喝法表示那股火被深推入內，琥珀色的熔岩緊貼可憐的咽壁，這倒是提醒了他，自己從來沒有喝過威士忌。他喝得太急了，但就算喝得再怎麼秀氣也是受不了。他眼眶泛淚，雖然他明明知道胃內沒有神經末梢，還是覺得那液體從喉嚨一路燒到了胃部。

他的嘴冒出一陣慘絕長咳，宛若溺水者拚命想要吸氣一樣，就算有什麼偽裝的男子氣概，也被碾碎得蕩然無存。酒吧裡所有的人都停止談話，轉頭看著他。他轉為咳嗽與吸氣不斷交替，至少十雙眼睛盯著他，他真的聽到有人在講是否應該起身幫他，不然他遲早會咳死。

他舉起雙手，彷彿要阻絕那些注目禮。

「一切都……咳咳……很好……」他聲音變得沙啞，「只是……咳咳……咳咳……那……咳咳……我只是……咳咳……想要講話的時候喝……沒事……咳咳……」

大家繼續聊天，他也慢慢能夠控制自己的喉嚨，只有那名酒保依然看著他，她臉上掛著淺笑，雖然想掩飾笑意卻藏不住。最後，她靠過來，悄聲問道：「再來一杯水？」

他點點頭，避免目光接觸。

「馬上來，」她說道，「當然，要是你想要喝點比較濃的東西，告訴我一聲就是了，也許我們會找到你更喜歡的酒。」然後她就轉身離開了。

一個小時之後，門開了，老闆走了進來。

❷ 以色列著名科技城。

現在「無酒吧」裡面只剩下六個人，班恩、酒保、坐在酒吧的安靜沮喪男，還有坐在某一桌，依戀不捨的三人組。走進酒吧的這名女子，看起來完全不像是屬於這裡的人。仔細塑型的一頭灰色捲髮，顯然是靠了大量髮膠固定。蓋住身軀的那件棕色羊毛背心與外頭的天氣沒什麼關聯性，厚重布料的長裙也是棕色，長度在小腿肚。她一手開門，另一手則拉著亮藍色的購物車，上頭有個粉紅色的塑膠袋飄啊飄的，宛若一隻驚恐的水母想要逃跑。她身穿厚重的鞋，還有個搶眼的破舊黑包包。

她站在門口，環顧全場，然後走進酒吧，後頭拖著購物車。當她走到另一頭的時候，酒保在狹長吧檯前彎身對她附耳低語，然後指向班恩。這位老太太老闆盯著他，砰一聲放下自己的購物車，走了過去。

「你來這裡是為了要找我？」

「對，」班恩說道，「很榮幸認識您，呃您是……」

「我是凡杜爾，」她繼續說道，「時間很晚了，年輕人，有哪裡需要我幫忙的地方？」

「我得向您請教海姆．沃爾夫的事。」

他賭對了。她的雙眉微微挑高了約一公釐左右。她望著他，然後再次看著酒吧裡的那些人，終於，她的目光又回到他身上，「你是在哪認識海姆．沃爾夫的？」

「我常去看他，今天收到了他遺囑裡留給我的東西。」

「是什麼？」

「一瓶酒，是威士忌。」

凡杜爾盯著他，彷彿在打量他的話有多少真實性，「好，但不要待在這裡，我們上樓，跟我來。」

她走向自己的購物車，開口說道：「大家都好吧？」她面向那桌三人組，「還喝不夠是吧？好，我們得要打烊了，趕快回家吧，你們明天還要上課。」

其中一個說道：「阿嬤，我們畢業很久嘍。」

「你可以去喊你媽媽阿嬤，」凡杜爾嗆他，「還有，當你每天都過著白痴生活的時候，每天都是學習日。來吧，不要折磨歐絲娜特了，她也得要睡一下，開始準備收拾吧。」

她拿了購物車，繼續走剛才的路線，經過吧檯的時候，向班恩示意準備跟她走。當她走到最後一名客人旁邊的時候，她側頭，柔聲說道：「回家吧，米凱，你太太在等你。我不想要再接到她的電話。再喝一小口，深呼吸，回家去。」

米凱根本懶得把酒喝光，直接挪移屁股，離開椅子，仔細扣好襯衫鈕釦，默默離開了。

「晚安，歐絲娜特，」凡杜爾準備走到酒吧底端，對她揮揮手，「妳會關門打點一切吧？」

「當然，」歐絲娜特回道，「晚安。」

凡杜爾與班恩到達酒吧底端——她一直拖著疲憊步伐，而他則跟在後頭，努力保持適當距離——然後，這位老太太開了某道門，露出了階梯。

「現在，這整棟樓都是我的了，」她打開了燈，「酒吧在一樓，二樓是我的家與歐絲娜特的住處，最近頂樓沒有人住。幾年前沃爾夫住在那裡，但現在已經全部封起來。可不可以幫我拿一下購物車？」

他們緩緩上樓。建物老舊，樓梯破損，但乾淨又通風良好。到達二樓梯台的時候，凡杜爾從背心口袋取出一大把鑰匙串，就在燈光快要熄滅之前，她好不容易把正確的那一把鑰匙插入鎖孔。

班恩瞄了一下對面的那扇門，貼了一張老舊的海報，史奴比躺在自己的狗屋屋頂上頭，上頭有她的名字，「歐絲娜特」。

凡杜爾的客廳和班恩想像的一樣，符合凡杜爾這種模樣女子的家居風格。大型的印花沙發，佔滿一整面牆的書，遠方牆面掛有一張戴牛仔帽、膚色曬得黝黑男子的照片，有個古董櫃，上頭放了張黑白照，插滿花朵的花瓶，看不出是否真的是鮮花。天花板的枝狀吊燈只剩下兩三個發亮的燈泡。凡杜爾示意請他入坐沙發之後，把購物車放在角落，進入貌似廚房的地方。班恩乖乖坐在沙發上，背包擱在身邊的地板。她回來的時候，帶了一袋餅乾與一杯水。

「在這裡等我一下。」一說完之後，她消失在某條黑漆漆的走道。

班恩進一步觀察客廳，沒有電視與收音機。沙發旁邊放有一個比較小的深棕色古董櫃，這裡的照片比較多，而且都是彩色照。班恩很有興趣，湊前細看，但裡面沒有人，只是風景照，被大家歸類為未來度假地點的那種照片。

凡杜爾回來了，換上睡袍與絨毛拖鞋，坐在沙發旁的某張扶手椅。

「你沒吃餅乾。」

「我不餓，」班恩回道，「而且這種時候也不該吃餅乾。」他現在發現這裡也沒有時鐘。

她問道：「要不要喝點茶？」

「不……不用了，」他回道，「不需要，謝謝。」

她聳肩，「不要啊？嗯。好吧，你剛提到海姆．沃爾夫？」

「對。」

「海姆．沃爾夫是好鄰居，大好人。我們認識有一段時間了，你知道嗎？他就是蓋這棟房子的人，也是『無酒吧』的創辦者。當他決定要搬進養老院的時候，以非常低廉的價格把這裡賣給了我。」

「妳知道嗎……」班恩說道，「海姆．沃爾夫死了。」

「我擔心妳可能不知道。」

凡杜爾喝了一小口水，「嗯，我知道。」

「不，不，我知道。」

「我……我是第二天才知道。我在平常的到訪日去了養老院，到了那裡才知道消息。」

「你在那裡認識了海姆．沃爾夫？」

「我是在撰寫我家附近養老院的某篇文章的時候認識了他，」班恩說道，「我訪談了各式各樣的，嗯，住在那裡的老人家，他們把自己一生的故事全告訴了我。」

「你是記者？」

「不……不算是。但那時候我差點成了記者，其實那篇文章一直沒有發表。」

「然後你一直與那些老人保持聯絡？還是只有沃爾夫？」

「只有沃爾夫。」

「為什麼？」

「也不知道為什麼，我們很投契。我知道大家都有引人入勝的故事，真的，但是沃爾夫的特別精采。他有源源不絕的傳奇與體悟，能和他聊天很棒，而且他是大好人。」

凡杜爾微笑，點點頭，「的確，要是說沃爾夫真有什麼特點——鐵定就是他自己源源不絕的故事。」

「我們每個禮拜見一次面，下棋、喝咖啡，有時候會到院子裡散散步聊天，感覺很開心。我不是每個禮拜都能過去，但他對此似乎不以為意。」

「所以你們才會變熟？」

「不……我的意思是，我覺得我們不算熟。我們沒有聊自己的事，只是一種很平凡的關係，真的相當稀鬆平常。有時候我們只是下棋，然後我得趕回辦公室，還有的時候沃爾夫不是很舒服，必須躺在床上，純粹就是對我講述過往的故事，但是我從來不覺得那是一種緊密或重要的關係。幾乎可以這麼說吧，他是我想要放鬆的時候會去探望的對象。」

「然後呢？」

「然後，我發現對他而言，我們的這些會面別具意義。他留了某個算是遺產的東西給我，顯然是他覺得很重要的物品，因為他特別請了律師，就是為了要審慎保存，轉交給我。」

「一瓶酒。」

班恩說道：「對，一個註明產地是『無酒吧』的酒瓶。」

凡杜爾面色緊繃，「酒瓶在哪裡？」她問。

「這裡。」班恩伸手入背包，取出酒瓶放在桌上。

凡杜爾不發一語盯著酒瓶，屋內一片靜悄悄。

班恩發問：「這酒瓶為什麼這麼重要？」

凡杜爾反問：「誰說這東西重要了？」

「今天有人跟蹤我，想要闖入我家拿走它。」現在班恩恍然大悟。

凡杜爾吐了一口長氣，面向他，「是誰？」

「我不知道，」班恩回道，「顯然是很想要這瓶酒的人。」

凡杜爾的注意力又回到了那瓶酒，她依然沒有碰它，只是彎身，盯著不放，然後走到古董櫃前面，從上層櫃面拿了眼鏡，掛在鼻梁上，然後又回到了沙發那裡，繼續盯著酒瓶，先看某面，然後又是另一面。

突然之間，她挺直身體，盯著班恩。她問道：「你喝了嗎？」

「我……對，我喝了……」班恩回道，「才剛喝而已，就是在我等妳的那個時候，就，突然一陣衝動，我平常根本不喝酒。」

凡杜爾立刻追問：「你喝了多少？」

班恩說道：「一口。」

「大口還是小口？」

「我……我想是大口吧……」

「多大口？」

「老實說，就是當時能喝下的最大極限……」

凡杜爾往後一靠，摘掉接有鍊條的眼鏡讓它落在胸前，她閉上雙眼問道：「之後發生了什麼事？」

「沒事，」班恩回道，「就這樣，吞進去的時候好燙，我其實不太喝威士忌，咳了好一會兒。」

凡杜爾睜開雙眼，「就這樣？」

「對，沒什麼特別的。為什麼要問……是會發生什麼事嗎？」

她聳肩，不發一語。

凡杜爾又把頭靠在沙發上，雙眼依然盯著酒瓶，她的雙手開始移動，似乎具有自我意志，最後，十指併攏在一起，形成了一個小三角形。

「你這個笨蛋小老頭，這次搞什麼啊？」她喃喃自語，「到底留給我們什麼？」她閉上眼睛。班恩坐在沙發上，心想不知該往後靠還是繼續保持挺硬姿態，是否該說些什麼話？還是要緊閉嘴巴，靜候這位老太太醒轉過來？他發覺自己掌心汗濕，趕緊在褲頭抹了幾下，凡杜爾依然動也不動。終於，他再也忍受不了這樣的靜默。

他問道：「所以這瓶酒到底是怎麼一回事？」

凡杜爾舉手，在空中伸出一根手指，彷彿在說等一下就是了。

過了幾秒鐘之後，她睜開雙眼，開口說道：「我得要喝點東西。」

她離開沙發，動作出奇輕鬆，走向了廚房。班恩聽到她開冰箱，玻璃杯重放在流理台，還有某個容器裡的液體倒向另一個容器的聲響。終於，她拿著一個近乎全滿的杯子再次現身，「柳橙汁，」她說道，「維他命C的重要來源。」

她喝了一小口，班恩努力擺出友善姿態。

「妳家很漂亮，」他說道，「這些照片真的很美。」

「謝謝，」凡杜爾看起來心煩意亂，「你這年輕人真是有禮貌。」

「這古董櫃看起來很貴，」班恩忍不住說道，「一定是高檔貨，對了，角落那張照片，戴牛仔帽的那個老人是誰啊？」

「我不知道，」凡杜爾說道，「只是一張我喜歡的照片罷了，我一直很喜歡牛仔。」

「奇怪，我覺得他很眼熟。」

「你可以上網搜尋，」凡杜爾回他，「一定找得到他的名字。」

「哦，那張照片有夕陽啊什麼的，真的很美，」班恩問道，「妳為什麼要把它從地下室拿上來？」

「我根本很少去下面，」凡杜爾不耐揮手，「擱在那裡簡直是浪費，又沒有人……」

她突然扭頭看他，「你怎麼知道？」

「我知道什麼？」

她語氣緊張，「你怎麼知道那張照片原來在地下室？」

「我……我……我也不明白自己怎麼會知道。」班恩侷促不安，「我是說，我只記得它以前放在地下室，就在那裡。」

「我根本沒告訴你這裡有地下室。」

「我……我不知道。」現在的狀況讓他好害怕，就在這一瞬間，他講出了所有細節，「我只是記得那照片掛在地下室角落，靠近書櫃的地方，就在洗衣機的上面，靠近黑板，裡面放有粉筆，還有那些數字……」

他望著凡杜爾，她雙眼瞪得好大，他聲音發抖，「這是怎麼回事？」

她回道：「你喝了那瓶威士忌。」

他困惑問道：「……所以我是醉了嗎？」

凡杜爾的頭突然往後一仰，爆出大笑，「真不敢相信他會做這種事。啊，沃爾夫，怎麼可能哪！」

「誰？做了什麼？怎麼了？」班恩問道，「我出了什麼事？」

凡杜爾面色轉趨嚴肅，把她的柳橙汁放在桌面，「沒事，」她說道，「你不會有危險，跟我來。」然後，她走向大門。

班恩問道：「我們要去哪裡？」

「地下室，」凡杜爾拉好睡袍，「對了，小伙子，你叫什麼名字？」

「班恩．史瓦茲曼。」

「好，班恩．史瓦茲曼，你的生活將會發生巨變，來吧，把那瓶酒一起帶過去。」

9

凡杜爾關上了門。

班恩問道：「我們來地下室是要幹什麼？」

「喚起你的記憶？」

「但我到底是出了什麼事？」

樓梯傳來往上的腳步聲，他們先看到了歐絲娜特的頭，她繼續拾級而上，身體其他部分也跟著慢慢出現。

「收工，」歐絲娜特說道，「都收拾好了。」

凡杜爾問道：「那些龐克走了嗎？」

「妳是說八號桌的那三人組？」歐絲娜特微笑，「對，已經離開，下面都鎖好了。對了，他們其實很酷。」

「龐克啊，」凡杜爾說道，「很可能會穿牛仔褲去劇院的那種人。」

「隨便妳怎麼說嘍，」歐絲娜特微笑，「反正，門窗都已經關好了。」

「太好了，」凡杜爾說道，「這位年輕人和我要下去一會兒，晚安。」

「晚安。」歐絲娜特轉向走廊的另一道門。

「等等！」班恩大吼，「我現在知道我在哪裡見過妳了！」

歐絲娜特一臉困惑望著他，「是啊，我是樓下的酒保，就是你十分鐘前看到的同一個美眉。」

「對，當然啊，但不只是剛才而已，」班恩說道，「我今天下午在律師那裡見到妳。他叫什麼來著？斯托施伯格。我進去的時候妳正好離開。妳不記得我嗎？」

「抱歉，我注意力沒那麼好，」歐絲娜特說道，「我沒注意到你。不過，沒錯，我是在那裡。」

班恩對凡杜爾說道：「給我酒瓶的就是那名律師。」然後，他又朝那瓶威士忌比畫了一下。

凡杜爾面向歐絲娜特，柔聲問道：「歐絲娜特，他有沒有留了什麼給妳？」

「有啊，」她聳肩，「他給了我一瓶海姆．沃爾夫遺留給我的酒，我想這是他的一點心意，因為我常去看他，偶爾還會從『無酒吧』帶酒過去。」

凡杜爾依然語氣溫和，「酒瓶呢？」

歐絲娜特歪頭，朝她家門的方向點了一下，「那裡，我把它鎖在妳以前給我的那個酒櫃裡面。」

「妳有沒有喝？」

「沒有，我想等到特殊場合再喝。那是很貴的酒，他真是盡心，好體貼的人。」歐絲娜特嘆了一口氣。

「我想妳最好跟我們一起下去。」

「進那個防空洞嗎？」

「防空洞，地下室，隨便啦。反正就是樓下。如果妳鎖好了那瓶酒，沒關係，我們等一下再來拿。」

歐絲娜特詢問班恩，「怎麼了？」凡杜爾已經匆忙下樓，拖鞋發出了輕柔的啪噠聲響。

班恩回她，「我根本什麼都不知道。」

歐絲娜特對著粉紅色睡袍的背面喊話，「凡杜爾，可不可以等到早上再說？我累壞了。」

「不行，」凡杜爾說道，「趕快，你們兩個，給我一起下來。」

他們到達防空洞入口，凡杜爾抽出鑰匙，準備打開那道沉重大門。她打開了橫槓的鎖之後，舉了一下，然後指著班恩。

「看起來你比我壯，你來。」

班恩搞了好久，最後終於成功轉動，把門打開，凡杜爾伸手進去，開了燈。

裡面充滿污濁霉味，凡杜爾開了風扇，它慢慢甦醒過來，開始攪動空氣。唯一燈泡散發的淡黃色光照亮內部，雖然滿布灰塵，但一切井然有序。裡面放了好幾張椅子，還有兩個大書櫃挨在牆邊。

班恩看到角落桌面有一個蓋住的雙陸棋盒與西洋棋棋盤，不過其他盒子灰塵太厚，看不清楚是什麼東西。桌子上方掛了一面大型綠板，底下還有幾支粉筆。而房間的正中央是一張又圓又大的彩色地毯。

「坐下來。」凡杜爾指了指椅子。

班恩想要反駁，「但也許我們應該……」

凡杜爾語氣不耐，「坐啊，趕快坐下來。」

兩人都坐下了。

「好，」凡杜爾說道，「洗衣機在哪裡？」

班恩指向某個角落，「那邊。」

她繼續追問，「牛仔照片呢？」

「上面。」

「哪一面牆？這個還是那個？」

他伸手指了一下，「那個。」

凡杜爾環顧四周，「椅子全部疊起來的時候是放在哪裡？」

班恩回道：「桌子旁邊，就在那裡。」

「還有那邊，書櫃，」凡杜爾問道，「我們把西洋棋放在哪裡？」

「嗯，」班恩指向底層櫃架，「我想是那裡吧。」

凡杜爾深吸一口氣，然後，嘴巴裡冒出了一連串短促急速的子音，班恩覺得她是在用他聽不懂的某種歐洲語言狠狠罵人。

歐絲娜特問道：「哪個人跟我說一下這是怎麼回事好嗎？」

班恩雙手一攤，搖頭，「別看我，我什麼都不知道。」

她又問道：「凡杜爾？」

凡杜爾雙手插在睡袍口袋裡。

「我的確該給你們一個解釋，」她說道，「反正，要是沃爾夫給了你們酒瓶，那就表示他信任你們，我遲早都得向你們講清楚。」

凡杜爾的雙手依然放在口袋中，盯著地板，在防空洞裡來回踱步，現場只聽得見她拖鞋的啪噠聲響與風扇嗡鳴。過了一會兒之後，她終於停下腳步，望著他們兩個。

「你們想做什麼？」她問道，「我的意思是，有什麼是你們想做卻一直沒有做？或是想做而不敢做的事？」

歐絲娜特嘀咕，「拜託，這又是從哪裡冒出來的啊？」

班恩滿是疑惑，「什麼？」

「比方說，一趟泰國之旅，」凡杜爾說道，「或是在擠滿五萬人的體育館舞台與某個樂團一起表演。有沒有什麼充滿期盼但卻一直不曾實現的體驗？成功追捕一群銀行搶匪？到國外當間諜？在巴塞隆納新球場踢球得分？」

歐絲娜特問道：「這到底是在講什麼？」

「那就是我們在『無酒吧』裡賣的東西，」凡杜爾回道，「或者，至少可以說是我們以前的產品。」

「我明明是站在吧檯後面的人，但是卻完全聽不懂妳在講什麼。」

凡杜爾面向班恩，「沃爾夫是怎麼跟你說巴西的事？」

「巴西？」

「對。」

「他說他參加過三次的嘉年華，」班恩說道，「全聖保羅只有五間好餐廳，還有，雖然人人誇讚巴西海灘，但他覺得也只能算是全球第三名而已。」

「他也跟我提過海灘的事，」歐絲娜特說道，「我同意他的說法，哥斯大黎加的海灘會讓巴西相形見絀，我在那裡衝過浪，海水清透度第一名。」

凡杜爾問班恩，「他說他在那裡待了多久？」

「三個月，」班恩回道，「每次嘉年華一個月。」

「海姆．沃爾夫，」凡杜爾說道，「在巴西待了將近三年的時間。就我所知，舉辦嘉年華的時候，他從來沒有去過那裡，幾乎都窩在亞馬遜叢林深處。直到今天，我還是不明白他在那裡做什麼，又遇到了哪些人。」

「所以他為什麼……」

「當他從亞馬遜回來之後，」凡杜爾說道，「他擁有了西方世界中極少數人所掌握的知識，他找到了如何把體驗傳遞給他人的方法。」

她安靜下來，沉默變得更加凝重，此刻只聽得到她後頭的風扇嗡嗡響。

歐絲娜特問道：「這是什麼意思？」

「美眉，這麼說吧，妳的確可以前往巴西參加嘉年華，」凡杜爾說道，「然後妳想要把過程告訴別人，但無論妳描繪得多麼生動，這種敘述還是無法傳達百分百的體驗。顏色、氣味、興奮感，也許還包括了那種狂亂，有些事物就是無法言傳。沃爾夫找到了將某人的體驗移轉到他人的方法，讓新的受體可以體會到原始經驗主的相同感覺。」

「妳是說……」

「我說的是可以讓人得到你所有經歷、所有舉動的某種技術，可以讓你輸出體驗。而且，還可以保存下來，比方說，酒精，就是一種相當優秀的保存劑，所以有許多的記憶與體驗都儲存在紅酒、威士忌，或是白蘭地之中。不過，體驗其實可以儲存在任何一種食物或是飲料裡面，只有水是例外。當然，最好要挑不會太快腐化的物質。油、醋、蜂蜜，有時候糖也可以，維持乾燥的種子，如果要採取折衷方案，甚至醃黃瓜也可以。」

歐絲娜特緩緩說道：「而當某人吃下之後……」

「當某人吃下或喝下了它，就會得到體驗，在回憶的時候，彷彿自己真的曾經身歷其境一樣。就他的角度而言，他的確體驗到了你的體驗，他真的參加了嘉年華。」

「我才不信，」歐絲娜特起身，「聽起來真是超現實，我得去睡覺了。」

「問問我們這位朋友吧，」凡杜爾說道，「他喝下沃爾夫留給他的威士忌，現在他開始想起自己在這間地下室的體驗。」

「防空洞啦。」

「隨便啦。重點是，沃爾夫決定要把你們兩個納入他想要傳世的某項計畫，而且他把它交到了你們的手中，顯然很信任你們。」

「妳會知道是因為？」歐絲娜特又坐了回去。

「因為我為他工作過，」凡杜爾說道，「我曾經是他的體驗員。」

「他的什麼？」

「當沃爾夫回到以色列之後，」凡杜爾說道，「他決定要運用自己先前學到的這項技術。他找來一群年輕人，教導他們如何保存自己的經驗。他把我們派到世界各地去體驗，在哥斯大黎加跳懸崖、到維也納愛樂交響樂團當指揮、在美國職籃當控球後衛啊什麼的。他還組織了某個網絡，裡面的成員負責有熱門需求的體驗，他們會把自己的體驗寄給他。由於最佳的儲存方式是靠酒精，所以他才創辦了『無酒吧』。表面營運像是一般酒吧，但也賣特別的酒。你們覺得在這種地方開酒吧是怎麼活下去的？當時的以色列人根本不喜歡喝酒，何況，就算愛喝好了，當時這地點也不是很理想。沃爾夫想要找個據點，販賣他真正要賣的東西：體驗。」

「所以妳是其中一個……體驗員？」

「對，我從英語系畢業之後，認識了他，很好奇到底是怎麼一回事。他給我工作，在一個月內教會我技巧，然後給了我一個睡袋和一百元去環遊世界，我遊晃了十一年，你們能想到的地方我都去過了，做了許多瘋狂的事。最後我決定回來，休息一陣子，幫他經營『無酒吧』。在某個時間點，你覺得那樣的生活已經夠了，自己長大了，想要放鬆一下，所以就會回家。要是我想要什麼體驗，我可以請某位體驗員幫我這個忙，等到他回來的時候，和他喝一杯就是了。」

班恩聽得目瞪口呆，他終於開口，「不可能。」

「為什麼不可能？」凡杜爾反問，「大家都以為自己通曉一切，十分鐘之前大家才知道世界不是平的、半小時之前才發現DNA、兩天前才想出『相對論』……屢試不爽，反正，我們有一種生活錯覺，誤以為我們已經發現了所有震撼世界的真相，真是天真哪……」

班恩搖頭，「但那真的是……不合邏輯。」

凡杜爾作勢攤開雙臂，但雙手依然插在口袋裡，「好，那就不合邏輯吧，但那是事實，你現在明明就在體驗中。對了，要是你有興趣的話，我還剩下不少樣本。我站在舞台附近看披頭四現場演唱會的一瓶白蘭地，還有我觀看人類第一次登陸月球電視現場直播的上好紅酒。」

班恩說道：「妳說的是記憶移植。」

「不對，不是記憶，而是體驗，」凡杜爾糾正他，「不只是一段記憶。」

「妳說的『不只』是什麼意思？」

凡杜爾問他，「三乘五是多少？」

「什麼？」

「回答我就是了，三乘五？」

「十五，」班恩說道，「為什麼問這個？」

「你是在心算嗎？真的在計算？把三連加五次，然後知道答案？還是靠九九乘法表的記憶脫口而出？」

「我……」

「第一次世界大戰是什麼時候爆發？」

班恩回道：「一九一四年。」

「一個氫原子有多少個電子？」

「一個。但妳到底想說的是什麼？」

「我想要說的是，就最基本的層次來說，都是與事實與數據相關。你不需要親臨現場，那是儲存在你心中的一段資料。而體驗則完全不同，它們會改變你，這就是我們所販賣的東西，不是資訊，而是改變。」

她走了幾步，然後又面向他們。

「畢竟，你們都知道人類是由什麼所組成的吧。體驗，自身所經歷過的一切。對，當然是有個起點，受到遺傳學的支配，我們形成人格的初始核心。不過，我們的體驗與選擇形塑了我們，改變了我們。你不會因為在學校學到了英雄事蹟，到了外頭演出英雄行徑而成為英雄，你自動自發做出英勇表現，才會讓你成為英雄。你的行動形塑了你，你的行為啟動了組構你、讓你之所以為你的內在零件。那就是沃爾夫的體悟，他的智慧，就是他的販賣品。的確，是有某些人進來的目的是為了可以宣稱他們去過了某些地方，做了某些事。沃爾夫將他們稱之為觀光客。不過，我們的真正客戶是那些想要改變、想要有特殊體驗的人。有懼高症的人買了高空彈跳的體驗，就此消除了恐懼。害羞的人買下裝有單純社交互動的盒裝小瓶紅酒，是為了要讓他們習慣那些往來，告別累積多時的焦慮。企業家買的是創業經驗。想要喚起創意思維的人所買的是藝術家與音樂家的體驗。沃爾夫了解體驗培養了人格，而且他提供了改變的方法，人們來到這裡不只是購買經驗而已，而且也得到了心靈的調校。」

她面向班恩，「沃爾夫還有其他的東西想要傳承給你。很可能是改變一生的體驗，還有，沒錯，很可能是他自己的經歷，希望也能夠讓你明瞭。」

「然後我會覺得自己像是在親身體驗一樣。」

「對，你現在就是這種感覺吧？」

「等等，等一下！」歐絲娜特大喊，「這整個事業是怎麼了？我的意思是，大家在哪裡？那些體驗員呢？」

凡杜爾嘆氣，「狀況生變，沃爾夫突然想要找出新技術，所以幾乎都窩在這裡做研究。」

「研究？」班恩問道，「這男人已經找出了在人類之間互相轉移記憶的方式，這樣還不夠嗎？」

凡杜爾糾正他，「不是記憶，而是體驗。」

「好，體驗。」

「他突然覺得，這樣的概念無法完全發揮潛力，」凡杜爾說道，「他不想與警察有瓜葛，而且他不想要大肆宣傳，因為擔心這項技術可能落入惡人之手，但還是有他想要解決的問題，他還是有許多急欲躍躍一試的構想。」

「比方說？」

「比方說，在水裡儲存體驗。在所有的物質當中，只有乾淨的水無法儲存任何的體驗與事件。」

歐絲娜特問道：「為什麼不行？」

凡杜爾聳肩，「沒有人知道答案。」

「不過，沃爾夫還是想要克服這一點。一開始的時候，他努力為這種體驗移轉找出各種用途。想像一下，要是戀人能夠從他們摯愛對象的眼中看到自己，明瞭彼此對另一半的感覺將會是什麼情景？還有，如果老師能夠完全明瞭學生的思路與理解歷程之中的障礙呢？又或是因為雙方了解彼此立場所以衝突永遠不會升高？從意識的牢籠之中解脫，終結陌生感——這就是他的終極目標。不過，我必須承認，我從來沒有聽說他的實驗或旅行有什麼成功結果。他對於自己在研究的東西總是十分謹慎。反正，這就是沃爾夫之後沒花那麼多時間經營與體驗員相處的原因。

「起初，他花時間規劃長旅，幾乎都窩在自己的公寓裡面。體驗員回來，儲藏他們的體驗，但是卻沒有人收下，不然就是收下的人不知道擺去哪裡，東西開始不見了。課程延遲、取消，最後，沃爾夫決定他不可能兩者兼顧。他讓我們負責酒吧的營運，告訴我們要怎麼處理體驗員團隊，但所有的訓練課都沒了。他偶爾會收個新學生，教導他們方法，但最多如此，剩下的時間就是投入研究。

「直到有一天，他中風了。他好不容易打電話找人求救，立刻被送到醫院。不是很嚴重，但是卻出了狀況，他某些短期記憶受到損傷，一想到他自己一生的志業，他就覺得這一點很諷刺好笑。這樣的傷害造成他再也無法處理實驗。他開始做某項實驗，但弄到一半的時候就完全想不起來自己在做什麼。他奮戰了兩個月之久，直到某一天，他正在進行某項實驗的時候，以錯誤的方式混入溶液，引發爆炸，害他少了根手指頭。我還記得我聽到爆炸聲，趕緊衝上樓，發現他窩在自己的實驗室裡，抓著那根手指頭哈哈大笑。他說，顯然是該退休了，現在輪到我休息一下。所以他自己搬去了養老院，每三個月會在看護的陪伴下來趟出國長旅。他住在養老院的時候，他們協助他改善記憶力問題，我聽說狀況的確逐漸好轉。他很滿意自己的生活，而值此同時，會過來這裡的體驗員也越來越少了，少了沃爾夫，這地方失去了魅力，大家傾向當自由接案者，直接把體驗賣給各個客人。」

「現在，這裡由我主導，」凡杜爾繼續說道，「還有三名體驗員與我們簽訂專約，他們偶爾會過來儲存他們的體驗，但大多數的時候，是由我在這座城市裡四處閒晃，收集經驗。街頭有獨立體驗員，我必須逐一去找他們，讓他們賺錢。

「你們看到了我的購物車吧，數量不多，品質也不是很好，我承認，但還是有市場需求。我樓上放了一些今天下午從某個老人那裡買到的新體驗，我足足勸了他三個月之久，總算，他今天同意了。那是某人在二次世界大戰時對抗俄軍、近乎完整無缺的體驗，非常珍貴。還有，比方說，你們一定不知道有多少年輕人想要擁有養孫子的體驗，那數字鐵定會讓你們嚇一大跳。」

歐絲娜特問道：「所以每當有人要找妳，我請他們上樓的時候……」

「多半是來購買體驗的老客人，」凡杜爾說道，「也可能是某位經銷商或業務。一句話，都是知道自己要找什麼的人，每一個人都有各自所擅長的體驗領域。我必須說，最近貨源不多，但能怎麼辦呢？那些能夠負擔價格的人，都直接找個人體驗員了，可以依照他們的需求量身訂做。」

歐絲娜特目光閃亮，「哇，好瘋狂，真的是太瘋狂了。」

班恩問道：「為什麼沒有供應了？這些體驗員去了哪裡？」

「就跟我說的一樣，某些體驗員，有私下的接觸管道，」凡杜爾說道，「而且，近年來一直出怪事，體驗員陸續失蹤。」

「失蹤？」

「起初看起來只像是巧合。某人去了南極洲，再也沒有回來，還有人去非洲進行狩獵之旅，人間蒸發。這種事當然會發生，不過，最近越來越多人開始退休，或是因為離奇意外而失蹤或死亡。」

班恩問道：「有人在殘殺這些體驗員？」

「我不知道，」凡杜爾聳肩，「衡諸個案狀況，可能是意外，也可能是判斷失誤，但過去這些年來發生了這麼多起意外，情況變得相當可疑。世界上的體驗員越來越少，而且大部分都提早退休，因為他們覺得某人或某個組織正在追殺他們。在現在的市場當中，越來越難取得體驗。」

「等等，我想要弄清楚一件事，」歐絲娜特說道，「能夠把『東西』置入食物裡的人，到底有多少個？」

「哦，我想現在有幾十個，」凡杜爾回道，「之前有數百人。」

「數百個？」歐絲娜特面容抽搐，「好，明白，我再也不會喝酒了。」

班恩提醒她，「不一定要靠酒精。」

「哦，我的天，」歐絲娜特拍額，「誰知道我在這裡喝了什麼啊。」

「我們放在酒吧裡的一切都是百分百乾淨。」凡杜爾告訴她，「不過，老實說——我不能保證這座城市裡的所有酒吧都……」

「瘋了，」歐絲娜特說道，「真的是徹頭徹尾瘋了。瘋起來都一樣，但這特別瘋狂吧？」

「我不懂，」班恩朗聲提問，「他的目的就是要讓我想起來洗衣機放在哪裡嗎？」

「不，不是，」凡杜爾回他，「一定還有別的事。你注意到照片與洗衣機，純粹是巧合罷了，酒瓶裡放置的是完整事件。」

班恩抓住酒瓶，盯著它不放。

凡杜爾慫恿他，「何不再喝個一小口？」

班恩望著她，再喝一小口？她是瘋了嗎？

「我想不需要。給我一秒鐘，也許我不需要靠酒就可以想起來了。」

他閉上雙眼，這裡到底是怎麼回事？

他深吸一口氣，地下室的氣味緩緩進入鼻腔。

「某個星期二，」他說道，「是星期二，冬天。我記得我穿毛衣。」

歐絲娜特低聲問凡杜爾，「他的意思是沃爾夫穿毛衣吧？」

凡杜爾點點頭，「從班恩的觀點來看，這是發生在他身上的事，但妳說得沒錯。」

「我走進地下室，開燈，四處張望，灰塵沒像現在這麼多。然後……然後……我走動了幾分鐘，四處瀏覽，東摸西摸，牆壁、書封，手指滑過椅子……」

凡杜爾溫柔自言自語，「他希望你記得這個房間。」

「我東看西看，發現了牛仔照片，」班恩說道，「我看著照片，開口打招呼，『嗨，比爾先生。』」

「然後……？」

「然後我走到這塊板子前面。」

「這裡嗎？」凡杜爾指向她後方的那塊綠板。

班恩睜眼，「對。」然後又閉上雙眼。

「我走過去，開始寫東西，寫下了數字，使用的是粉筆。然後，我從那疊椅子當中拿了一張坐下來，盯著對面的那塊板子，專注看著上頭的數字約莫五分鐘之久，後來我聽到……聽到……」

凡杜爾問道：「聽到什麼？」

「你在樓上大喊，『喂！你在做什麼？留我一個人在這裡這麼久面對這些客人？趕快上來！』」

凡杜爾點點頭，「對，很合理，我有時候會對他發脾氣。」

「然後我回吼，好像是『馬上來！』之類的話。我起身，走到綠板前面，擦掉了所有的數字。」

「然後呢？」

「然後我悄聲說道：『祝好運。』就這樣。」

「就這樣？」

「對，之後的事我就不記得了。」

凡杜爾低頭踱步，班恩與歐絲娜特一直望著她。

「把那些數字寫下來，」她終於開口，「我們來看一下。」

班恩走到綠板前，拿起一根粉筆，猶豫了一秒——粉筆在板面徘徊了一會兒——然後，他寫下了這些數字：

46 7 20 24 34 104 70 90 3 134 99 48 25 28 50 67 65 134 88 172 200

19 197 66 75 163 53 110 171 93 190 3 100 196

歐絲娜特問道：「這什麼意思？」

「我不知道，」班恩聳肩，「純粹就是記得這些號碼而已。」

凡杜爾問他，「確定是數字嗎？」

班恩回她，「對啊。」

「妳有沒有保險箱？」歐絲娜特問道，「也許是某個銀行帳號的號碼？」

「不是，」凡杜爾回她，「不是那種東西，這只是謎題的一半而已。」

凡杜爾望著歐絲娜特，「我們需要妳的酒瓶，」她繼續說道，「沃爾夫想要告訴我們的另一半，就在那瓶酒裡面。」

「在樓上，」歐絲娜特說道，「我迫不及待想喝了。」

「他喝了第一瓶，所以也應該要喝第二瓶，」凡杜爾側頭面向班恩，「最好還是讓同一個人吸收綜合體驗。」

班恩想起了威士忌的燒灼口感，「什麼？等一下！我覺得不該讓我……」

「好啦，那我來喝，不重要，」凡杜爾怒氣沖沖，「我們趕快準備就是了。」

10

他們一打開門，三個人便都曉得酒瓶已經不在那了。

並不是每個地方都被翻得亂七八糟，但混亂的狀態顯見曾經有人進入這間公寓，就在不久之前的事，對方已經搜過這個地方，動作迅速，心情焦急。

歐絲娜特進門，緩步往前走，驚嚇不已。竊賊並沒有花費太多氣力就得手了。不過，所有的櫃門都敞開，而在這場瘋狂搜尋過程當中，客廳的家具也被搬動。她覺得心中冒出一股噁心感，有人闖入她家，沒有經過她的同意就隨便挖扒她的生活。

她呼吸沉重，開口說道：「不知道是誰幹的，但不過就是四小時之前的事而已。」

凡杜爾走入公寓，開口問她，「妳怎麼知道？」

「我男友大約四小時前來過。他上樓拿他忘在我家的包包。如果他發現這地方是這樣子，一定會告訴我，想必歹徒是在史蒂芬離開之後才闖進來的。」

「我不知道妳有男友，」凡杜爾說道，「居然這樣瞞我？」

歐絲娜特瞪她一眼，吐出不爽長氣。

「好，抱歉，真抱歉，」凡杜爾說道，「我只是以為我們無話不談。」

「妳現在就只擔心這個？」

「哎，有男朋友算是某種大事，對吧？」凡杜爾說道，「好啦，妳的酒是藏在哪裡？」

歐絲娜特指向角落的某個木櫃，全部的櫃門都是打開的，其中一扇已經破損，櫃面排放了大小不一的酒瓶。

「他們弄壞我的酒櫃，」歐絲娜特說道，「只拿走了那一瓶。」

她走到木櫃前面，以手指搖動鉸鏈，「我想要揍人，」她說道，「狠狠扁下去。」

凡杜爾坐在黃色小沙發上頭，「哎呀，」她說道，「已經沒救了。」

班恩站在門口，雙腳不安來回移動。

「他們也試圖闖入我家。」

凡杜爾問道：「試圖？」

「今天我從律師事務所出來，他們就一路跟蹤我，」班恩說道，「然後我看到他們在我家外頭的馬路等我。」

「他們是誰？」

「可能不是一群人，就只有一個人而已，戴著藍色棒球帽穿黑色長大衣的男人。」他不能把那本書的事告訴她們，太扯了，「後來，他等得不耐煩了，之後我就聽到他猛敲我家大門，我趕緊從窗外逃出去。」

歐絲娜特問道：「你沒有阻止他？那是你家啊！」

班恩撒謊，「我……我覺得看到他有武器。」

「警察呢？」

「等到他們趕過來，他早就闖進來了，」班恩說道，「我把重要東西和這瓶酒塞入包包溜走了。」

「為什麼要帶走那瓶酒？」

「我……我覺得那很重要……萬一我是因為這東西而被跟蹤的話……」

「然後呢？」

「我看到瓶頸的貼紙──『在「無酒吧」豐釀而成』，」班恩說道，「於是我就來到這了。」

歐絲娜特進廚房，把櫃子逐一關好，將東西歸位，班恩進入了公寓。

「所以我們現在怎麼辦？」歐絲娜特在廚房裡問道，「打電話報警？」

「說什麼？」班恩反問，「有人闖進來，偷走了一瓶酒？」

「我們按兵不動，」凡杜爾說道，「等待就是了。」

歐絲娜特從廚房出來，「要等什麼？」

「等某人主動聯絡，」凡杜爾說道，「我們現在有了一半的謎題，他們──無論他們到底是誰──擁有了另外一半。要是拿不到另一半的話，不會有人知道沃爾夫到底是什麼意思。他們遲早會喝了妳的威士忌，發現需要我們這一瓶，到時候我們就可以準備來談判。」

歐絲娜特回道：「或者，他們也可能回來偷另一瓶。」

凡杜爾回道：「是有這個可能。」

「我……我可以把它留在這裡嗎？」班恩慌張問道，「你們有沒有什麼保險箱之類的東西？」

凡杜爾告訴他，「你還是隨身攜帶最保險。」

「可是……」

「反正要是他們找不到那酒瓶，就會來找你，」她說道，「逼你說出那些號碼。」

班恩嚥下一大坨口水，他不喜歡這樣。

凡杜爾突然問道：「妳信任妳男友嗎？」

歐絲娜特回她，「史蒂芬？當然啊！」

「也許他是那個……」

「不可能，」歐絲娜特回道，「絕對不可能，我對他十分了解。」

「妳確定嗎？」

「對，十分確定，」歐絲娜特很不高興，「我一早會打電話給他，確認他是否注意到我們遺漏的細節。」

班恩問道：「為什麼不是現在？」

「因為現在是半夜！而且史蒂芬睡覺的時候一定關手機！」

「好，」凡杜爾起身，「現在先去睡覺，等到大家早上精神好的時候再來處理，我明天會打電話給納提，告訴他明天不用過來，也許會跟他說等到通知再復工。我想要先關閉一切，等我們搞清楚之後再說。」

班恩開口，「可是……」

「這裡還有幾個人欠我人情，也許可以幫助我找出是誰在搶我們的威士忌。」

班恩說道：「等一下……」

「妳，把門鎖好，去睡覺，」凡杜爾交代歐絲娜特，「我覺得他們不會回來，但我們還是要小心為上。妳心情如何？」

「剛開始的時候，聽到這整件事覺得很震驚，」歐絲娜特回道，「你在地下室說的那些話實在令人很錯亂。但我必須承認，我們一定握有別人非常渴望的東西。我不會有事，花個十分鐘把東西歸位之後，一切如常。」

「稍等一下……」班恩低聲說道，「那我怎麼辦？」

「歡迎你在早上的時候回來，」凡杜爾說道，「按電鈴。我們就會讓你進來，然後……」

「可是我沒有別的地方可以去，」班恩回道，「他們一定在我的公寓外頭等我。」

歐絲娜特嘆氣，「走道最底端有一張行軍床。」

班恩回道：「太好了，謝謝。」

「你可以把它搬到防空洞，睡在那裡。」

「這……這樣就沒那麼好了。」

「老兄，我家今晚被闖空門，我絕對不會跟一個我根本不認識的人共睡在同一個空間。」

「過來吧，」凡杜爾說道，「我來幫你準備床被，我們早上會叫你起床。」

班恩心想，不好玩，一點都不好玩。

11

這是舒爽的夜晚，醜山姆覺得應該可以一夜好眠，只要不下雨，而且貓咪不會在他身上踩來踩去就好。

他過去這兩年來所蝸居的這條小巷，已經成了家，各個角落都讓他覺得充滿親切感，老舊的牆壁塗鴉對他來說彷彿像是熟悉的風景畫，還有，雖然公共垃圾桶有時候很臭，還有每當建物裡有人沖馬桶的時候，廢水管就會發出震顫，但從所有狀況看來，他覺得過得還不錯。

過去這七年來，他已經在這裡混得很熟了，大家也都認識他。要是你隨便找個人詢問誰是醜山姆，他們就會指向工業區門口，帶著塞滿雜物的老舊超市購物車的流浪漢，有時候，要是再晚一點，他會在十字路口唱歌。今晚很適合哼歌，但他決定要睡覺。他今天吃得不錯，歌唱通常是留給那些飢餓難眠的夜晚，他會唱到聲嘶力竭，就是為了要讓倦意緩解空腹感。

沒有人喊他的真名，也許這樣最好。他的真名屬於另一個截然不同、比較單純的人，一個小時候經常被擁抱、少年時代懷有夢想、享受年輕盛景的人。到了這個階段，他的腳不良於行，戴著破爛毛帽，拖著滿溢出來的購物車，在街上恍神晃蕩，總是與睡在廣場的女瘋子聊天，固定與工廠後頭的醉漢吵架，被大家叫「醜人」而不是真正的名字，這樣也不錯，不需以現實污染那個美麗的名字。

他窩在自己的硬紙板上頭，這硬紙板品質很好，本來是五十英寸平板螢幕的包裝盒，品牌是松下。

高畫質、發光二極體、無線網路，有一整排的相容輸出端。他看過這些專有名詞也不止一次了，他曾經坐在公園裡與那個發送光明節甜甜圈的年輕人聊天，對方向他解釋過這一切代表了什麼意義。現在，他其實也不是記得很清楚，重點是這硬紙板很厚，一共有兩層。而且這還只是其中一面而已，等到折疊之後躺在上面，那麼就是雙倍，等於是四層，仔細想想，其實比那台電視還要厚。

這些垃圾可以讓他躲避大多數路人的注目禮，而且散落在小巷入口的這些垃圾，也會讓大多數的人避而遠之。通常，在這樣的天氣下，要是貓咪們沒有跑出來胡鬧，那麼他可以有一整夜好眠。他倒不是對貓兒有意見，恰恰相反，牠們可愛、獨立，而且還能夠排解寂寞。不過，牠們到了晚上很吵鬧，要是牠們被嚇到的話，可能會直接跳到你身上，只有等到他們落定之後，才會發現原來你是個活人。每晚在入睡之前，他都會確保公共垃圾桶已經蓋好，不會有裡面的食物殘渣漏溢在路面，通常這樣就令人心滿意足了。

他心想，今晚還不錯。

他平常散步的時候已經收集了數目可觀的空瓶，可以換到一點錢供第二天使用，有時候可以買瓶可樂或鷹嘴豆炸丸子，甚至是小瓶伏特加。

一如往常，他會在靠近燈飾店的那地方用餐，外頭掛有「餐廳」的招牌，但大家其實都知道那裡是一家愛心食堂。他們要求有能力支付的人只需要在門口投個象徵性的一塊錢就好，實在不能算是餐廳。

那裡的食物還不錯，但的確重複性高了一點，而且，老實說，油用得太多，很膩，並不健康。他已經養成習慣，吃炸肉排之前先壓一壓，盡量把油擠出來。還有，當那些掛著微笑但緊張兮兮的志工把他的餐送過來的時候，他一定會檢查他們的手是否確實托住餐盤下方？還是大拇指碰到了醬汁？如果遇到後頭那種狀況，他一定會避開那坨令人擔心的區域。

不過，今天狀況還不錯。四季豆品質好，雞肉也還可以，他想辦法吃了兩餐，第一次是早上十點剛開門的時候，然後，到了兩點半打烊之前，他又吃了一次，一天賺到了兩餐。他常常會錯過早上那一餐或下午那一餐，但今天可沒有。

而且，他還偷走了一大瓶碳酸飲料。他們平常提供的飲料都沒有加蓋，所以沒有人會旋緊瓶蓋之後把它們帶走，不過這次他桌上留有半瓶飲料，所以他可以把它塞入自己的包包，而且瓶內的可樂不會濺出來，完全沒有人發現（或者至少沒有人攔阻他）。

那瓶沒氣的可樂讓他整個下午過得很開心，而且，瓶子當然還有別的用途。

今天，除了找到剩下一半的菸盒之外，他還全程親眼目睹警察逮捕某個快要失控發狂的毒蟲。過得還不錯，甚至可算是有趣的一天。

等到下一次，那位老太太來找他的時候，他可以把這一段體驗賣給她。她會給他一瓶伏特加，然後把自己一兩天的生活塞入酒中。原來，有人想要知道他這種生活是什麼滋味。她給的酬勞很豐厚，而且他總是提醒自己一定要善用這些錢，但到了最後，不超過兩個禮拜，一定是全部花光光。她多次建議他告別街頭生活的方法，他客氣拒絕，賺錢工作與接受施捨還是有差別的。

朝他這方向駛來的車頭燈，突然投向他上方的牆面。在這種夜半時分，不太會有車子經過，他通常可以轉身面向無光的那一側，繼續睡覺。不過，這台車卻停在兩棟建物間隙之間的正前方。

他聽到熄火聲，還有開車門的喀啦聲響。

有個男人出現了，一手拿著小折疊椅，另一手拿的似乎是酒瓶。山姆想要縮身躲進幽暗地帶，但對於那個跨過空紙箱不斷前行的男人而言，他的存在似乎完全沒有任何影響。那人以自信的沉重步伐大步邁入巷內，就在綠色大垃圾桶前面，他突然打開那張涼椅，把它放在人行道。然後，他坐下來，貼靠牆面，把那瓶酒放在身邊。街燈的微光透入巷內，這個睡眼惺忪的流浪漢看到了那名闖入者的剪影。

不過，他的睡意沒那麼濃。他看到坐在那的男人把手肘擱在膝頭，直接面向醜山姆的躺臥處。

那男人開口，「一切都好嗎？」

「我沒有毒品，」山姆不假思索，「而且我什麼也沒做。」

那男人不耐揮手，「對啦對啦，」他說道，「我又沒說你什麼。」他挺直身軀，從外套的內裡口袋取出了某個東西，光線這麼微弱，很難看清楚到底是什麼。

過了幾秒鐘之後，醜山姆身體僵直、坐在硬紙板上面。坐在小椅子上的那個男人依然不動如山，他的身旁放了一瓶酒，微光閃動，還有個看不清是什麼的黑色物體緊貼胸前。

流浪漢終於問道：「你是誰？」

「我是誰？」那男人重複他的問題，「不，不是很重要，你不需要知道。我會把你該知道的事告訴你，你認得這東西嗎？」他晃了晃先前從西裝口袋裡抽出的物品。

流浪漢回道：「槍。」

「不，不只是一把槍，」那男人說道，「我們現在看到的是格洛克十九，美麗的武器，真的。比格洛克十七小一點，但非常適合個人防身之用。可以裝載十五顆子彈。我是很想讓你摸摸看，感受它的爽快感，但顯然我是不該給你碰才是。你知道嗎？大家對於普通的型號總是嗤之以鼻，他們覺得殺人需要有雷射瞄準器還有什麼什麼啊的東西。不過，在真實世界當中，從格洛克槍口冒出的九毫米子彈，殺人滅口的本領就與雷明頓或是阿瑪萊特一樣厲害。重點是握緊武器的那隻手。還有，你知道嗎？我喜歡格洛克，大家總是說『那是給小手的人專用』。彷彿手小的人就不配拿槍一樣。好，我的手並不小，我喜歡格洛克十九的舒適感，格洛克十七是經典，但格洛克十九攜帶起來更貼合，更容易藏身。而且，它體積也小，宛若格洛克二十六。我告訴你，它很均衡，而且這種均衡性在某些時候是很不錯的殺人武器。還有，它好漂亮，有時候我在清槍的時候真覺得趣味無窮。」

山姆發覺自己的腿開始顫抖。坐在椅子上的那個男人憑藉著有限的街燈光源審視自己的武器，然後，他繼續說道：「老實說吧，像你這樣的人，死法有上千種，碰到針頭、捲入鬥毆，或者光是感染肺炎就掛了。如果是某個專家出手，扣下格洛克十九的扳機，可以被視為致敬的舉動。我保證，手法一定是乾淨俐落。」

他又把手槍貼在胸前，側頭面向那個躲在垃圾桶後方的流浪漢，他溫柔問道：「你知道接下來會發生什麼事嗎？」

山姆不發一語，遇到這些神經病，必須要閉緊嘴巴。任由他們發洩就是了，有時候這種反應會讓他們放棄，或是覺得無聊，最後收拾東西離開。

「你現在的狀況就是，」坐著的那名男子說道，「體內充滿腎上腺素，我們不會真的走到那一步吧，是不是？你的大腦、丘腦、杏仁核這些區域所出現的狀況都很基本，即便在這種地方，在這樣一片漆黑的環境之中，你的瞳孔也正在擴大，血壓逐步升高，心臟開始怦怦跳……這是正常過程。你的身體在自問，逃跑還是戰鬥？不管答案是哪一個，其實都無濟於事。」

山姆左腿抽搐得越來越厲害，他努力繃緊肌肉，不要讓它亂晃。

「你知道嗎，」坐在椅子裡的那個男人彈去了褲子上根本看不見的塵粒，「人類曾經將世界劃分為四個範疇：礦物、植物、動物、說話者。這就像是國家－城市的劃分範疇，只不過更具體而已。這種劃分法的概念就是每個範疇都有深刻的本質差異，當你學會說話的那一刻，已經提升到超越其他動物的層次，就像是綿羊的位階高於牠所吃的草，花朵的位階高於它所棲息的岩塊。這樣很好，讓萬物井然有序，重點是提醒人類自己在世界中的重要性與中心位置，存在之本質，生命之頂峰，我們還真是仁慈。

「不過，我們後來開始學到了一些道理。在這樣的連續體之中，我們也不過領先了一點點而已。動物與說話者之間沒有實質差異，只有一些基因的改變，環境條件讓我們的大腦變得比較好一點，隨機發展把綿羊送去某個方向，而把我們送向另一個方向。突然之間，我們發現其實並沒有什麼不同的層次，但的確是有一個長狀平原，也許有些坡度，但卻沒有高低層次之別。我們都只是一堆在顫動的原子，聚為分子，創造出細胞，累積成為我們身體的主要部分，然後開始進行被我們稱之為生命的複雜活動，生命，是我們自己發明，但其實並不是十分明瞭的字詞。我們把自己的呼嚕與咆哮聲響轉化為字詞，並不會讓我們變得煥然一新，地位崇高。

「這只是另一場意外罷了。當我們的存在只是世界通往熵之路的其中一次打嗝的時候，我們卻以充滿傲慢的自以為是姿態在這個世界昂首闊步。你知道熵是什麼嗎？不重要。現在想要學習一切已經有點太遲了。重點就是人類追逐的不是事實，而是歡愉，而事實是根據需求所形塑而成，是一種工具。但你知道嗎？我們的一生，這整個連續體，只不過是宇宙通往毀滅之路的一道減速丘罷了，這是我們一直不肯告知彼此的簡單事實。」

山姆想逃跑，突然能夠控制僵硬肌肉，趕緊把一隻手伸向後頭的粗面牆壁，努力想要站起來，但是底下的硬紙板卻跟著滑動，他發覺自己的手臂刮擦牆面，膝蓋碰到硬邦邦的地面，然後他全身癱軟倒下來，臉也撞地。

「你想要幹什麼？」坐在椅子裡的那男人開口，「千萬不要跟我說你想逃跑，你還沒起步我就會餵你吃子彈了。不要破壞我的計畫，這是你應該要歷經的過程。他喜歡我在開槍之前逗你一下，因為他喜歡看到恐懼掌控一切的情景，千萬不要就這麼結束，好嗎？」

山姆低聲哀號，口水從嘴裡滴落而下。

「我講到哪啦？」持槍的陌生人說道，「哦，對，事實。事實很簡單，真相就是人類是齷齪傲慢的生物，以冷漠的無意識狀態在世間遊晃，能抓到什麼都不放過。他們在自己內心的暗黑地帶讚美自己，對別人品頭論足，但卻不肯讓自己被別人品頭論足；將自己內心的嘶吼欲望貼上『夢想』的標籤，而對於不喜歡它們的人表現出厭惡之情。他們是千頭之怪，每一個頭都想要不同的事物，所以也難怪它們會想辦法把他們撕得四分五裂。」

山姆心想，有時候，警車會在夜晚時分巡街，查看一切是否安好無恙。當車頭燈驚醒他的時候，經常會讓他很光火，不過，他現在卻祈禱巷尾能夠出現警示燈的閃光。也許今晚會出現吧？是不是？

「你走在街上，仔細看看大家吧，」坐在椅子裡的男人繼續說，「你看到的每一個人，就算是行走於這座邪惡星球的最甜美可愛的女孩，也不過是消化食物、排尿拉屎的一坨肉罷了。無數的臭皮囊，裝滿排泄物的肉袋，在世間行走，填滿與清空身體的過程不斷交替。

「這就是事實。礦物與有能力說話者其實是在同一個平原，只是複雜度稍有不同，本質並無差異。當你成為人之後，並不會拉高你的層次進入不同的平原，而當你成為礦物之後，也不會因此而降級。生命不是奇蹟，死亡不是悲劇，只不過是同一條曲線上的某兩個點。殺戮當然也不是什麼誇張事件，不過就是摘朵野花或是捏碎大石頭而已。再過個半分鐘，某顆子彈從我的格洛克射出穿過你的頭蓋骨的時候，等一下的確會出現這種畫面——它穿過你的腦袋，劃破你的肉身，就此改變了你，本來是一個產出排泄物的皮囊，成為不會產出排泄物的皮囊，所以不論是你還是我，都不需要為這種事而感傷。

「這與拿針刺破氣球根本一模一樣。噠！本來是個氣球——好，不見了。」

坐在硬紙板的流浪漢到這時候已經完全聽不下去，他的腦袋拚命在找尋出口，避難所。恐懼讓他陷入癱瘓，所有的念頭依循同樣的思路不斷打轉，測試同樣的絕望解方，又回到原始起點。

那個坐在小椅的男子拿起武器，面向光源，已經能夠聽到金屬的冷酷聲響。

他把槍口對準山姆，以雙手持槍，他依然坐在椅子上面，雙腳穩穩貼地。

「起來。」

那流浪漢不肯動，他想要靠著因恐懼而皺縮的雙唇說些什麼，但最後卻只能講出沙啞又微弱的一句話，「拜託……」

「喔拜託，千萬別這樣，」坐在椅子裡的那男人有些惱怒，「起來就是了，現在聽懂我的話是有多難？」

流浪漢把身體壓住牆面，利用它慢慢起身，靠著顫抖雙腿站了起來。

「很好，」拿著格洛克手槍的男子說道，「現在，我只是要讓狀況保持有趣而已。我跟你打個商量吧？你說從這裡到那條馬路有多遠？十公尺？還是十五公尺？我們這樣好了，我讓你跑，要是你能夠在我開槍之前跑到那條大街，我就不會繼續追你。怎麼樣？」

躲在垃圾桶後頭的男人一直在發抖，他現在沒辦法跑，絕對沒辦法及時跑到光亮處。

「跑啊！」持槍男子大喊，「去！去啊！加油！加油！加油啊！你一定辦得到！」

他微微傾身，不，絕對來不及。

「去啊，要相信你自己！快跑過去！」

這將是他的生死競賽。

「只有十公尺而已，快！一！二！」

不可能，不可能，絕對不可能，他沒辦法衝過去，太不公平了。

「三！你完了！」

醜山姆開始往前跑，雙腿狂奔，口乾舌燥，淚濕的雙眼一直在計算自己與面前光源之間的距離，只剩下二十多步，十五步，十步。天啊，我不該受到這種待遇。

一顆子彈射出，只有幾隻貓受到驚擾而已。

12

地下室大門另一頭發出的窸窣聲響突然沒了，過了一兩秒之後，轉為尖銳的金屬摩擦噪音。巨大的橫槓移開，大門旋開，鉸鏈發出刺耳聲響。

班恩抬頭，視線離開了書本，歐絲娜特站在門口，她彎身，拿起地上的兩個馬克杯，「早安，」她開口，「來杯咖啡吧？」她交給他其中一杯，他闔上書，把它放在床邊，起身迎接她。他拿了寫有「小心，很燙」字樣的咖啡杯之後，又坐回床上，以沙啞聲音回道：「早安。」

其實他醒來已經至少一小時了，但發現大門從外頭鎖住了，他被迫再次坐下，希望有人會想到他，盡快來找他，這樣的處境讓他覺得很卑微。

他之前在防空洞裡來回走動，每一步都在沉思，他心情哀傷，指尖撫摸書架上那些書本的書脊，了解書封的質地。難道這就是他的宿命嗎？被遺忘在防空洞裡的男人？

當他躺在自己床上的時候——他總是早早上床睡覺，因為也沒有什麼事好忙的吧——有時他很好奇自己什麼時候會崩潰。內心的某種情緒什麼時候會爆發，終於，無預警爆氣，完全失控。對某個無辜的女服務生大吼大叫，在某處公家機關裡抓狂，舉起充滿挫敗感的拳頭，隨意捶牆，或是對準某張竊笑的臉，還是哪張不重要的倒霉桌子，但這都沒有發生。他發現自己對於一切的瘋狂行徑、成長過程中多年苦吞的狗屁倒灶之事，充滿了不可思議的容忍力。他的內在結構總是能夠隨時調整，而且具有避免衝突的彈性，將他心中的火焰緩緩控降到可容受的範圍之內。世間存有各式各樣的技能，而他的天賦就是能夠審慎挑選戰場，避免暴衝。但他寧願自己是在必須反叛的狀況下展現智慧。他的皮膚之下總是有層自我憎惡在閃閃發光，他很氣惱自己會割捨小小的欲望，只為成就「依照規矩行事」以及「將全社會的更廣大利益謹記於心」。內心的那股恨意嘲笑他頹然的雙肩，還有他對於在世人目光之下成為隱形人的裁決居然也默默接受。他的心中也有一種想要狠狠修理這個社會，然後轉身離開再也不顧盼的念頭，不過，到了最後，那種意志還是不夠強大。

他在防空洞裡宛若困獸走了好幾分鐘之後，窩在地上，做了多下的伏地挺身。呼吸的節奏、手臂與胸膛側邊的使力感覺，讓他又恢復了專注度。

他是在過去這兩三年當中，才發現健身活動能夠撫慰他，以磨練產生舒緩效果。他找到自家附近某間購物中心一樓的小健身房，開始運動。他周邊的踏步機全都是身穿霓虹色系緊身衣的年輕女子，而男人們則是三三兩兩練可怕的舉重設備，每次舉起的時候都會發出「滋……」的聲響，簡直就像是垃圾車的水力壓縮機一樣。

他到健身房報到，跑步、划槳，把自己當成了背負暗黑歷史的神父，對所有的機器展開全心奉獻。兩個月過去了，他開始變壯，更加強健，肌肉鼓脹。不過，這也改變不了他無膽接近那些活潑霓虹衣闊步女郎的事實，更沒有人在他後面盯著他重訓，而他也從來不敢開口要求更換恐怖的背景音樂。常客們迅速打量的斜瞄目光，讓他明白他們眼中的他是什麼模樣——還是那個充滿不安全感的傢伙。第一次進來的時候，他試做仰臥推舉失敗，發現自己被釘在橫槓下方，槓鈴重壓胸膛，他發出咕嚕咕嚕聲響，「是……是不是……有哪個人可以來幫幫我……」

整整一年過去了，沒有人跟他講過一句話，他不再前往健身房。他繼續在海濱或公園跑步，或是在廚房地板鋪薄墊運動。

培養正常狀態，身體比心靈容易多了。只需要貼住個什麼東西，用力推就是了。但內心世界呢？連一個穩定的支撐物都沒有的時候該怎麼辦？

當你沒有清楚的信念，找不到確切真相，沒有能夠仰賴的朋友或深愛的伴侶，沒有驅策你向前的內在熱情，什麼都沒有的時候，又該把自己推到哪裡？當相關的一切都在變動，像艘小船一樣在漂移的時候，又能依靠什麼？當腳下只有不斷移變的流沙，生活倦怠，能抓住什麼呢？

他想要了解自我，探索更多的自己，一點一滴慢慢來，或者，至少以一絲不苟的積極研究活動破解這個世界，他想要以學習世間一切的方式了解生命——他必須承認——有時候其實並不是很成功。不過，他還是盼望他認為這種人類的共通天性——對快樂的追求——只要能夠努力研究世界，應該也是某種可培養的知識。每隔個一兩年，他就會覺得也該「跳出來」、「伸出雙手玩弄生命之泥搞得髒兮兮」，不過，他卻總是在步出靈魂城堡大門之前的那一刻縮回去，回到早已習慣的熟悉日常作息。

不過，他偶爾會看到一小段照亮內心角落的小知識，比方說，他看過的那一篇有關孤獨鯨魚的文章。在太平洋的某個深層地帶，科學家們給了某隻獨游鯨魚「五十二赫茲」的稱號。其他鯨魚溝通的頻率都是在十五到二十五赫茲，而這一隻，也不知道為什麼，總是以五十二赫茲的頻率在鳴唱，不會有任何鯨魚回應牠，從來沒有，牠就這樣離群獨游了數十年之久，向空無世界發聲，卻一直得不到任何回應。

他記得自己看那篇文章的時候，整個人往後一靠，閉上雙眼，也許就是這樣吧，也許他是以自己的獨特頻率在發聲，他所說的是一種沒有任何鯨魚會說的語言。

我們都是孤獨的鯨魚，每一個都有自己的頻率。

就在那道門打開之前，他坐在行軍床，在微弱的螢光燈管照映之下，又陷入了那些熟悉的思緒，它們流過心頭，消失不見。這些是自此之後再也不會有任何人記得的冥想的細小碎片，就連他自己也一樣，這是失落思緒的悲劇。數百萬纖薄宛若無骨細線的微弱感受與話語，直接穿流世界，不會有任何人發現。他沒有枕邊人可以傾訴他的想法，無法將它們付諸實現，只是得到隨意冷酷的眨眼相待，誰知道有多少的深刻想法就這樣滅於無形？

遇到這樣的時刻，他就會期盼這個世界的存在沒有意義，這樣就可以讓一切變得更加容易。

他伸手在自己的袋子裡撈了幾下，找出昨天帶出來的那本書。書架上有數十本其他的書，他大可以在有人想起他，打開地下室的門之前，靠那些書打發時間，但他整個人發懶，而且被關在這地下室也讓他產生淡淡愁緒，所以他的手伸入包包，隨意翻了一頁，開始閱讀。

當他聽到大門另外一頭傳來窸窣聲音的時候，他趕緊看完那一章的最後幾個字，闔上了書。

歐絲娜特說道：「看來你已經醒來好一會兒了。」

「對，」班恩回道，「我醒來之後，想起妳把我鎖起來了，所以我就在這裡走來走去，差不多有一個半小時。所以要是我先前對這個房間的記憶很模糊，現在已經塞滿了我的個人體驗，每一塊地磚都記得清清楚楚。」

「抱歉，我睡過頭了，」歐絲娜特回道，「雖說早起的鳥兒有蟲吃，但早期的蟲子卻會被尖銳鳥喙啃得亂七八糟。在確定自己到底是鳥還是蟲之前，我絕對不會冒險。」

「凡杜爾在哪裡？」

「她出去了。她說她想要找各式各樣的人談一談，請教意見，從『混街頭的人』那裡收集線索什麼的。」

「哦，明白了。」

「抱歉，我們把你鎖在這裡。」

班恩想要做的是毫不在意的姿態，但那一連串的動作卻像是背部肌肉痙攣。「沒關係，」他說道，「妳的這間小書房裡有很多好書，我可以趁空好好看一下。」

「這是凡杜爾的書房，」歐絲娜特說道，「和我沒有任何關聯。」

「好，凡杜爾的書房，」班恩回道，「對了，她的名字是？」

歐絲娜特啜飲咖啡，整個人斜靠在門框，藍色運動褲鬆垮垮掛在臀骨，露出了她的一雙光腳，瘦小肩頭隨性套了一件終結什麼軍事訓練字樣的白T，「我不知道。」

「妳在這裡工作多久了？」

「好幾年吧。四年，四年多。」

「而妳卻不知道老闆的名字？」

她聳肩，「不知道。反正我一直喊她凡杜爾，這樣就夠了，我也不確定她知不知道我姓什麼。」

她走進來，抓了張椅子，坐在他對面。

他喝了一小口咖啡，發覺味道苦得要死。

她問道：「咖啡怎麼樣？」

「嗯……不錯……」他又喝了一口那嚇死人的咖啡，證明自己所言不假，「應該說很好喝，謝謝。」

「哦，哇！」歐絲娜特從褲子口袋裡取出幾個糖包，「如果這樣就算很好喝的話，想必加糖之後就更棒了。」

班恩咬著上唇，拿了一個糖包，撕開之後把糖加入馬克杯。

班恩回她，「我只是想要當客氣的人罷了。」

「我知道，這樣很好啊，」她微笑，「我只是不知道你喝咖啡的習慣罷了。」

「對，對啦。」

他晃了晃杯內的咖啡，然後又喝了一口，這次就比較能入口了。

歐絲娜特問道：「床好睡嗎？」

「不錯，」班恩說道，「我睡得很好，床鋪非常舒服，而且……」

他看著她，發現她偷偷露出一抹笑意，他發出哀號，「靠，」他說道，「我睡得很不好，床一直有吱吱嘎嘎的噪音，床墊好薄。我覺得床墊彈簧一度刺進我的肩胛骨中間，根本出不來。我不知道自己到底睡了幾個小時。就連我現在坐在床上，還是覺得自己的身體歪斜下墜。」

「哼哼，」歐絲娜特挑眉，「其實我超想睡這樣的床。」

班恩憂心忡忡看著她，她卻噗嗤大笑，他露出害羞微笑，目光低垂，兩人一起啜飲咖啡。

歐絲娜特問道：「所以你是在哪裡認識了沃爾夫？」

「我曾經寫過一篇有關他那間養老院的文章，」班恩回她，「也不知道為什麼，我們很投契。我一個禮拜會過去一兩次，陪他下棋聊天。他這個人，嗯，與眾不同。那妳呢？妳又是怎麼認識他的？」

「我開始在這工作的時候，他依然是這裡的老闆，所以算是他面試我的吧。凡杜爾偶爾會派我過去報告這裡的最新狀況，還有把依然送到這地址的郵件轉交給他。」

「他在這裡住了很久嗎？」

「對啊，搬進養老院之前都住在這裡，三樓，在凡杜爾家的樓上。我們也算是形成了某種小圈子吧。我偶爾過去的時候會把酒吧裡的新酒帶給他，他真的很喜歡試酒，有時候我就只是過去坐在那裡聊天。養老院的人以為我是他孫女。他跟我認識的其他老人家截然不同，宛若腦袋裡有個小孩在主導一切。」

「還有那些故事……」

「真的很精采，」歐絲娜特說道，「還有那些他對人生的看法，他依然保有靈活敏銳的特質。曾經見多識廣，如今從容看待一切，而且又自得其樂的人，展現出平靜的喜悅。我喜歡他說的那句話，命運把你帶到哪裡並不重要……」

班恩幫她講完那句話，「重點是不要活得渺小。」

她沉默了一會兒，然後自顧自微笑，「是啊……」然後把馬克杯湊到了嘴邊。

歐絲娜特溫柔說道：「我不確定我們是否真的明瞭他的意思。大多數的人之所以覺得自己的生活過得渺小，是因為他們太執著於比較。他的意思是，活得偉大的人生是你自己的，而不是別人的。他曾經告訴過我，要過著那種完全貼合自我的生活。我想沃爾夫定義的偉大不是指高度，而是具有深度的人生。」

班恩沉默不語，最後終於開口，「是啊。」

兩人默默喝咖啡，然後，歐絲娜特把自己的空馬克杯放在地上。

她說道：「我們得要找到第二瓶酒。」

「嗯，」班恩說道，「老實說，我只想要回歸我的正常生活。我把我的這瓶酒交給你，我的任務就完成了。」

「日常？你幫幫忙好嗎？」歐絲娜特說道，「把體驗放在……放在……各種東西裡？這是我聽過最棒的概念了，我絕對不會放棄這樣的大好機會。」

「什麼機會？」

「冒險的機會。」

班恩說道：「妳所說的冒險，就我看來是危險。」

「喂！」她伸出手指頭，在他面前認真搖了好幾下，「我們剛剛不是說了，不要活得渺小嗎？」

班恩聳肩，啜飲咖啡，歐絲娜特微微側頭盯著他，她蹙緊雙眉，「有件事我就是搞不懂。」

「什麼？」

「當你決定要逃出自己公寓的時候，怎麼知道要帶走那瓶酒？你怎麼知道自己是因為那東西而被人追蹤？」

「我早就告訴你們了，」班恩坐在床上侷促不安，他一直不擅長說謊，「……我離開律師辦公室的時候就發現被人跟蹤，所以我想原因就是那瓶酒。」

「不是這樣吧，」歐絲娜特搖頭，「就算你神通廣大知道他們因為你從律師那裡拿到了酒而跟蹤你，你大可以在離開的時候把它留在家裡啊。如果你不知道酒瓶裡含有某種體驗，要是你不知道它的重要性，你為什麼會把它一起帶走？」

「我……」班恩囁嚅，「我……」

「你本來就知道體驗員的事，對不對？」歐絲娜特問道，「你自己就是吧？」

「沒，沒有，真的不是，」班恩嚇壞了，「我從來沒有任何體驗，我的意思是我不是他們那種人。」

歐絲娜特整個人癱坐在椅子上，死盯著他，「那你為什麼要隨身帶著那酒瓶？」

班恩嘆氣，接下來的狀況很棘手了。

他終於說出口，「因為是這本書叫我這麼做的。」

「什麼？」歐絲娜特問道，「這本書？」

班恩拿起自己身旁的書，交給了她。

歐絲娜特開始在手裡把玩。

他說道：「妳看一下書封啊。」

她看完之後，抬起目光盯著他，問：「這是怎麼回事？」

「我不知道，」他開始解釋，「但看起來是為我量身訂做。我昨天晚上正好在看這本書，它說我被人跟蹤。等到我回家的時候，我開始讀這本書，歐絲娜特，裡面寫的就是我，完完全全就是我，無庸置疑！裡面一直提到我在做什麼，還告訴我街上那男人正偷偷在監控我家，而且指示我該如何行動，全寫在裡面。」

「是這本書叫你來這裡？」

「不，這本書告訴我要如何離開公寓。我會來到『無酒吧』都是因為酒瓶上的那個標籤。書中有寫到要是我遇到麻煩，就應該要隨便翻一頁，然後我就會找到該如何解決的指引。」

歐斯娜特把書放在大腿上面。

「你認真的嗎？」

「對。」

「這本書叫你這麼做？」

「對。」

「完全就是針對你，印有數千本的書，擺明就是要與你對話。」

「對。」

「而且它還給你指引，所以你每次遇到麻煩的時候，只要隨便翻開，它就會告訴你該怎麼辦。」

「書裡面是這麼說的。目前沒錯，看第一章的內容就知道。」

歐絲娜特看著書封，然後望向班恩，又再次盯著書封。

然後是班恩。

她突然大笑，一手扶住太陽穴，不可置信猛搖頭。

「你瘋了，」她宣布自己得到的答案，「你們全是瘋子。你、凡杜爾，你們全都瘋了，發瘋的方式不一樣而已。」

她拿起書，在班恩的面前搖了好幾下，「就這個？它告訴你該怎麼辦？」

班恩的心蜷縮成一團，他直視她的雙眼，「我知道這聽起來很離奇，根本是不太可能，但我也嚇了一大跳，因為我真心覺得它就是專為我而寫。」

歐絲娜特張開嘴巴，但想想還是沒說出口。她離開座位，張開雙臂，一臉淘氣看著他，說：

「好，那我們就來吧，再次尋求幫助。」

班恩努力解釋，「我不確定……」

「我們真的不知道該怎麼辦，對吧？我們需要中肯的建議！我們需要指引！」

「只是這樣做未免有點……」

「哦哦，魔法書！」歐絲娜特以雙手把它舉向天花板，「哦，敬畏力量之書，裡面充滿了秘密的寶貴意見！告訴我們接下來該怎麼做！指引我們明路！」

「好啦，妳不需要每一句話都弄得這麼搞笑……」

「快告訴我們吧！我們不知所措又無知，極其渴望你的指引！」她開始踏著輕盈腳步在防空洞裡走動，以誇張姿態高舉那本書，「我們還有一絲希望嗎？」她滿臉悲傷問道，「是不是可以向我們透露一點訊息？也許可以帶引我們找到真相？」

班恩想阻止她，「歐絲娜特——」

「噓！」她打斷他，「我在跟這本偉大的書講話。」她站在正中央，把書高舉空中，大聲問道：「我們要怎麼進入到我們史詩之旅的下一個階段？我們該找誰？奇妙之書？」她放下書，開始迅速亂翻，然後再次大喊，「我們該找誰？」然後，她伸出手指，決絕點了下去。

默默過了一兩秒之後，她盯著自己手指落下的地方。

「我想……」班恩開始解釋，「妳應該要打開這本書的中間地帶，但妳翻到的是前面的頁數，還沒……」他安靜下來，她把書轉到他面前，他看到了她指的那些話，一整頁只有那幾個字而已，在左上方，「獻給西格爾・普克金」，上面寫道，「愛強尼・戴普的捲髮女孩。」

「我知道她是誰，我認識她，」歐絲娜特雙眼圓睜，「靠，我居然真的認識她。」

13

西格爾坐在老人院花園的某張長椅裡，凝望自己冉冉升起的白色煙圈，若有所思。這已經是她今天第三次抽菸解悶，但她很需要，她有苦惱心事。

花園空無一人，這是因為午餐吃得早又加上天氣寒冷所造成的難得空檔。那些老人家寧可待在室內，現在，西格爾可以在完全沒有罪惡感的狀況下抽菸，而且也不會引來那種貌似沉默但卻明明有話要說的神情，「我們明明已經來日無多，妳卻還要在我們旁邊抽菸？」

她把菸湊到嘴邊，抽了一小口，光亮的尾端因欲望而透亮。也不知道為什麼，過了這麼多年之後，她還是覺得味道很臭。她許久之前就發現抽菸之所以能讓人放鬆，不是因為抽菸本身，而是她拿菸的姿態。被捲黏得死緊的薄紙管，優雅夾在她的指間，她手腕放鬆，手肘擱在身體，宛若在自我擁抱一樣，這一切都讓她神經得到舒緩，讓她更加接近自我。她被迫吸入這些小小菸氣，只是乖乖服從這種練習指令的認命表現罷了。

她透過玻璃看到有兩個人走近她平常坐守的櫃檯。

他們的面孔看起來很熟悉。他是那個穿衣品味糟糕、老是無精打采的宅男，而那女孩是英倫搖滾的粉絲，身材削瘦，刺蝟短髮，球鞋與褲子不是很搭，不能穿深色長褲然後配淡色球鞋啊，那是基本常識。鞋子會破壞線條的連續感，看起來不像實際身材那麼高，但她似乎沒有很在意。

他們找米拉講話，每當她抽菸休息的時候，米拉就會幫她代班，真是好人。那男生站在女生後方，相隔半步，背包隨意掛在肩上，手指緊緊掐住揹帶，指關節泛白。主導談話的是刺蝟頭，她微微側頭，揮動雙手忙著解釋。後來，米拉朝她的方向指了一下，他們轉頭，盯著她不放。她看到那個刺蝟頭美眉謝過米拉，然後那兩人大步朝她的方向走來。

好，現在是什麼狀況？

歐絲娜特推開玻璃門，走向養老院的花園。

「嗨，西格爾，」她開口，「妳好嗎？」

坐在長椅的那個身材嬌小的女子，也對她回笑了一下，「嗨，歐絲娜特，我還不錯。妳是歐絲娜特吧？我應該沒記錯吧？」

歐絲娜特回她，「對。」

西格爾說道：「我記得妳常來探望住在三樓的那位。」

「沒錯，」歐絲娜特說道，「我想我們兩個禮拜前曾經小聊了一會兒。」

「對，我記得，」白菸圍繞在她的捲髮周邊，宛若一頂臨時出現的皇冠，「我們聊電影對吧？」

「沒錯，」歐絲娜特說道，「而且我還向妳建議了一些一定要聽的好音樂。」

西格爾望向班恩，「你以前也會過來探望他吧？你叫……我快想起來了……」

「班恩。」

「什麼？我沒聽到。」

這次他更大聲了一點，「班恩。」

「啊，好，很酷的名字，」西格爾拿著菸，指了指他們兩人，「你們是他親戚嗎？」

「不，不是，」歐絲娜特回道，「只是很湊巧，我們以前都會來探望海姆．沃爾夫。」

「沃爾夫，沒錯，就是他。他過世那天我不在這裡，我休假。我很喜歡他，充滿活力，老是喜歡叫我西格麗，哎，我又能拿他怎麼辦？」

她吐了一口煙，對他們露出客服人員式的笑容，「有什麼需要我幫忙的嗎？」

「是的，」歐絲娜特問道，「我們想知道在沃爾夫離世之前的那幾天當中，妳是否注意到有任何異狀？」

「最後那幾天？」

「對。」

「哪方面？」西格爾問道，「這裡的作息時間非常固定，偶爾會有訪客到來，但這裡每一個人的生活幾乎都不脫以下範圍：房間—食堂—演講廳—門廳—醫生，這裡其實不是那種會出現異常狀況的地方。」

「有沒有人過來看他？他有沒有提出特殊要求？是否有異常行為？」

西格爾的目光在兩人之間來回梭巡，「怎麼了？出了什麼事？他完全就是自然死亡，到底……」

「沒有，沒有，不是那樣，」歐絲娜特說道，「我們只是想要……嗯……找到曾在他過世之前與他聯絡的人，與犯罪完全無關。」

「好，他訪客不多，」西格爾說道，「但是他在養老院完全不缺朋友。每個人都喜歡他，他總是有故事可以告訴大家。甚至講者在最後一刻取消演說的時候，他也可以偶爾上台客串一下。不過，他也有一點調皮。」

「什麼意思？」

「在他過世的前兩個禮拜，清潔工在他的房內發現了一堆酒。原來他的衣櫃裡有夾層抽屜，所以他把所有的酒瓶都藏在那裡，也是很好的酒。我把這件事告訴我男友，他說那些都是頂尖品牌。」

「什麼樣的酒？」

「其實我不是很清楚，」西格爾回道，「麥克達、麥卡倫、麥高芬啊什麼的……我完全不懂。清潔工把那些酒拿到我面前詢問我該怎麼辦，固然這是不合規矩，但他就算私藏一些酒又怎麼樣呢？他滴酒不沾，根本沒有喝。所以我找他討論了一下，我讓他留下那些酒，而且我答應他絕對不會告訴任何人。」

班恩問道：「現在那些酒瓶在哪裡？」

「什麼？」

「酒瓶啊，」班恩努力拉高分貝，「在哪裡？」

西格爾聳肩，「他死掉的那天，我進去他房間，把酒瓶全都清得乾乾淨淨，放在某個木箱裡面。我本來打算放在廚房，可以在日後特殊場合派上用場，海姆說過沒關係，不過，有人偷了那個木箱。我應該把它鎖在廚房裡才是，但我卻把它放在廚房大門外面，所以他們第二天可以把它拿走，隔天我詢問他們是不是有看到酒，他們卻告訴我根本沒看到任何木箱。」

班恩嘀咕，「他們一定以為我們的酒瓶在裡面。」

歐絲娜特沒理他，又面向西格爾，「除了我們之外，有其他人在他過世之後來詢問他的事嗎？」

「沒有，」西格爾又抽了一根菸，這一次尾端差點就燒到了手，「其實只有你們問而已，你們和我男友。」

歐絲娜特問道：「妳男友？」

「算是前男友了，」西格爾回她，「當我告訴他那些酒瓶的事的時候，他興奮得要命，他很愛喝蘇格蘭威士忌啊什麼的。」

她起身離開長椅，把香菸丟到地上，以鞋尖捻熄。等到熄滅之後，她彎身撿起菸屁股，丟入長椅旁邊的垃圾桶。

「抱歉，我想要講別的事，」她面向班恩，然後又看著歐絲娜特，「但妳也是女人吧，也和不少男人約會過對不對？妳覺得有人突然不告而別合理嗎？在一起三個月啊還是半年什麼的，一切都很美好，深陷在愛河之中，然後他就徹底斷聯？這到底是怎麼了？到底是什麼樣的人會對自己深愛的女孩做出這種事？」

歐絲娜特問道：「妳的男友嗎？」

「對，」西格爾站在那裡，一臉氣餒，棕色雙眼盈滿淚水，「我本來以為我找到了真命天子，我以為美夢成真。」

歐絲娜特說道：「也許……也許他出了什麼事？」

「他沒出事，純粹就是直接閃人，」西格爾把手伸入口袋，取出她的手機，在他們面前晃了好幾下，「他還在我手機裡刪掉了他的號碼！他消失兩天之後，我決定要打電話給他，卻發現連他的電話號碼都沒有！他不知道什麼時候決定要閃人，侵入我的電話，刪掉了他的聯絡方式，誰會做出這種事？」

「這……我……是真的有點怪，」歐絲娜特回道，「也許妳需要的是……」

「明白他是渣男，趕緊走出情傷對嗎？」西格爾說道，「對，我知道，應該如此，但沒那麼簡單。我的意思是，完全沒有任何解釋，這一點讓我抓狂。也該說些什麼吧，比方我們玩完了，想要結束，而不是就這麼一走了之。而且，這還是全世界最浪漫、最棒的男人。好，兩個禮拜之前，我們明明還在某個山丘開心野餐、俯瞰全部市景，怎麼會這樣呢？怎麼會有人一早起來把妳帶去巴黎，但過沒多久卻偷偷潛入妳的手機，刪去了他的聯絡方式，就是為了確保妳再也沒辦法找他？」

「聽我說，」歐絲娜特把手放在她肩上，「他可能真的出了什麼大事，就他的角度來說，你們所經歷的一切……」

她突然不說話了。

班恩在一旁盯著她們兩人，歐絲娜特的目光突然變得冷硬，彷彿瞳孔裝上了防彈玻璃。

她詢問西格爾，「妳在巴黎待幾天？」

西格爾一臉困惑看著她，「三天，」她反問：「怎麼了？」

「你們有事先計畫嗎？」

「沒有，那是驚喜。他安排好一切，最後才讓我知道——」

歐絲娜特打斷她，「妳是不是住在某間小旅館？裡面有個禿頭小矮子門房，堅持要看過妳護照之後才讓妳入住？」

「……對……」西格爾往後退，歐絲娜特的手也從她的肩頭落下。

歐絲娜特站在原地，動也不動，終於，她開口，咬牙切齒，「混蛋……」她深呼吸了好幾次，雙手緊握成拳，放在身體兩側，然後她大吼，「混蛋！！」

「怎麼了？」西格爾有些焦心，緊盯著歐絲娜特。

「對啊，」班恩悄聲問道，「怎麼了？」

歐絲娜特盯著西格爾，「妳的男友，」她努力維持語氣平靜，「不是一般的混蛋，我認識他，還跟他一起約會過，他是超級大渣男。騙女孩愛上他，對她們予取予求，之後就走人。忘了他吧，盡快忘了他，他搞失蹤其實是幫了妳一個大忙。他就此消失要感謝他，妳要趕快走出來，真的。」

「可是……」西格爾說道，「妳怎麼知道……」

歐絲娜特語氣尖銳，「他叫史蒂芬對嗎？」

西格爾小聲回道：「對。」

「那就是他沒錯。」歐絲娜特斬釘截鐵，「來吧，」她面向班恩，離開腳步疾快，「我們得走了。」

西格爾面色驚慌。班恩趕緊解釋，「抱歉，她最近飽受煎熬，謝謝妳願意跟我們聊天，這……」

「我……我得走了。」他丟下這句話之後，趕緊追向歐絲娜特。

「班恩！！！」

等到他們上了車之後，他開口問道：「這是怎麼回事？」

歐絲娜特坐在駕駛座，全身僵直，雙臂緊貼方向盤。

班恩問道：「好，這個史蒂芬是跟妳們同時約會嗎還是怎樣？」

「沒有，」歐絲娜特輕聲細語，「這個史蒂芬根本沒有跟我們任何一個人約會。」

「我不懂。」

她張開十指，猛拍方向盤，「白痴！白痴！白痴！白痴！我怎麼會這麼白痴？」

「可是……」

「你覺得她為什麼找不到他的電話號碼？」歐絲娜特問道，「你覺得他真的駭入她的手機？刪除了他自己的聯絡資料？」

「這個……」

「當然不是！你想知道我怎麼知道的嗎？因為我也不知道他的電話號碼，」歐絲娜特說道，「一大早的時候，在我還沒下去找你之前，我本來想打電話給他，詢問他是否一切安好，有沒有發現公寓裡出現可疑之處。而我的手機沒有撥出電話，只有來電，所以我本來就不存聯絡電話，有時候我就是乾脆背下來，不然就是寫在記事本裡面。突然之間，我恍然大悟，我根本不記得他的電話號碼。我似乎跟這男人約會了好幾個月，但我卻不記得他的電話號碼？所以我告訴自己，好，沒事，妳沒睡飽，還因為昨晚的事在心煩意亂，這種事所在多有。就稍微放鬆一下，然後再試著撥出電話，要是沒辦法想起來，那麼我就在記事本裡找他的號碼就是了。你知道為什麼會這樣嗎？」

「為什麼？」

「就跟她沒有他電話號碼的原因是一樣的，因為從來不存在！我們從來沒有跟他交往過！」

班恩盯著儀表板與顯示裝置，「我聽不太懂。」

「昨天晚上，」歐絲娜特說道，「史蒂芬來到『無酒吧』，我們喝了一杯，他和我，然後他到樓上的公寓拿取他先前忘記的東西。我告訴大家他是我男友，每個人都嚇了一大跳，我居然把他藏到現在。但我並沒有隱瞞，因為在他昨天現身之前，我根本不認識他。這傢伙在我的酒裡加料，他也是體驗員之一，他趁我不注意的時候，把我從來沒有的戀愛記憶加入我的飲料裡面。他靠著那一段與他相戀的記憶四處行騙，當他想要從某個女孩那裡取得什麼的時候，就把那段戀愛體驗加入她的飲料，然後，碰，她就成了他的人。她會把自己家的鑰匙給他；她會把他們在沃爾夫房間裡發現酒的事全告訴他，他要什麼都不成問題。」

「但妳怎麼知道……」

「因為記憶一模一樣！完全一模一樣！山丘的野餐，巴黎之旅，他使用的是相同體驗！他把它放入我們的杯子裡，我們都因為那……那個而確定自己有段經營許久的穩定關係。然後，等到他讓我相信我們在一起已經一輩子之後，他只要開口跟我要鑰匙，我當然就給他了。而且我一直搞不懂，我不是那種為愛暈頭的人，我不是。我根本不相信那種鬼話，然而我昨天的表現卻像是個十五歲的小女孩。他要鑰匙？當然沒問題，拿去啊！就算他拉我到後頭的小巷表演如何獵殺小貓咪，我也只會這麼想，『哇，真是神射手！』你懂我的意思了嗎？」

「我想我聽懂了，」班恩說道，「哇，這……這真是……」

「邪惡，」歐絲娜特接口，「我從來沒遇過這麼壞的人。」

「就因為她說她沒有他電話，還有他們一起去過巴黎度假，就被妳發現了嗎？」

「我是恍然大悟，」歐絲娜特說道，「她描述的是我的愛情生活。」

班恩說道：「了不起。」

「了不起？」

「對啊，居然憑那幾句話就推敲出來了，了不起。」

她目光冒火盯著他，「我剛剛發現我以為馬上會向我求婚、一輩子摯愛的那個男人，其實是個會把偽造關係摻入我飲料的大變態，只是為了要闖入我家偷一瓶威士忌，而你的評語卻是『了不起』？」

「我只是覺得……」

「吼，閉嘴好嗎？」歐絲娜特丟下這句話之後，發動車子。

「你知道最令人挫敗的部分是什麼嗎？」過了幾分鐘之後，她語氣平靜問道，「即便我現在知道了真相，我明白這一切都不是真的，但我心中已經有了那樣的體驗，彷彿我曾經真的擁有那樣的生活，而且我對這個人還有感覺。我知道這是謊言，但我依然盼望看到他出現，我依然有依戀。」她再次狠拍方向盤，「白痴！」

雙方都保持沉默的行車車程結束之後（她是憤怒的安靜，而他則是選擇避開對話的戰場），她把車停在「無酒吧」對面，怒氣沖沖下車，狠甩車門，從引擎蓋前面繞過去，走路的姿態十分決絕，她對班恩厲聲大吼，「快出來啊！」他還來不及準備下車，背包斜掛在肩上，她已經邁出大步走過去。

班恩急追在後。

「妳想要做什麼？」

「你還帶著那本書吧？」

「對。」

「太好了，快過來。」

他們迅速拾級而上，歐絲娜特打開自家大門走進去，班恩也趕緊跟在後頭。

「把書給我，」她走進其中一個房間，打開百葉窗，坐在放有電腦螢幕的書桌前面，「我們要直接追查消息來源，我不習慣玩遊戲。我想要找到寫這本書的人，搞清楚他到底想幹什麼，」

她說道，「他怎麼會知道我認識西格爾．普克金？又怎麼知道她就是能讓我們發現史蒂芬是竊賊的關鍵人物？我有一堆問題，不然，你也有一堆問題吧。」

「我？」

「對，」歐絲娜特在移動螢幕上的滑鼠游標，「所以這本書就是要給你的，不是嗎？所以你要跟他聯絡，他叫什麼名字？」

班恩從包包裡取出那本書，看了一下封面，「約夫．布盧姆，」他問道：「妳認識他嗎？」

「從來沒聽過，」歐絲娜特回道，「不過，只要立刻搜尋一下，就能找出我需要的資訊。」

班恩回她，「好……」

「打開扉頁，確定名字是不是一樣，然後告訴我英文到底怎麼拼。」

班恩打開了書。

「那很可能是筆名，」歐絲娜特說道，「如果是這樣的話，我們聯絡出版社，窮追猛打，一定要逼他們告訴我們真名。你不認識我，必要的時候我這個人可是非常固執的。」

「歐絲娜特……」

「怎樣？」

「扉頁就有他的電郵。」班恩把書轉過去，讓她看個仔細。

歐絲娜特回他，「哦……」

親愛的約夫：

我是班恩．史瓦茲曼。

我想你認識我，你為我寫了一整本書，而且應該說是在我面臨相當複雜狀況的指南。所以，首先，真的要謝謝你。

但我也希望你明白，這一切也令人相當煩惱。謝謝你警告我有人會闖入我家，但事發經過還是很嚇人。我不習慣有書本直接與我對話，的確，我經常在書中的世界「發現自我」，但不是以這種方式，如此直接了當。

反正，看來你似乎很清楚我現在的棘手處境，如果可能的話，我很樂意見你一面，或者通電話也沒問題，我想你可以協助我們。

還有，你在諸多難題還沒有出現之前，就已經寫出一本給我的指南，要是你可以解釋到底怎麼辦到的，那就太好了。

衷心感謝。

班恩敬上

休假通知

你好：

我（終於！）要去度假了，要等到這個月的二十七號之後，我才會回覆電郵。

要是有緊急事項，可以傳電話簡訊給我或是留言，我會偶爾查看一下手機，如果你沒有我的號碼，看來就是得要等到我度假回來了，那應該就不是什麼真正的急事吧。

謝謝，抱歉，也祝您一切安好。

約夫

備註：如果你是班恩·史瓦茲曼的話，可以在第十四章找到你問題的答案。

14

為了避免吊人胃口，我就直接承認我不知道這本「指南」的作者姓名。我的意思是，對，封面顯然是我的名字，但這只是我們之間協議的一部分。他以匿名的方式出版了自己的書，我卻幾乎是不費吹灰之力贏得了作家的頭銜。

就是這樣。

接下來講的是細節。

起初，是一通電話。

某晚，要是我沒記錯，大約在十一點鐘左右，我在客廳看電視，電話響起。我雖然接了電話，還有一部分注意力盯著電視，對方說道：「我有個難得一見的提案要找你。」

「什麼？」我關掉了電視。

「我說，」對方重複剛才那句話，「我有個難得一見的提案要找你。」

「您哪位？」

「你是約夫．布盧姆吧？」

「對，」我又問了一次，「您哪位？」

「幾天前，我看完了你最近出版的那本書，我覺得我目前正在進行的計畫可以找你合作。」

「我還是不知道跟我講話的人是誰，」我說道，「而且我也很想知道你是怎麼拿到我的電話號碼？」

「我會把一些文稿寄給你，」他說道，「我想你會喜歡那種風格。當我快要看完你的書的時候，我心想：『哇，有了這傢伙，一定可以搞定。』我花了好長一段時間，就是為了要尋覓合適人選。」

「除非你說出你是誰，」我說道，「不然我要掛電話了。」

「好，那就再見了。」對方講完後就掛了電話。

我又打開電視。

第二天，我準備出門工作，打開大門之後，發現我家外頭放了個包裹。包裹得很紮實的塑膠袋，顯然是專門防範偶發大雨的護套，我在裡面找到了一份裝訂好的打字稿，還有潦草的紙條：「要是你能夠看完這本書，提供意見，我會非常開心。我需要出版本書的時候借用某人的名字，這應該很符合你的需求。」

我瞄了一眼。

封面寫有「未來生活指南」，而下方的較小字體，讓我嚇了一大跳，居然是我自己的名字。

我把那袋子放在大門附近的桌上，先去上班，決定晚上的時候再來好好研究。

當時我很忙碌。剛開始寫我的第二本小說，充滿了懷疑又舉棋不定。我知道哪裡是自己的主戰場，但是我的生活中卻充滿了其他的責任，讓我一直無法專心寫作，只能費力前行。就算沒有這種障礙吧，我還是遇到了惡名昭彰的二年級症候群——各種念頭的循環不休！處女作大獲成功之後，大家對第二本的高度期待會造成你無法盡情揮灑！要對它視而不見！但也不能完全視而不見！或者也許應該就是要置之不理！

我看了一下那份初稿，甚至還在某個晚上翻了好幾章，但並沒有深入研究。

大約在第一通電話的兩個禮拜之後，我坐在港區的某間咖啡店，想要下筆寫作。我想要嘗試放輕鬆，當你把寫作看待得太過認真的時候，就會變得浮誇又自以為是。我必須寫一些自己真正想看的東西，能夠讓我暫時脫離激烈競逐的文字。

說是很容易，著手就變得有點難了。

正當我陷入這種內心交戰的時候，我看到某個身穿褪色黑外套、頭戴老早就塌陷變形軟呢帽的男子，坐在我對面，開口問道：「好，所以你看了沒？」

我抬頭望著他，打攪別人居然還這麼從容，讓我很氣惱，「抱歉？」

「我的書，」他說道，「你看了沒有？」

「你哪位？」我問。

他的表情超頑皮，「這是什麼意思？我是誰？我是那位全知敘事者，難道你在學校的時候沒學過我的事嗎？」

我必須說，過了好幾秒之後，我才把一切兜起來。電話另一頭的聲音，還有我家外頭的文稿包裹。

「啊，」我終於開口，「你就是那個……」

「對，對，」他點頭，「我就是那個人，你看了多少？」

「我，嗯，看完了第十章。」

「然後……」

「然後什麼？」

「要不要出版？」

「我不是出版商，我是作家。」

「對，對，我知道啦。但我們說真的，你現在並沒有什麼真正的進度，創意不是很成熟，對吧？我已經站在這裡好幾分鐘了，你在寫作的時候似乎飽受煎熬，現在你不該寫這本書，而是應該寫我的書。」

「抱歉？」

「這正好很符合你的專長，」他說道，「而且沒有人知道我，沒有人知道我究竟是誰。而要是你帶著這份手稿去找出版商，他們一定會買帳。我不需要任何的名聲，你可以說這是你的創作。」

「我覺得這樣不太……」

「可以，你可以的，當然沒有問題。不會有人知道，沒有人能夠拿得出證據。而且，就算你在書中寫下你其實不是寫下這本書的人，大家也依然會覺得你是作者。」

「你剛說這句話是什麼意思？『就算你在書中寫下……』」

「好，因為你只看到第十章，要是你再多讀一點……」

「什麼？繼續讀下去會發生什麼事？」

「看下去，繼續看哪，你一定會喜歡。我想等到你看到第十四章的時候，你就可以看出這是命中註定之事。你在自己的作品裡卡關，我給你的文稿正好就是你想要寫的東西，這不是巧合，這是命運。」

「好……」我努力回憶那份初稿，「那本書提到了書籍本身，還有那瓶威士忌所引發的種種，我不確定……」

「喂，不只是那樣好嗎？不要遽下判斷。」

「那真的不是我的風格，而且我也不想被大家當成鼓吹喝酒的人。」

「鼓吹喝酒？」

「還有，班恩那個角色，不是有點可悲嗎？」

「不過就是和大家一樣罷了。」

「我其實看不太出來他有什麼長進，我想要看到他遇到一些事，經歷些什麼，能夠產生讓他改變的體驗，促進他成長。」

「嘿，他會得到體驗的，別擔心，他將會擁有許多體驗。」

我不發一語，最後，終於開口，「反正那不是我的書。」

「聽我說，」他纏結十指，放在桌面，身體前傾靠向我，「我研究這個已經有一段很長的時間。你知道去接觸廣大群眾，說出終於能夠讓對方恍然大悟的故事有多麼不容易。每一個人都有各自不同的解讀，各有各的思路，根本就是不可能的任務。不過，有一天我恍然大悟，想盡辦法擴大讀者群的想法根本是錯的，你必須要精準，專注，所以這本『指南』就是為了少數人而寫。」

「少數人？我以為只是要給那個叫班恩．克雷格曼的傢伙而已。」

「不是克雷格曼，而是史瓦茲曼。還有，你講錯了，如果你有一大堆想法，對象必須是好幾個不同的人，所以每一個人都能夠從中挖掘出某些領悟。」

「所以其他人是誰？」

「現在不重要了。重點是你回家，把這本書看完。」

女服務生過來了，詢問我們是否要加點飲料。

他說道：「好，我想要一點茶。」

「太好了，」她問道，「一般的茶？熟茶？花草茶？要不要我把我們店內的茶拿過來，讓您挑選？」

「妳幫我選吧，」他說道，「讓我驚豔一下。」

等到她離開之後，他又面向我，我本想要告訴他我打算一個人坐在這裡，但他卻已經開始滔滔不絕。

「你知道嗎？生活是要拿來好好過的，不能只是在那裡東想西想，要做些實際的事，真材實料。你寫出思索自我直到生命最後一刻的那些人，卻不明白這些思維固然很好，但它們不是全部。我開始寫這部作品之後，領悟了這個道理，不能只是思索事物之本質，但是卻沒有任何實踐。我們必須在自己的生活中找到真實面向，才能夠灌注自己的思維，你不能光是寫作而已。」

「我不是只有在寫作。」

「我也不是，」他聳肩，「那只是嗜好。好，對你來說，我像個作家嗎？」

「嗯，但你必須要明白一件事，當我在寫東西的時候，不可能是別人的文本。就算別人的詮釋會有些許不同，寫作就是為了替自己發聲，反正，就是必須是自己的東西。所以，沒錯，我想要寫出有意義的東西，也許是小說，但還是會努力為我們的真實生活、我們的人性面照出一道光——」

「哦，拜託閉嘴吧，」他打斷我，大手朝我面前一揮，「你希望大家注意到你，喜歡你，你的心態就跟其他人一樣。」

「但我的真心——」

「那是贏得女孩芳心的好方法，她們喜歡真心。」

女服務生回來的時候帶了一杯熱水與茶包，他向她道謝，彎身準備泡茶。她離開之後，他拿出了一小罐蜂蜜，滴了一些在杯內，然後，他把茶包放進去，讓熱水轉為茶汁。

我靜靜等待，盯著他不放，心想是否該直接講出他態度無禮，但我覺得他應該也是置之不理。

等到他開始飲茶的時候，我說道：「你不懂我的立場吧，我想要寫出真正具有原創性的作品。」

「你對那觀念太執著了，」他說道，「這世界沒有真正的原創。時光不斷推移，你所說的那些話很可能是別人早就說出過的話，或是別人的文字與思維。人生的一切都是某人所說過的話。我們覺得自己的思維獨一無二，但我們的底蘊幾乎都只是對別人思維的回應或是重複而已。」

「為什麼找我？」

「因為啊，因為你現在想要創作，而且超適合你。這是一本可愛的書，你也不怕裝可愛啊……」

「我不想裝可愛……」我嘆氣，我們已經開始出現對話迴圈。

「反正，就算真的是你自己寫的，難道就能算是你的創作嗎？畢竟，你寫的反正不是你自己，你太害怕了，我知道。你繼續寫個八本書之後，才會有膽量書寫自己。不是現在。反正，當每個人都覺得你的作品是自己的東西，與自己有關，將你的話當成自己的字句，潛移默化進入他們的靈魂之中，那麼它就成功了。不論你怎麼說，你的作品都不是你的。」

他放下了杯子。

「太燙了，」他繼續說道，「你要寫出的是自認應該要寫出的東西？抑或是你想要因為寫出的東西而得到讚揚？這問題到底是還要想多久？幫我一個忙，給我機會，看完那份初稿。要是你不喜歡的話，就把它丟在一旁吧。如果真的喜歡呢，明天早上起來的第一件事就是打電話給你的編輯，席拉，跟她說你有作品要給她看。我知道編輯與校對要花很長一段時間，但我認為等到你看完這本書之後，你就能夠明瞭某些事情是無法被改變的。我只要求你一件事，好好善待它，確保它依然確實貼近我的初稿。」

「你為什麼覺得我會答應你？」

「反正你一定是贏家。你會有時間好好寫下一本書，心平氣和，贏得滿滿的名聲。一切都歸你，我什麼都不要，而且，我很清楚一定是如此，我早就定了調，就是朝這個方向進行寫作。」

「抱歉？」

「你等著看吧。」

我們默默坐在那裡好一會兒，他啜飲他的茶。那位黑頭髮女服務生走過來，問我是否還需要什麼？

「一杯水就好。」

她詢問我的不速之客，「那你呢？」

「謝謝，不用，我馬上就走了。」他起身，在她離開的時候，整理了一下帽子，又露出促狹表情看著我，「很可愛吧？是不是？」

我沒接腔。整個狀況變得越來越惱人，他斜靠桌邊，「如果你想的話，也可以把她放在書裡面，棕色眼眸，羞怯笑容，你覺得怎麼樣？」

「我覺得你該走了。」

他聳肩，準備離開，「對了，」他回頭對我一笑，「去休個假，你也該休息一下了。」

15

也許是因為前門不再有吱嘎聲，抑或是他們兩人深深沉浸在閱讀世界之中，又或者是因為凡杜爾上樓的時候腳步輕柔。班恩與歐絲娜特低頭看書，完全沒發現她帶著她的小購物車，已經在門口待了好幾秒之久。

歐絲娜特說道：「哎，這樣也幫不上什麼忙……」凡杜爾接口，「什麼幫不上忙？」直到這時候，他們才抬頭，視線移開了書本，班恩立刻啪一聲把書闔上。

歐絲娜特打招呼，「嗨……」

「門是開的，」凡杜爾說道，「你們要更小心才是，尤其你們兩個人的家都被闖入過。什麼幫不上忙？你們在試什麼？」

他們互望彼此。

班恩說道：「這故事有點詭異。」歐絲娜特也幫腔，「真的有點詭異。」

凡杜爾聳肩，「今天不管聽到什麼應該都嚇不了我了。」

班恩為了要釐清最近的一連串事件，他將前一晚的事娓娓道來，從書店開始說起，有關那本書、第一章內容，還有每次一打開書就會找到指引，似乎也提供了接下來應該採取哪些行動。還有，他也簡述了剛才凡杜爾進來的時候，他們所剛看的那一章的內容。

歐絲娜特安靜坐在一旁，陷入沉思。

凡杜爾伸出手掌，「讓我看看那本書。」

班恩把書交給她，她掂了掂重量，以各種方式仔細檢查封面，但就是不肯打開。最後，她把書還給班恩，「嗯，還是留在你身邊比較好。」

她雙手反剪在後，目光斜望天花板角落，若有所思，過了一會兒之後，她說道：「很好，這裡有那種東西很不錯，是吧？」

「妳不覺得有點離奇嗎？」歐絲娜特問道，「太瘋狂離奇了吧？」

「你們這個世代為了要了解一切，對於事物的解構與建構太過執著，而不是順勢而行，直接道謝就是了。相信我，我見識過更多離奇的事。我們可以嘗試了解，但為什麼不趁當下享受它的果實呢？班恩擁有一本可以幫助我們面對現況的指南，我想我們手邊有什麼資源都不需要客氣，也包括了這本書。當然，不要過度使用。」

班恩問道：「妳說的不要過度使用是什麼意思？」

「我認為，千萬不要為了想知道之後該怎麼辦而每隔兩分鐘就翻一下書，應該只適用於特定情境。」

「為什麼不能每隔兩分鐘就翻一下書？」歐絲娜特問道，「越多的幫助越好不是嗎？」

「因為我們翻得越多，它所給的答案與形成之指引就會越來越模糊不定，」凡杜爾說道，「這本書的頁數有限，字數有限，而我們的疑問可能無窮盡，需要指引的時刻也無窮盡。這本書可能奇怪，但是它的文字不會改變，要是我們每兩分鐘就打開一次，那麼它的回答的籠統程度，將足以適用於我們的所有問題──『對』、『不是』、『可能』、『不太好』、『值得一試』。不過，比方說，要是我們打開這本書只有十次吧，等到我們真正需要的時候才使用，那麼指引就會變得更為明確，就像是班恩一開始讀的時候所得到的結果一樣。」

「為了要釐清先後順序，簡直讓我快要想破頭了，」班恩說道，「打開這本書與書中的文字，到底因果關係是什麼？」

「就像我說的一樣，」凡杜爾說道，「你陷得太深了，坦然接受這種情境，多加利用，如此而已。也許到了最後一切就能豁然開朗。反正，我自己是不會打開這本書。」

歐絲娜特問道：「為什麼不行？」

「因為那不是寫給我的書，」凡杜爾指向班恩，「是寫給他看的。」

「但為什麼要寫給我？」班恩問。

「因為，」凡杜爾說道，「它一定要有對象，正好是你。」

歐絲娜特說道：「但我也打開了那本書。」

「所以可能也是針對妳，」凡杜爾聳肩，「反正，我是不會動那本書。」

班恩說道：「所以妳真的是嚇壞了。」

「我不知道它到底有沒有嚇壞我，」凡杜爾說道，「我見識得可多了。」

歐絲娜特問道：「難道妳不想知道它是不是也有話要告訴妳？」

「親愛的，我不需要證據，」凡杜爾回她，「我剛也說啦，光怪陸離的事我見多了。」

她走向客廳，班恩與歐絲娜特跟在後頭。

「反正，」凡杜爾坐在沙發上，開口說道，「我們應該是馬上就得打開你的書了。我今天四處尋訪，完全沒有任何的蛛絲馬跡。」

她整個人往後一靠，對班恩說道：「幫個忙，替我拿打火機，在購物車的側邊口袋，在所有袋子的最下方。」

班恩朝購物車方向走過去，凡杜爾詢問歐絲娜特，「好，那本書裡告訴妳要去找的那個女孩，她到底對妳說了什麼？我聽不懂那小男生講的話。」

班恩回來，將打火機交給她，「我不是小男生。」她以左手收下打火機，右手在襯衫口袋裡摸找東西。

「其實，她沒有對我們透露太多事，」歐絲娜特說道，「不過，多虧了她，我們終於知道昨天晚上是誰闖入我家。」

「誰？」

「我以為是我男友的那個人，」歐絲娜特好激動，聲音哽咽，「昨天晚上，他把某段戀愛關係的記憶放入我的酒之中，我很信任他，居然把自己家的鑰匙給了他。」

凡杜爾從口袋裡取出手捲菸，夾在指間，她點燃之後，將菸的另一頭放在嘴中，開口說道：「我知道妳沒有男友，要是有的話，我老早就聽說了。」

「是啦，」歐絲娜特說道，「現在希望妳滿意了吧，不過，我真想殺了他。」

「妳才不會動手，」凡杜爾吐了一個小煙圈，「我不知道他給了妳多少分量，但就算只有幾滴，慢慢消退也需要時間。要是分量不僅止於此，這樣的體驗恐怕會跟妳一輩子。雖然妳知道自己並不愛這個人，依然會有戀愛的感覺，」

班恩指了指凡杜爾唇間的那根細菸，「是不是我猜的那種東西？」

「哎呀，根本不是……其實是研磨自『巴哈花藥』的莖，」她不以為然，大手一揮，「好，這個其實不是男友的男朋友叫什麼名字？」

「史蒂芬，」歐絲娜特說道，「如果那是他真名的話。」

「比我強多了，」凡杜爾又吐了一個煙圈，「我一整天都在找那些曾經和我們一起研修，如今是自由接案者的體驗員，詢問他們是否知道有誰宣稱擁有昂貴的酒瓶，而且正在四處兜售？沒有，大家都只關心自己的事而已。」

班恩問道：「可不可以再講清楚一點？到底什麼是自由接案體驗員？」

「意思就是說他們架設了網站，甚至還成立了辦公室，而他們的任務只有以下兩種——要不就是販售過往經驗，他們知道有市場需求的那一種，比方說重大歷史事件或是基本的冒險，大家一直都很嚮往的那種活動——環遊世界之旅與極限運動；再不然就是接受訂單，替有錢人實現他們所交付的任務。第一種人比較容易找到，因為他們得要自我行銷，讓大家知曉他們所要販賣的商品，我今天找到的多半是這種人。第二種人比較貴，行蹤也比較神秘，他們不會談論自己正在做什麼，因為他們的名聲部分是來自於他們低調行事，而且他們的雇主希望把他們當成某種個人資產，就像是一種豪華交通工具或是寵物。這些老闆因為沒有時間或膽量從事瘋狂行為，所以會長期雇用某名體驗員代勞，可以戳破他們的無聊泡泡。不過，真正聰明的客戶運用體驗員去取得各種性格，設計自身個性，讓他們能夠最符合商界、政界，或是任何工作領域的要求。想要增強英勇感的一般人會購買跳傘或是從火災現場救出孩童的體驗，但那些等級的客戶卻會派體驗員與快餓死的西伯利亞虎決鬥，未必能夠讓他們得到更精采的體驗，純粹就是證明他們有這個能耐。」

班恩說道：「好詭異的職業。」

「什麼？當體驗員？好，這不是眾所周知的技能，」凡杜爾說道，「不過，要是能夠在無須擔憂受虐的狀況下學習累積體驗，顯然會有許多人樂意當體驗員，就算只是當個嗜好也不錯。」

她吐了一個細煙圈，「反正，我會自己從這裡開始調查，之後就不需要你們費心了。你已經喝了你的酒，把你知道的一切告訴了我，而妳的酒瓶，顯然現在是失蹤了。我必須為沃爾夫與世界上的其他體驗員負起責任，必須找出他到底留了什麼給我們。」

班恩在自己的座位裡不安蠕動，他望向歐絲娜特，她也回看了他一下，他覺得後頸一陣微微刺癢，凡杜爾似乎覺得沒什麼。大門距離他只不過十步的距離而已，但要是想改變的話，就該留下來。

「我……我想我會留下來。」

凡杜爾開口，「很好啊。」

「不，不是妳想的那樣，」班恩說道，「我既然起了頭，就應該要繼續追下去。沃爾夫給我那瓶酒，想必事出有因……」

「那個叫史蒂芬的傢伙這樣利用我，我當然不可能就這麼一走了之，」歐絲娜特說道，「而且，妳提到的這一切神秘事物讓我很好奇，奇怪的號碼、酒瓶、體驗員……我想知道究竟是怎麼回事，我絕對不離開。」

「對，」班恩說道，「我也是。我的意思是，我也想知道出了什麼事。」

歐絲娜特盯著他，「你的寶貴正常生活呢？」

班恩反問：「一直嚷嚷要冒險的人不就是妳嗎？」

「真的，要是我們暫時放下我被強迫推入愛河的那件事，這整起事件其實相當有趣，」歐絲娜特說道，「最重要的似乎是那組號碼，我們趕快來破解。」

凡杜爾透過菸氣盯著她，「你們打算怎麼處理？」

歐絲娜特望向班恩，「好，過來，坐下，我們需要更多你昨晚喝完酒之後的細節。」

「已經說過啦。」

「但我們可能漏掉了什麼。」

班恩回她，「我不想再喝那瓶威士忌……」

「你不需要再喝了，」歐絲娜特說道，「放鬆就好，想辦法釐清思緒，仔細回想。」

班恩坐在凡杜爾的旁邊，雙手放在大腿上頭，背脊挺直，緊張不安。

凡杜爾又吐了一大口甜味菸氣，歐絲娜特搓揉雙手，站在班恩對面，一直看著他。

「昨天你進入地下室之後，就把事情經過告訴了我們。」

「對。」

「之前呢？」

「什麼之前？」

「你進入地下室之前，記得什麼？」

「努力回想一下，也許你跟某人講過話，或者你待在公寓裡的時候做了些什麼。」

「什麼都不記得……」

他想了一會兒，「沒有。」

「你記得的第一件事就是進入地下室。」

「對，」班恩回道，「就連通往地下室的階梯也想不起來。」

「好……之後呢？記得離開之後的事嗎？」

「應該沒辦法。」

「你上樓了嗎？你說過凡杜爾呼喊你上樓。」

「我記得我還在地下室的時候她叫我，但我自言自語說了聲『祝好運』之後，我就不記得發生什麼事，接下來我就離開了。」

凡杜爾嘆氣。

「抱歉。」

歐絲娜特瞇眼，「沒關係，我們來聊一下數字吧。」

「怎樣？」

「你寫下來的時候有沒有說什麼？」

「沒有。」

「當你寫下來的時候，有沒有依照什麼特殊順序？」

「沒有，就是我昨天寫下的那種順序。」

「特別挑粉筆顏色？會不會邊寫邊哼歌？」

「沒有，白色粉筆，沒有在哼歌。」

「寫下這些數字之前，你在這裡四處走動。」

「對。」

「你有沒有說什麼？觸摸什麼？」

「我沒開口，但我的確摸了屋內許多東西。就像是凡杜爾昨天所說的一樣，他應該是希望我要記得這個房間。我四處走動，伸手摸牆、書架……」

「有沒有哪一本書讓你特別留戀？」

班恩閉上雙眼，專心回想，「遇到特殊材質，我撫摸的速度會慢下來，比方說，粗皮封面。但我覺得只是為了享受快感，想要撫觸。」

「我們應該要去地下室查一下那些書。」凡杜爾可能是在自言自語，也可能是對空氣說話。

「當我走到洗衣機旁邊的時候，我的手指對著它輕快打節拍，」班恩說道，「當我望著那牛仔的照片，我對他微笑，然後打招呼，『嗨，比爾先生』……」

歐絲娜特問道：「嗨，比爾先生？」

「對。」

凡杜爾很安靜，「可能是『比利小子』，」她開口，「也許這是另一項提示？」

班恩說道，「『比利小子』不會戴牛仔帽，他戴的是圓錐狀的墨西哥草帽，上面有綠色飾帶。」

歐絲娜特問道：「你是從哪裡知道那種事？」

他聳肩。

凡杜爾對著空氣開口，「所以比爾先生是誰？」

班恩說道：「等一下。」

「也許我們應該要找出是誰拍下這張照片，」歐絲娜特說道，「努力回想一下。」

班恩再次說道：「等一下！」

「那位比爾先生……」班恩說道，「我覺得好像聽過他。」

「你剛剛明明說……」

「不，不是，我是在別的地方知道這個人，」班恩說道，「等我一下。」

他閉眼，專注凝神。

歐絲娜特與凡杜爾互相交換眼色。凡杜爾挑眉，然後又面向班恩。

班恩睜眼，目光輪流飄向她們兩人。

他多年來收集大量沒人想知道的冷知識，如今終於開花結果。

「我想起來了，」他說道，「我知道那些數字的意義。」

16

史蒂芬坐在椅子裡，前後搖晃，重心都放在椅子後方的木腳。他望著眼前桌面的那些小瓶子，盡情欣賞優雅瓶身。麥卡倫三十年，最高等級的威士忌。這老頭這一次使出了渾身解數，不知道他在裡面放了什麼，想必是耐人尋味。

這個位於地下室的無窗房間很狹小，當史蒂芬需要消失的時候，整座城市有三個地方可以藏身，而這正是其中之一。

桌子、椅子、閱讀燈、行軍床、裝滿罐頭的櫃子——還有另外一個有鎖的櫃子，裡面放的是武器，上層是軍火，下層是鈍器。牆面全部塗白，厚重地下室大門掛了一幅畫框，裡面是莫內的複製畫。每隔兩個月，他就會出現在這裡，補充庫存品，洗地板，確定電力運作正常。如此與世隔絕之處，非常適合打開酒瓶。他最需要的就是孤獨與專注。他度過了忙亂的一夜，地板上的包包與那瓶梅洛裡面的經驗可為明證。

他想到了躺在對角線地板包包裡的那瓶酒。許久以來，他都是揹著那種裝滿酒的包包四處走動，紅酒、白蘭地、威士忌，以及伏特加的酒瓶。他差點忘記要如何把經驗加入一般的飲料或是食物，甚至連麵包都生疏了。他最近所有的客戶都希望拿到一瓶加入「曲折情節」的酒。但話說回來，處理酒品成分也成了他的第二天性，他研究多時，已經參透出要搭配哪種酒才能發揮最佳效果，以及酒的成分會對於液體內體驗的吸收造成什麼影響。他掌握這些細節的功力爐火純青，也把他推向了這個領域的頂尖地位。

現在也該是喝一杯的時候了。他通常不會這樣，他習慣的是直接體驗，他的角色是提供者，而不是他人體驗的消費者。偶爾，他會放任自己享受自己經手體驗的一小滴，但最多就是如此，他不是那種牛飲之人。

不過，他必須要喝這瓶威士忌。

他讓椅子的四隻腳平穩貼地，端坐在桌前，手肘擱在大腿上面，開始掃視這個小酒瓶的標籤。然後，他起身，脫掉了自己身上的薄外套，把它掛在椅背。他的手先伸入衣服側袋，取出了一個透明的小型注射器之後才入座。注射器裡面還有一半的液體，他可不想不小心弄破了。他把注射器放到背包的某個襯墊口袋，然後把包包放到角落。

然後，他從儲藏櫃取出小本拍紙簿與藍色原子筆，將它們放在桌面，與威士忌擺在一起。旁邊有個紙杯，居然用這種東西喝麥卡倫，太可惜了，但在克難狀況下就是如此。

他往椅背一靠，把椅子往前迅速拉了兩下靠近桌面，拿起了酒瓶。

他第一次（如果老實說的話，也是最後一次）喝威士忌，就是認識艾薇塔的那一天。

他參加某名同事的婚禮，對方在某座集體農場的附近創業，早就知道酪農的利潤遠遠比不上果凍酒那麼好賺。史蒂芬坐在大圓桌座位，桌面中央放的是新娘討論了足足兩個禮拜之久，但等到婚禮結束之後不會有人記得超過兩秒的盆花。他完全不認識的那些同桌客人，每一個的聲量都和喇叭不相上下，以吼叫的方式斷斷續續聊天，不然就是忙著用手機發送簡訊給那些沒有受邀前來分享新人大喜的幸運兒。而在附近的舞池中，身穿直扣式襯衫的男人努力想要隨音樂做出模仿跳舞的姿勢，而身穿短裙與高跟鞋的小姐們的鞋跟實在太高了，看起來簡直像是專業的踩高蹺藝人。精心打扮的會計師、膚色像兔寶寶一樣白的高科技工作者、開高檔休旅車的股票營業員、濃妝豔抹過頭的建築師，全都隨著平常根本不聽、就算被人拿槍口逼迫也不想聽的那種音樂拚命狂舞。

他周邊充斥著動不動就令人作嘔的人。人類懷有許多難以忍受的特質，比方說，很難笑的笑話，就會讓他抓狂。他會坐在一群自稱是好友的人之間，大家假裝聽得津津有味，然後一定會出現每一個人（真的是每一個人！）哈哈大笑的那一刻，但明明是普通到不行，讓他聽了無聊的蠢話。真的嗎？你們的笑點就是這樣？

他看到的是一個蠢行不斷、獸性大發的社會，而且處處斷裂，只是各種可預料的行動與反應的組合體。他的對策，就是往後退了一大步，主動遠離這些人。他靠著這種方法保護自我，避開那些平庸的陳腔濫調，不需要去咀嚼別人反芻而出的話語。

最令人灰心的是，他之所以無法容忍任何人，是因為完全找不到人討論心事。偶爾他逮住機會，讓自己的生活中容納某個朋友或是伴侶。而所有的對話都無法超出既定的慣性回應。所有的對話內容都是源自某人的某人的引言，而源頭的那個人卻壓根從來沒想過原始出處來自何方。每當他企圖分享自己對於人類蠢行的感受，他得到的回應都是像這樣的話，「對，當渺小之人也能投射出巨大黑影的時候，就表示太陽即將西沉」『真的嗎？你在開玩笑嗎？那大塊頭的人呢？在相同狀況下不就投射出超級巨大的黑影？對不對？所以落日對大家都很好！』，再不然就是「最黑暗的時刻就是在黎明之前」『誰說現在是最黑暗的時刻了？』，或者（最糟糕的）「生氣就是因為別人的蠢行在懲罰自己」『所以我們要懲罰你的話有什麼建議呢？』

他偶爾會這麼告訴自己，這是環保年代，每個人都在自我回收的年代。以我們每一個人都是鑽石，獨一無二又特別的概念作為內蘊的相同文化，不斷殘害我們，而且也侵蝕了我們的思考，把我們丟回到社會之中，成為漫無目標的複製品，只能靠著相同的問題、思考同樣的無聊思維，以及投入依然苦尋無果的追求過程不斷瞎忙，而且依然堅信我們是如此深刻又有趣。

他受不了人類，各式各樣的人類都一樣。

喜歡在演講時提出討厭問題，卻顯現出他們只不過是看了相關議題的半篇文章的人；明明自己不耐煩，卻會被他人不耐煩態度嚇到的人；以「電視所告知大眾的一切都很重要」作為社會意識基礎的人；長處是只會濃縮某本書摘要的專家；並排停車的人；戴眼鏡只是為了要透過鏡框，以斥責目光看待世界的人；只對於某項活動癡迷，要是你對其一無所知就看不起你的人；寄生人間的各種蠢蛋：不知感恩的愛哭巨嬰、沉溺於權力的神職人員、毫無自我意識感的白痴、美食鼓吹者……

而在這場婚禮，不禁讓他想起了自己恨意最深的某種類型——跳舞的時候只是在轉動肩膀、眼神放空呆滯，幾乎像是牛在沉思的那種人。那不叫跳舞，白痴。

他突然決定要推開椅子，留下煮得半熟、只吃了一半的鮭魚，想看看吧檯那裡有什麼動靜。那裡的群眾變少了，大部分的小丑不是主動拉人就是被拉進舞池。當然，年紀比較大的世代，牢牢坐在桌前不動，大啖主食。如果他們想要喝吧檯的飲料，就會向服務生招手示意。當史蒂芬走到黑色吧檯的時候，他只需要等一兩分鐘而已，前面是一對滿臉青春痘、愛講話的年輕人，他們目光閃亮，舉起了小小的酒杯。他們不願等待酒精發揮作用，會自己耍呆準備立刻爽快。喂，你們別擔心，過沒多久之後，你們就會想起自己到底是誰，沮喪感又會立刻回來。等到他們踩著歡喜愚蠢的步伐離開吧檯之後，他走上前去。

某名個頭嬌小的女子坐在吧檯，喝的是淡琥珀色的飲料，她看了他一下，他覺得空氣在微微騷動，流移，冒著泡泡。他告訴酒保，「我要和她喝一樣的東西。」

酒保以目光向她探詢，她指了指他背後的某瓶酒。

「一口杯還是平口杯？」

史蒂芬說道：「跟她的一樣。」他再次想要吸引她的注意力。

酒保把威士忌送上來，他原本打算淺嚐一小口，沒想到卻太過豪邁，他嗆到了，還長咳了好幾聲。

「妳喝的是這個？真的嗎？」他詢問那個一臉興味盯著他的優雅女子，「不是很適合女孩子的酒，真的是燒喉。」

「通常我喜歡沒有泥煤味的威士忌，」這個慧黠魔鬼說道，「但這一次我撒了一點白色小謊，」她舉起酒杯開始欣賞，「蘋果汁，」她說道，「沒摻水。」

他又小咳了最後一次，然後討了杯水。

她名叫艾薇塔。

他們想要在酒吧談話，但是DJ所製造的噪音讓他們無法進行任何互動。所以他們到了外頭，拿著飲料站在那裡（她依然緊抓著那杯蘋果汁，他現在拿的是礦泉水），沿著宛若護城河圍繞婚禮場地的那片池塘散步。到了夜晚，這座人工池塘寂靜舒暢，只有透過底下木板發散的砰砰貝斯聲響，還有偶爾發出回音的蛙鳴（顯然是透過某個看不到的喇叭在傳送），這是認識某個愛笑美女的絕佳場所。

多年之後，他努力分析為什麼會允許自己——放任自己——走出自己的圈子之外，與她在一起。他當時才不過二十五歲，已經對人性沒有抱持太多的愛，一連串的男女關係只不過是為了滿足肉體需求，而不是靈魂的魅惑。

不過，就在那一晚，雖然有震耳欲聾毫無間斷的音樂、新娘愛吃醋朋友們的假笑，還有當他待在接待處的時候所聽到的虛偽對話，但他心中封凍的某個部分開始融化。有某一種性格，他知道許久，但從不覺得確實存在的性格，引導了他與她的對話，而不是由他當主宰。他的原始自我根本不像是這樣。就在那一夜，另一個自我在他面前現身，展現了諸多他不知的面向、對他身旁的女孩深深傾心的那個自我。

將近有兩個禮拜的時間，那段對話的回音不斷從他生活的各個角落回送到他的耳邊。兩人在婚禮快要結束的時候分開，喝醉吵鬧的狂歡客人走了出來，在冰涼的夜氣之中恢復了理智（不然就是對著步道旁修剪得過於講究的灌木叢大吐特吐），這些人現身之後，也改變了當下的情境。他知道了她的名字，除此之外什麼都沒有。不過，當他發現自己動念想見到她，對著街上的所有女孩找尋她的面孔，太陽神經叢為之緊繃的時候，他知道自己也許應該要打電話給新郎，要她的電話號碼。

等到他終於打電話過去，自我介紹的時候，她說道：「白痴，早就該找我了吧，我已經等你兩個禮拜了。」

艾薇塔瘦小纖細，有時候她會以搞笑的法國口音講出「嬌小」這個字，提醒他以後可以為她取各式各樣的綽號。她有一頭金色挑染的狂野紅髮，棕色大眼，只要陷入深思就會緊抿的粉紅色雙唇。她有輛一年之後就賣掉的小機車，生物學學位，對於南美詩人及他們的詩作如數家珍。她脖子上有一塊美麗的胎記，位於左側，位於脖底與耳朵的中間，她有一張從來沒使用的健身房會員卡，床底下還有一疊書，因為所有的書架空間都塞滿了。她有一種短促開懷的笑聲，最後還會微微側頭。開心或驚訝的時候會習慣來個小小的尖叫，而且需要擁抱的時刻不只是當電影變得恐怖的時候而已，她時時刻刻需要擁抱。她對於汽車內燃引擎具有驚人的豐富知識，只要待在廚房裡就習慣聽音樂，耳機線隨意垂懸，在紫色運動褲附近晃啊晃的，對，她穿嚇人的紫色運動褲，上面都是小洞，史蒂芬一直想逼她扔掉，從來沒有成功。

她具有以他的語言說話、安慰他、接納他、挖掘他無法覺察之自我的能力。

當他和她在一起的時候，他就沒那麼討厭自己了。

她會以比較溫柔的語氣表達他對世界的挫折感。她對他娓娓道出他為什麼不喜歡他周遭世界的原因，有太多掛著微笑的俊男美女。只要轉身，就會有模特兒盯著你，帥氣的演員，而且天生就充滿智慧，歡樂的程度已經超越了常理。這整個世界似乎開心到不行，幾乎是狂喜邊緣。他們喝咖啡喝得很開心，講電話講得很開心，連洗衣機都可以讓人開心，一切都美好得不得了。而當你回頭凝視自己的生活，無論它有多好，永遠不可能會有始終如一的美好。

這種美貌的落差、快樂的落差，還有你所聽到的故事與自己真實生活之間的落差，這一切的比較讓生命顯得蒼白。所以他憎惡世界，因為它的謊言，還有虛假之美。他發現有了艾薇塔之後，他只需要一點點獨特的美好就夠了。將會永遠記得的真純開心時刻，獨處的入神狀態。我們生活的文化把它從你身邊偷走了，害你在希望之海裡溺斃，而我們大家的泳技都沒有那麼好……

他會將自己對於生命的暗黑格言對她傾巢而出，然後，她會凝望他，微笑，主動靠過去，與他的額互抵在一起。他會在那一時半刻之間懷疑自己的過往信念。

她不怕他，也不需要改變他。她沒有戀鞋癖，對窄管牛仔褲沒有任何的偏執，而且也不需要慎重討論兩人關係。當她想要進到下一個階段的時候，她總是以隨性又直接的方式講出來，而史蒂芬總是說沒問題，她越深入他的生活越好。

不過，他還沒有準備好說出「愛」那個字。對他來說，似乎很荒謬。他曾在多次不同的場合當中，企圖以各種不同的角度攻擊這個概念本身。

「每個人都能夠尋愛，」他是這麼告訴她的，「是一種針對所謂『心愛之人』的隨便空想，其實只是讓我們掛念那個字句自行賦予的念頭。」

「也許吧，」她聳肩。「那又怎樣呢？」

他發表心得，「所以也許從來沒有人真的愛上了特定的誰。」

「這樣有比較不好嗎？」她問道，「所以我不愛某個男人，我透過你愛全世界的好男人；而你透過我愛所有的女人。我們都是這世界的代理人，愛情的代表。我們透過美與善諸多體現的其中一個面向，愛上了美與善。」她抓了幾撮髮絲，塞到耳後，他已經忘了他們剛才在講什麼事。

「妳選擇了我，這是不可能的事，」他對她這麼說過，「我們不會去選擇去愛誰。」

「我們當然會做出選擇啊，」她咬了一小口不知是什麼的食物，「我們不會去選擇感受那第一次的搔癢悸動，但我們的確會去選擇是否要抓個痛快。」一滴汁液從她嘴角流下來，他覺得這樣的美好讓他殉死無憾。

「每一個人都有一個愛他，而且覺得他很棒的對象，」他曾經這樣問她，「就連些不怎麼樣，甚至糟糕的人也都有這樣的對象。難道這表示每一個人都值得被愛嗎？」

「傻瓜，」她還是穿著那條可怕的運動褲，不斷蹦蹦跳跳，「這不是愛的反證，而是明證。」

然後，她對他送出飛吻，走到了他身邊。

「要是你具有不好的特質，其實並不重要，」當他們待在某個屋頂俯瞰市景的時候，她對他這麼說道，「只要當某個她一愛上你，愛上了那些特點，然後，哇，一切都變得很棒。你不是猶豫不決，而是考慮周詳的可愛之人；你不是生活在童話世界裡，而是擁有小孩的溫柔靈魂；你不是對奇怪資料有偏執的狂人，而是講究與注意細節；而且，你也不是一再失敗，而是充滿了韌性，你明白了嗎？」她轉頭看著他。

「啊？」投映在她雙眸裡的城市燦光讓他好困惑。

最後，她講出壓垮他的最後一段話，他終於屈服，閉上雙眼，與她一起坐在格紋野餐毯上頭。

「想要過得快樂，你必須知道四大要點，」透過樹葉穿透而下的陽光，在她的臉龐閃動，「就只有四句話而已。沒有人一定要愛你，你不需要一定愛上哪個人，你有被愛的能力，你具有愛人的能力。」

所以，對，她愛他。一個渴望你的女人，結果，這成了全世界最生猛的一種藥。

愛，對他來說，不過就是一種謠言的概念，這種感情應該是根植於更感性、更喜歡笑嘻嘻、知道要如何自得其樂的那種人身上。她堅稱他善良體貼，而且在那些飽滿出汁的憤世嫉俗表面之下，其實也有溫柔之處，宛若某隻被寵壞的暹羅貓的頸背。「我最喜歡剝除你的層層外殼，找到你有趣可愛又引人愛憐的部分。真的，你有一層薄薄的厭世表皮，但說真的，誰沒有呢？在它之下的那個人擁抱著我，在它裡面的那個人回望著我。人類，就像是球一樣，擁有的內在空間比表層更廣大。

「反正，」她露出開玩笑的神情，「你有六塊肌，女孩不會那麼迅速放棄有六塊肌的男人。」

他早該知道會發生，早該體認到走向婚禮頂篷的時候胃部會產生的那種痛感。

他們決定要辦一場小型婚禮，找一些好友，在她爸媽家的庭院裡，一般的儀式，合情合理，圍繞的重點是結合之喜悅，而不是婚禮的鋪張浪費。當他緩慢踩著大步，走向那頂猶太婚禮小帳篷的時候，他覺得自己正在棄守對抗世界的原位，朝向截然不同的位置移動。

現在，他有了共犯，他們是對抗世界的正式雙人組。他本來以為自己不需要任何人，永遠不需要，不過，如果你在這世界不需要任何人，那麼有她在身旁也沒差。

當她走向步道，與他站在一起的時候——他興奮，純粹就是興奮——覺得自己情緒激昂。彷彿他們的關係一直在實驗階段，現在他們終於要接受注射那一款藥劑，那是一種能夠療癒他的感動，可以拉起他眼前的布簾，讓他見到與某人手牽手在曠野奔跑時，這世界所展現的景象。

他不敢往下看，但他覺得自己正在微飄，腳底與她爸媽家花園的綠草之間已經出現了幾毫米的空隙。

妳與我一起對抗世界，妳與我一起對抗世界，妳與一起我對抗世界。

這世界給了他們十個月，然後，突然就收回去了。

檢驗報告的某個地方出了狀況，然後，找第二名醫生看診的時候，又是如此。看醫生的次數越來越頻繁，兩人說話的時候開始目光低垂，上班途中的短暫交談，滿是恐懼。最後，他們終於拿到了宣判結果，宛若子彈奔出槍管時的爆裂聲一樣清脆。

他被迫坐在那裡，在不知道哪個臉色凝重醫生辦公室日光燈管的光照下，聆聽對方的解釋，現在已經太遲了，所有治療方式都無法扭轉的癌細胞轉移，必須向他們傳達這樣的消息，實在非常遺憾。當醫生宣布預後的時候，他緊捏自己的手，要是沒有干預的話，剩下半年，如果立刻接受放射性密集治療，也許是一年，而這樣的代價是嚴重犧牲她的生活品質。雖然，他們無法阻止人生終點節節逼近，生活品質也早就沒差了。

這些話語穿透他的身體，就像是放射線一樣，看不見，卻一路齧咬入內，在最基本的結構之中，也就是靈魂的DNA裡面，留下了一道破壞的殘破跡痕。她捏了一下他的手，然後又一下，他們面前的劊子手嘴裡又吐出了某句話，史蒂芬已經聽不下去了，他的目光在巡遊醫生背後的那些書、佈滿文件的辦公桌，還有映照出電腦螢幕的窗玻璃。

艾薇塔選擇在家度過人生的最後六個月，放棄治療。

她對他說道，我不想要做什麼特別的事，不要環遊世界，也不需要最後的探險，只想在這接下來的六個月當中好好過日子，直到我的生命之光熄滅為止。他辭了工作，與她共度剩下的時光，一起去公園野餐，就像是往日一樣，看電影、聊天，甚至一起哈哈大笑，宛若一對普通夫妻。

到了晚上，等到她入睡之後，他躺在床上失眠，起身到客廳，看好幾個小時的八〇年代重播電影。終於，某天晚上，他悄悄離家到外頭喝酒。他進了第一間酒吧，坐在吧檯，一杯接著一杯，伏特加。喝到第三杯的時候，痛苦稍減，到了第五杯的時候，忘卻感悄悄潛入體內，喝到第七杯的時候，一切又都回來了，痛感比先前更強烈數倍之多。他發現自己對坐在吧檯的某個陌生人滔滔不絕，講出自己的生命私密細節，大哭，猛敲吧檯，朝空中責問，隨手亂指。

他一度乾脆把頭擱在吧檯上面，滔滔不絕，也許是對那個陌生人說話，或者是自言自語。

「我覺得她的恐懼注入了我的體內，」他對著吧檯桌面說道，「我覺得她的恐懼透過我們緊握的雙手，注入我身，但我卻無能為力。」

「想必現在十分艱難……」那個在吧檯的陌生人說出了這樣的話，看來剛才他在喝酒的時候一直在專心聆聽。

史蒂芬回他：「真的。」

陌生人說道：「好，我懂你的心聲，沒有任何事物比得上你心愛女子的一根髮絲。」

「你怎麼知道？」史蒂芬抬頭，「你不懂，你不認識她，你跟我不一樣。你不能體會到我的感受。你只不過是另一個跟我一起坐在吧檯的白痴罷了。你永遠不懂。因為我們大家都像是蠶蛹一樣以絲線裹緊自己，每個人只知道自己，只對自己有興趣。」

他的頭轉向另一個方向，又倒在吧檯桌面，他大聲咒罵，閉上雙眼。

他深夜返家的時候，艾薇塔在等門，憂心忡忡。

「你跑去哪了？」

「不關妳的事。」他轉頭走向臥室，她一把抓住他的手臂。

「你跑去哪了？」她再次問道，雙眼因恐懼而泛著淚光，然後，她伸手托住他的臉頰，將他拉到自己面前，「你剛在哭。」聽得出她的語氣裡有一絲驚訝。一如往常，她的反應還是讓他猝不及防，因為他本來以為她會說的是「你喝了酒」。

他想要逃跑，人間蒸發，來一場直線狂奔，帶引他穿破家中的牆壁到達某個聞不到她氣味的地方。

他甩開她，直接走向臥室。他沒有大吼或尖叫，只是放手搗亂，把書摔到地板、砸爛電視，把桌子與沙發翻倒的過程當中，只是在激烈呼吸而已。他的雙手宛若時鐘的指針一樣，以井然有序的方式搗毀屋內的一切，每一吋都不放過。客廳的一半已經一片狼籍，另一半還沒有被他搗毀，就在這個時候，他發現她的手又過來了，他再次想要掙脫她，但卻只能癱倒在地。

「我沒辦法，再也沒辦法了，」他低聲說道，「抱歉，我得出去，遠離這裡喝一杯。我很自私，我知道，我是爛人。但妳快要死了，留下我一個人，我不能佯裝一切如常，彷彿我們現在不過只是在等待某場旅行而已。」

她坐在他身邊，撫摸他的頭。

「我知道，我知道，」他說道，「現在應該是妳的時間。我應該要之後再崩潰，而不是在妳面前，但被妳拋下、被迫留在這個低級世界的人是我，我不能假裝一切安好。我馬上就要失去妳了，妳是這世界裡唯一的美好，這簡直要把我逼瘋。我得要去找個角落忘記一切，抱歉，但我得去外頭的某個地方才能遺忘。」

她問道：「有效果嗎？」

「沒有。」

他們坐在地板上，直到旭日升起，他們暢聊恐懼、孤寂，以及痛苦。

生命是一個坑洞，一個巨大的坑洞。當我們出生的時候，直接跳進坑口，往下墜落，膝蓋抵住胸口，緊緊抱住自己，往下沉落，孤單一人。而你可以沉溺在狂風吹髮的感覺，甚至張開雙臂宛若正在飛翔，也許會伸手抓住某個和你一起下墜的人。不過，聰明的人知道，隨時可能都會觸地，摔個正著。每一個人遲早都會遇到，必須孤單一人面對。他只是想要在觸地的最後時分，能夠再多抱她一會兒。

也許就是那一段對話說服了她。他還記得她的臉龐緩緩產生變化，當晨光進入她的雙眸的時候，那神情近乎是透明澄澈。那天晚上，她做出了某一個決定。難怪在她離開十天之後，他在她乾淨的手裡發現了一張緊握的字條，在床邊桌抽屜裡發現了那個小酒瓶。

「親愛的，」她寫道，「要是你現在看到這段話，那就表示我已經不在你身邊了。

「離世到底是什麼意思？我想你也猜得出來，在過去這幾個月中，我有機會可以好好深思這個問題。

「我知道，我留下了許多片段。我曾經說過，而也許有人還記在心中的話；我曾經做過，讓別人留下某些印象的舉動；我曾經寫過的東西；曾經有我出現的家庭錄影帶，無論我是否同意，在我離開之後，這所有的部分會繼續在世間發出回聲。不過，當我們死掉之後，內心世界就消失了，一片空無。睡前的沉思、在一片漆黑的電影院之中的驚嘆時刻，以及在獨特夕陽面前的激昂心情。我在想，有這麼一個無人能夠破解，即便在我死掉之後也依然永遠封鎖不見天日的全然封閉世界，就算是在世的時候，也是某種悲劇。

「在這個酒瓶之中，我留給你另外一種回聲，在我離開之後，更多依然能夠留存下來的時刻。我找出了在我離世之後，依然能夠讓我曾經存在的某些部分的永存之道。我必須決定哪些是我最重要的記憶，形構我的最重要體驗又是什麼，還有，我選擇了我對你的愛。這個瓶子裡含有我愛你的體驗。在過去這幾個月當中，我在某位好友的協助之下，我學到了要如何萃取那樣的體驗，讓它繼續活下去。

「我不知道你喝下這瓶酒是否為明智之舉，但我希望由你自己定奪，而且我相信你一定會找出最佳的運用方式，就算是把它束之高閣，只記得我一直會為你打氣也不成問題。

「也許你會找到一個像我一樣愛你的人，那麼，你就可以舉起酒杯告訴她，我們兩個會一起愛妳。

「珍重，再見。」

他沒有碰那個酒瓶。悲傷佔據了他的心頭，讓他看不見其中的脈絡。他依然處於自動分類與哀戚的階段，走不出來，檢查她的每一個物品，決定等到體內能夠多吸納一些氧氣之後再回頭研究。直到過了一個禮拜之後，他才拿起那封信，充滿好奇與困惑。

教導她的這個「好友」是誰？還有，他到底教了她什麼？這是否意味著每次她出去「獨處」

下」的時候，其實是與某人會面？

想到自己必須要打開她的電郵信箱，就讓他覺得自己好卑劣，但他必須知道究竟是怎麼一回事。

裡面都是寄給親友的訣別信，有些已經寄出，還有些放在草稿匣裡面。不過，在這些令人動容的信件當中，卻出現了幾封帶有一絲黑色幽默的信件，格外醒目。全部都是短信，而收件人是一個名叫H.W.的人。

最後一封信很簡短，只有寥寥幾句話，「我試了，今天竭盡一切努力。我想它發揮了效果，謝謝你，無盡的感謝。」

H.W.的回覆是一個笑臉符號。

他決定要聯絡H.W.，而且是要以自己的電子信箱找這個人。

他自我介紹，講出了自己的發現，要求一個解釋。

原來，H.W.的全名是海姆．沃爾夫，他邀請史蒂芬見面。

那是一場沉重的會面過程，令人渾身不舒服。史蒂芬帶著喪妻之痛赴約，但還是努力跳脫自己的怒氣，想辦法理解沃爾夫所提出的完整解釋。他入座的身體姿態僵直，面對這位悲傷丈夫的態度很溫柔，但不忘鉅細靡遺告訴他一切，沃爾夫的白髮在風中飄飛，將史蒂芬所發現的那瓶酒的意義講解得一清二楚，他說，這世界上有某些人，學到了如何將體驗置入某些特定的物質之中。

到了這個階段，史蒂芬已經開始覺得頭暈目眩，有個尚未成形的念頭在他皮膚底下潛動，宛若一條懶洋洋的蛇注意到了獵物。

沃爾夫提到了志業、改變、援助，但史蒂芬體會到的卻是這些字詞背後的真義：權力，以及藉此體現的各種可能性。在這段對話快要結束的那一瞬間，艾薇塔已經不存在了，只有他，再也沒有誤入歧途的過往，周邊再也沒有可悲之人，再也不需要在被稱之為生活的討厭框架之中行事。只有他，沃爾夫，還有把自己放到別人的心中、別人的生命之中，將他的自我置於別人體內的這種能力，所展現的無限可能性。

他思索過去這幾個月以來的心情，本來他得到了應許，沒想到最後卻發現生命只是一個微笑男子坐在空房間裡面，手裡拿著一個盒子。最後的這幾個月讓他學到了千萬別想要打開那盒子。他沒辦法，而且就算可以打得開——也不會是透過他的手。現在，他只想要狠狠揍那個笑嘻嘻男子的臉。不過，在那一瞬間，就在那麼一秒鐘的時候，一切都很好，再加上各式各樣的可能性，掩蓋了空虛與想望之未來的完整地平線，他聽到自己打斷沃爾夫的話，開口說道：「也教我吧。」

經過了出奇短暫的訓練階段之後，沃爾夫邀他加入了他的體驗員小組。他不需多想，直接拒絕，態度溫柔而堅定。自從他學到要如何把自身體驗輸出之後，他就很清楚自己要當個體戶。

他會把體驗賣給出價最高的客戶，讓那些沒有時間可以自己從事活動的人花錢享受體驗。就理論而言，這構想很棒：無憂無慮的人生，他收受酬勞，從事最狂野的各種活動。

他把自己與艾薇塔一起住的公寓全部清空，將與兩人有關的物品塞入兩個大行李箱，丟入某間自助倉庫，準備迎向他的第二個人生，史蒂芬已死，史蒂芬永生不朽。

無論什麼樣的任務，他都樂意接受：跳下懸崖、潛入危險的深水地帶、任由馬戲團小丑朝他的身體拋刀、跳火圈，他們要什麼都不成問題，他會給予客戶一生難忘的經驗，如果他在執行過程中死了，那就死了。反正，在這個頹敗世界之中，也沒有什麼真正值得活下去的理由。

客戶蜂擁而至。幾乎是一夜之間口碑流傳千里，吸引了那些渴望冒險的富豪們宛若飛蛾撲火而來。他行遍荒野探險之路、穿越沙漠、對抗盜匪、在森林裡尋找失落的寶藏、與刻意挑選的美女上床、學習武術，還有操作複雜武器。

他為諸多寡頭人物服務，有些是身體孱弱的老企業家、一個某非洲小國的總理，還有好幾名歐洲部長。有些人利用他的技巧取得對手的重要資料，但多數客戶其實都是派他去參加他們抽不出時間進行的「探險活動」。在短短不到六年的時間當中，危險程度在可控範圍內的情境，他幾乎都已經體驗過了，而且還多次在不可能的狀況下死裡逃生。

但他完全得不到樂趣。

史蒂芬的某位部長級客戶總是這麼對他說：「要玩得開心，高興一點，幫幫忙，沉浸在當下，我需要你的興奮感，你的『哇』。可不可以為我稍微放鬆一下？讓我得以體會一些『哇』的成分？」

他默默點頭，卻不知道自己面對這一切的愚蠢行徑，又該怎麼改變自己的感受？

事業蒸蒸日上，史蒂芬成為技巧高超的技術專家。的確是有增進記憶的技術，而且體驗員也有能夠幫助製造頂級產品的潛規則。比方說，不要照鏡子。要是客戶擁有了凝望鏡面的回憶，卻看到了不同的臉，會造成混淆。不過，就內在刺激度而言，他卻出現了障礙。部分客戶不是很在意，但為數眾多而且數目越來越多的人想要有「完整體驗」，每當他們吃喝或吞下小膠囊的時候，充滿顫慄的那一刻。

客戶找他的詢問度越來越低，雖然過去這六年來讓他建立了已經超過了他想像的財富，他發現自己空閒的時間越來越多。懶散，充滿思緒與回憶的空閒時光，足以讓他打開自己隱藏多時的行李箱，倒出兩人的物品，坐在光潔的廚房高腳桌前面，回憶自己在另一個廚房喝冰水，某個前世光景。

不過，這個新的史蒂芬，歷經了過去六年體驗的史蒂芬，了解這個世界是如何運作的史蒂芬，拚命避開那些從自憐的凡人川流入下水道的髒污的史蒂芬，已經知道該如何不受外力重創的史蒂芬。這個史蒂芬無堅不摧，行動流暢自如，自持又老練。

當他發現了亡妻的小酒瓶時，他已經找到了放下的方法。他把它緊握手中，狠狠闔上行李箱，發出了清脆的緊扣聲響。

當晚他前往的那間夜店，煙霧繚繞，充滿了音樂的轟隆貝斯聲響，宛若一間人類穿越情感迷宮、積極證明發展理論的小型實驗室。他環顧這一大群狂歡客，默默進行分類，終於找到了他覺得順眼的對象。

她很高，金色短捲髮，纖長頸項，掛著孤高神情，身著紅色洋裝的肢體散發出一種冷傲。夜店裡擺放了數張圓桌，她站在某張桌子旁邊，上頭放有她的雞尾酒。他趁她目光飄向另一頭的時候，溜到後頭，從口袋裡取出注射器，在她的酒裡面加了好幾滴。

等到她轉身過來的時候，他站在她身邊，凝望那些舞客。他面向她，露出淺笑，她也害羞回笑，透過人群凝望剛才被他叫去買酒的那個男人。她沒多想，伸出纖長手指抓住冰冷的杯柄，將剩下的酒全部傾倒入唇。史蒂芬以眼角偷瞄她，一等到她把空杯放在桌上的時候，立刻以正面轉身迎向她。

他不知道接下來會發生什麼事，但他知道只要幾秒之後答案就會揭曉。

這名陌生女子瞄了他一眼，突然雙眼睜得好大，目光灼熱。「史蒂芬……」她語氣溫柔，整個人依偎在他胸前，開心擁抱他，這是他早已遺忘多時的戀愛感。他伸出雙臂，摟住那如雕像般的胴體，手指一路滑過她的背，她開心緊貼著他，他偷偷笑了，無聲冷酷的笑。不到一分鐘的時間，他就說服她離開現場，當他們手挽著手一起離開的時候，某名男子從吧檯回來了，手裡拿著兩杯酒，焦急尋找自己當晚的女伴。

他們到了她的住處，她是他的人了，他發覺他的自我憎惡程度也沒想像中那麼嚴重。

他與那位部長進行下一次面會，就在快要結束的時候，他拿出了那塊杏仁糖，部長挑眉。他問道：「這是什麼？」

「驚喜，」史蒂芬告訴他，「我猜這樣的體驗也許會給你一點『哇』的感覺。」

部長把那塊杏仁糖塞入嘴巴，大嚼吞下，整個過程都焦慮不安盯著史蒂芬。過了好幾秒之後，他閉上雙眼，往後一靠。史蒂芬真的看到了對方因為愉悅竄流全身而在顫抖。這並不是史蒂芬第一次為了取悅部長而跟女人上床，但他知道這次不一樣。

「哇！」部長驚嘆，「這……這真是全新的……」他睜眼望著史蒂芬，「她真的很愛你，」他說道，「那……截然不同的感覺……真的是……」他再次閉上雙眼。而史蒂芬則拿起自己的公事包，離開現場。

他知道自己這瓶酒終有用完的一天。有時他只會使用幾滴，也有的時候用量比較多。他有時配用得很儉省，讓女人一到了早上就會忘記她們深愛這男人，有時候，她們一看到他的臉，只會依稀想起年輕時的戀人，而不是他想要的那種無法煞車的衝動情愛。有一次，他突然驚覺沒有比幡然醒悟更可怕的事了——原來這個騷動的靈魂再也無法愛人。現在，他已經坦然接受這樣的覺醒，他知道隨著時間慢慢流逝，依然殘留在他心中的情感悸動也會消失，而現在這正是他所追求的目標，他再也不想要有任何的情愛。他終於想要把自己身體內對她的殘餘記憶全部清除，將那個女子徹底排出自己的血管之外，他像是警察處置那些人行道上的殘血一樣，他要靠著一群造就庸俗的愛戀女子的強大堅定水柱，將她清洗得一乾二淨。

那種「哇」的感受——他找到了截然不同的更佳方案。

一切起源於他單獨離開某間夜店的某個夜晚，他找不到可以帶回家的合適女子。

這地方塞滿了渴望人體撫觸的無趣女孩，跳舞的時候拚命揮舞雙手，而且朝四面八方拋出露骨媚眼。沒有那種可能會遭愛情激流蒙蔽的優雅清澈眼眸，只有肉體。他盯著她們，在心裡隨便亂打分數，覺得越來越疲憊，當晚決定要提早離開。

到了外頭，與夜店大門相隔幾公尺的地方，有一群吵鬧的年輕人拿著啤酒，某些人戴了針織帽，渴望被注意的賀爾蒙與屁孩蠢相正在他們的血管裡奔騰，史蒂芬經過他們身邊，憎惡默默緊鎖心中，然後，其中一個在他們無聊對話中斷的那幾秒鐘之中，誤判史蒂芬的模樣是某種平常垂頭喪氣的姿態，忍不住大喊：

「怎麼了？她甩了你？別擔心，老哥，別擔心！」那群人隨即爆出大笑。

史蒂芬繼續往前走，距離他們越來越遠，那傢伙再次拔高聲音，蓋過了他朋友的笑聲，「不過，老實說，你真的需要擔心。有誰想要跟你約會啊？你這個醜八怪！」

史蒂芬繼續往前走，進入自己車內，逕自離開的機率是千分之九百九十九，但這一次卻是那千分之一。他發現了自己心中的那股怒火，當它在體內血管裡洶湧來回的時候，他探查到那股流動的酸味。他下定決心要發飆，繼續往前走，進入車內。

回頭的時候，他多帶了一根多年前藏在座位下方的棒球棒。

那些人注意到他的時候，已經為時晚矣。他走到他們後頭，靠著多年來累積的盛怒，大棒一揮，動作一氣呵成。結實的一擊敲碎了那傢伙的膝蓋，而第二擊則是斷了對方的肋骨。那群人立刻四散，陷入恐慌，宛若剛發現有美洲豹窩在身邊的一群瞪羚。史蒂芬再次默默舉起球棒，把它舉到了那個酒醉屁孩的驚恐面容之前。

他眼角瞄到越來越哄鬧的混亂場面，但依然不為所動。客戶想要他捲入風暴的激動時刻？

好，那就來吧，這就是我的狂亂狀態。他以另外一隻手抓住那男孩的脖子，把他推向某間商店的展示窗。那小孩撞上去，一陣玻璃碎裂聲傳來，讓他爽快至極。兩個大吼大叫的男人朝史蒂芬衝來，他幾乎沒把他們當一回事，他舉起球棒，將多年來的實戰累積經驗融為一體、一次揮擊出去，他望著它在空中的移動軌跡，宛若數學的無限大符號，幾乎是不費吹灰之力，狠扁他們的頭蓋骨。

他回頭望著那個倒地的青少年，當他再次舉起球棒痛敲下去的時候，他讓自己的大吼迸裂而出。他打人是因為他承受得太多，因為這不公平，因為他不該做這麼大的讓步，因為這種孤寂不該如此理所當然，因為這樣的不安不該是一種生活方式。由於這世界有某個環節徹底不對勁，他想不出其他的修補方式，只能排解自己內心的問題。他不斷狂揮，周遭的世界陷入絕然寂靜。偶爾會有人走到史蒂芬後頭，想要阻止他，但是卻被史蒂芬的精準揮擊而退縮，而他底下的那名青少年，被打得漸漸不成人形，重棒不斷落下，他挨揍時的抽搐越來越微弱，哀號聲越來越小，最後，他努力抬頭舉手哀求，有隻眼睛已經充滿血絲，咖啡色的眼眸睜得好大，幾乎是馴順的神情，苦苦求饒。

史蒂芬最後一次舉起球棒，那小屁孩蜷縮成胎兒姿勢，痛苦閉眼，打下去的時候直接斷棒，同時製造了高潮又劃下終點。

他環顧四周，宛若一個大夢初醒的人。至少有五個人躺在他身邊，痛苦扭身，不然就是昏迷不醒，而且這五人裡面還不包括他最早痛毆的那傢伙。外圈站了一群驚嚇萬分的狂歡客，不敢靠近，完全無法越雷池一步。一定已經有人報警了。史蒂芬拔腿狂奔，推開擋路的人，消失在街頭之中。

部長喝了一口史蒂芬買給他的白蘭地，不知道接下來會發生什麼事。體驗漸漸滲入他的體內，他睜開雙眼，全身顫慄，「這是什麼？」

「這是你從來沒有的體驗，」史蒂芬回他，「而且這不只是行為，也有感受。」

部長囁嚅，「我……我差點殺了他……」

「感受腎上腺素爆發，」史蒂芬說道，「體驗它，記得它，貨真價實的感受。」

「這……」

「它會讓你變得堅強，」史蒂芬繼續說道，「增添力量，告訴你應該要如何對待仇敵。」

「你對我做了什麼？」

「我教導你要如何輾壓對方，」史蒂芬說道，「我給了你一種別人絕對不敢給的體驗。我很樂意執行更多這樣的任務，這是我的強項，而且我從此之後會繼續走下去。」

部長的表情似乎是快吐了，他深吸一口氣，雙手緊抓座椅的扶手。

「滾，」他說道，「我不想再找你了，到此為止。你太超過了，給我滾。」

他離開的時候毫無所懼。而部長找了一個新的體驗員。瘦巴巴的傢伙，凹陷的雙眼，留長的稀疏金髮遮蓋了眼皮。完全沒有野心、只會唯唯諾諾的低能男人，幫他跑趴，參加無聊到爆的滑雪度假行程。

不過，史蒂芬知道他一定會找到期盼新體驗的雇主。他不需要等太久，在那起夜店意外事件發生的六個禮拜之後，他現在的老闆找上了他，第一份任務是持槍搶劫銀行。

「我不在乎現金，」那男人告訴他，「我不在乎計畫，我想要體會搶銀行的感覺。至於那筆錢，你可以自己拿去用，你可以燒掉、拿去救濟窮人，我不在乎。但你要去搶銀行，而且要讓我享受到意猶未盡，想再搶一次的感覺。」

在為此人服務的那些年當中，史蒂芬搶了不少銀行與博物館，以近距離平射射程轟爛了許多毒販與混混的頭，搗毀了許多工廠，劫機過一次，綁架企業大亨的女兒們，逼這些恐懼的爸爸交出贖金。他完成老闆的願望，慢慢建立了體驗的儲藏量，藉以幫助對方形塑能夠促進完成目標的自我意識，櫃架上多了一瓶又一瓶的酒，裡面全都是培養他成為絕不妥協之頑強惡徒的舉動與記憶。

史蒂芬再也不會去評斷別人，因為他已經超脫了那樣的層次。但他知道要是有人很想研究他老闆的話，將會看出他老闆心中的邪魔已然成形。因為有了邪惡就能品嚐痛苦，沉溺於暗中傷人的快感之中。魔鬼並不會講出這樣的話，「現在，龐德先生，在我取你性命之前，請容我帶引你參觀我的城堡，讓我講出我的邪惡計畫好好逗你開心。」不，魔鬼會與龐德先生溫暖握手，但掌心裡卻藏有一個表層塗毒的大頭針，只需要四十八小時之後就會發作的毒藥。而魔鬼會是第一個打電話叫救護車的人，然後，他會站在旁邊，真的熱淚盈眶，心中痛苦不堪。魔鬼沉靜、迅速，而且精於算計。

某個晚上，史蒂芬在市區裡開車兜風，認出了那個金髮體驗員，也就是後來取代他的那一個，他從某間夜店出來，挽著一個微醉的模特兒，似乎是在執行另一場無聊的任務。他發現，在不知不覺的狀況下，手中的方向盤已經轉向跟了過去。他緩緩跟在他們後面，一直等到他們進入某條僻靜小巷，他們開始找自己的車。當車燈照亮這對男女，引擎發出轟隆聲響的那一刻，模特兒尖叫，兩人朝不同方向奔逃。史蒂芬加速，開車衝向那名體驗員，直接把他當成人肉減速坡輾過去。然後，他打倒車檔，退後，又前進，享受輪胎向上又下滑、車身顫抖的滋味。終於，他踩油門，揚長而去。

老闆很欣賞這次的體驗與幕後故事，但認為殺人茲事體大，會引來過度風險，他們很可能會因此而被追查。他說，這種撞人逃逸的事會上新聞，最後會被抓到。

老闆的嗜血性格偶爾會來一場大解放，派史蒂芬「巧遇」某名金融界敵手，將對方困在電梯裡，進行身心虐待數小時之久。但牽涉到殺人的時候，他傾向找社會邊緣人、罪犯、幫派分子下手，這種人死去就不會引發騷動。有時候，他希望史蒂芬殺死某個流浪漢就夠了，千萬不要找太有名的人，有風險，可能會引來警方追到他這間戒備森嚴的豪宅。舉個例子來說，就像是內含最近殺害某流浪漢體驗的那瓶梅洛，史蒂芬許久之前就鎖定了這個流浪漢，因為他發現對方也在販售經驗，這次殺人計畫是一石兩鳥。

史蒂芬充分利用自己拿到的一切資源。他現在的財務狀況達到頂峰，而且自己工作所帶來的刺激感，遠遠超過了任何人對一生極限的想像，而且，當他渴望溫暖肉體撫觸的時候，他只要找到某個對自己胃口的女人，在她飲料裡加一點來自前生愛情的酒滴就夠了。

有時候，這管注射器的功能更像是止痛劑——建立自信，打開通往各個地方的大門。他就是靠這一招拿到了沃爾夫的最後一瓶酒。加了幾滴之後，就讓他得以直接進入那女酒保的公寓裡。那是沃爾夫很喜歡的某個女孩，要是他特地留瓶酒給她，想必裡面一定含有重要東西。他已經許久沒碰酒，但這威士忌是一定要喝的。

他打開酒瓶，嗅聞裡面的液體，然後倒入紙杯，半滿，應該是夠了。他把酒瓶放到桌子旁邊，拿起杯子，旋搖酒液，然後把那一半的酒倒入口腔。他含在嘴裡，讓威士忌滲入血中，透過品嚐建立記憶。當味道襲來的時候，香氣證明了後勁可期：強烈、飽滿，帶有一點蜂蜜的氣息，數十年桶藏的威力在他的口腔裡不斷捶擊。

他往後一靠，將還剩下一些酒的紙杯放在桌上，開始努力回想。

桌上的那本筆記本，正等待他的結論。

夜晚時分。

我站在鏡前，海姆．沃爾夫的蒼老臉龐回望著我。我走向牆邊的書桌，背景播放的是某首老歌，也許是法蘭克．辛納屈，或是伊迪絲．琵雅芙，音樂模糊不明。我覺得開心，讓多年前背下的歌詞流入腦中。

我拿了筆與白紙，開始寫字，我還記得桌面的溝紋，窗外鴿子的咕咕聲，拖鞋貼裹雙腳的感覺，手指握筆、微微抵住中指關節的那種撫觸。

我想起自己不斷地寫，起身，站在那張紙面前，凝視著它，掃視那些字句，然後，靜靜微笑。

史蒂芬趕緊拿起杯子，又喝了一口。

不能太多，才不會腦子一片模糊；也不能太少，才能讓記憶保持鮮明。

但就是這樣，這已經是全部了。

鏡子、書桌、老歌，還有我在某張紙所寫下的一行行字句。

邊寫邊笑，邊笑邊寫。

史蒂芬衝向筆記本，他抓住筆，寫下了浮現眼前的字句，結實的手在紙頁上不停揮動，重建過往現場。他寫完之後，迅速看完，破口大罵。

蠢蛋。賣弄文藝腔又充滿老套的蠢蛋，就是這樣。沃爾夫當初寫下的是：「接下來的這些字詞無法單獨成句，必須要其他的部分才能圓滿。也許，這種關係一樣。就像是我們每一個人一樣。」之後的字句更糟糕，滿紙都是我們「必須與其他人互動」還有「透過別人的角度觀看」的能力之類的胡說八道。

去死吧，海姆．沃爾夫，笨蛋，你這個賣弄文藝腔的小笨蛋。他再次拿起那張紙，整個人往後一靠，再次閱讀字句，搜尋線索。

17

湯瑪斯．比爾傳奇的開端依然是迷霧重重，不過，就羅伯特．莫里思的觀點來看，至少，故事的起點是發生於一八二〇年一月的某日。

太陽正在移動，這個單純動作也就是一般人所稱的「日落」。羅伯特．莫里思坐在他的飯店櫃檯後面，十指交纏，貼住他不樂見的大肚腩，從窗戶透進來的黃橘色光線暈染了他逐漸後退的髮線，他的目光在牆面之間來回梭巡。

生活一直美好又單純。位於林奇堡的這間華盛頓飯店，他是老闆，自己負責營運管理，被公認是鎮上最好的飯店，尤其——大家不得不服氣的是——多虧了老闆的好名聲。生意蒸蒸日上，飯店服務與接待的都是有品味又客氣的高級紳士淑女。從窗戶穿透的陽光斜掛在枝狀吊燈，看來又會是另一個寧靜之夜。

當然，他身為經理，不需要一直顧著櫃檯。他有要事得處理，都是需要謹慎、智慧，以及專注才能滿足客人各式各樣需求的那些事務。他小心監督華盛頓飯店這一小群員工的言行舉止，當然也包括自己和他的家人，而他的客人們對他相當信任，這也是成就飯店榮景的原因之一。

不過，今天，他就讓自己先當幾個小時的門房。坐在這裡很不錯，可以飽覽街景。傍晚的時候不會有客人進來，若說聖誕假期過後的這幾天幾乎是一年當中最清淡的日子，都還算是保守之詞。不過，就在日落時分，他卻聽到了大門每次推開時都會發出的通知鈴響，有個身材高大、衣裝瀟灑的英俊男人走進金光滿室的大廳，提了一個看起來頗重的棕色行李箱。羅伯特・莫里思微笑起身，迎接客人，完全不知道自己的生命即將發生巨變。

陌生人走向接待櫃檯，放下行李箱，站得直挺。

「晚安。」對方聲音悅耳穩重。

莫里思回道：「您好，晚安。」

「我想要一個房間，單人入住，謝謝。」

莫里思以零點一秒的時間打量他，個子很高，約莫一八三公分，膚色曬得非常黝黑，彷彿在烈日環境下待了好幾個月之久，他雙眸漆黑，髮色亦然，長度比一般人略長，但依然符合高尚階層的規範，他身材強壯厚實，戴了一頂寬邊的黑色牛仔帽。沾在帽面的塵粒因陽光的挑動而熠熠閃爍。這男人有張均衡又好看的臉，莫里思心想，飯店裡會對這位新住客頗感興趣的女性，絕對是不乏其人。

莫里思問道：「請問大名？」

「湯瑪斯・J・比爾。」

莫里思迅速填完某張小表格，把它放在桌上，「好，比爾先生，」他說道，「請容我稍微解釋一下我們的價目表與包含的各種服務，然後我會立刻陪同您前往您的房間——」

湯瑪斯・比爾緩緩把手舉起，搖頭，「不需要，」他說道，「選哪個房間，就交給你判斷作主吧。我來這裡的主要原因是聽說老闆個性誠實，我信任他，等到我退房的時候再告訴我錢的事就好了。」

「沒問題，」莫里思挺直腰桿，「您預計會待多久？」

「大概幾個禮拜，」比爾拿起他的行李箱，「沒問題吧？」

湯瑪斯．比爾那兩個月幾乎都窩在華盛頓飯店。

他悠閒吃早餐，在酒吧慢條斯理翻報紙，很少進入市區，就連適合散步的日子也一樣，顯然是先前忙了一陣子，住飯店純粹是休息。莫里思偶爾會看到他在傍晚時分與不同女子輕鬆閒聊，姿態低調。男客人都很喜歡他，欣賞他不廢話，而且總是在酒吧大方請客，而女士們喜歡他的理由則包括了他的外貌，還有他在專注凝望對方眼神的時候，維持客套但依然對話言之有物的能力。

比爾偶爾也會在經過櫃檯的時候閒聊，也有那麼一兩次，他輕觸帽子，大方伸手一揮，邀請莫里思到他那一桌喝個睡前酒，客氣小聊一下。

然後，某天晚上，就在湯瑪斯．比爾突然進入飯店大門的兩個月之後，他帶著自己的小行李箱，出現在櫃檯，向當班的年輕人結清了所有的費用，請對方代他向經理兼老闆致上最誠摯的問候，隨即走出了大門，就此人間蒸發。

兩年之後，同樣是在一月，而且同樣是在陽光輕撫行道樹樹冠的時刻，湯瑪斯．比爾又出現了，皮膚滿是滄桑，而且還因為太陽有了更深的曬痕。他還是拿著一樣的棕色行李箱，但這次另一手拿了個上鎖的金屬盒，緊貼胸前。

羅伯特．莫里思想盡辦法，為他喬出他上次住的同一個房間，比爾謝過他，默默上樓進了房間。這次，他也幾乎都待在飯店裡過冬，而且更加沉默寡言。莫里思看到他的時候，他幾乎都坐在大廳角落的桌前看晚報，或是翻閱某本小說，早上的時候會花時間在市區四處走走，迎接新的一天，至於其他時間都待在飯店，如果不是窩在房間就是大廳，沉浸在閱讀或是深思之中，目光在來往人群的臉龐四處巡遊。

某個夜晚，莫里思經過比爾身邊向他打招呼的時候，他攔下了莫里思，他堅持要莫里思坐在他身邊的那個位置。

莫里思坐下，比爾點了兩人的酒。

他說道：「我要在天亮前離開。」

「好，我知道了，」莫里思說道，「很高興您再次選擇與我們一起過冬。」

湯瑪斯．比爾點點頭，黑色的眼眸盯著莫里思，正在打量著他。

「你執掌這間飯店所贏得的名聲，已經通過了真實考驗，」比爾說道，「你的表現無懈可擊。」

服務生送上兩杯水放在他們之間，莫里思開口，「謝謝您。」

「在這世界上找到誠實的人真的很難，」比爾說道，「誠實需要堅強毅力，當他們做出許諾的時候，必須要相信自己。莫里思先生，您相信人性本善還是人性本惡？」

莫里思把水杯湊到唇邊，審慎喝了一小口，「我不知道，我自己寧願相信人性本善。」

「好，既然這樣的話，」比爾說道，「就我看來，大家都想要當好人，但未必有追求的能力。每個人都會想盡辦法扭曲事實，讓自身的舉動能夠符合自身的標準。一個誠實的人，好人，必須要能夠以客觀的角度檢視與批判自身的行為。我們很難當自己的裁判，必須透過他人之眼的鑑定能力才能夠成為好人，而這是一種需要想像力的技巧，好人通常具有比較豐沛的想像力。」

莫里思默默點頭。

「而對於優秀的飯店老闆來說，亦是如此，」比爾滔滔不絕，「他們必須從客人的觀點去理解事物，誠實的人之所以會成為更優秀的飯店老闆，絕非巧合。無論是飯店老闆還是誠實之人，都必須抽離自己的欲望，為了滿足自我需求而必須採取行動的那些欲望，除此之外，還必須了解他人的需求、他們的價值，以及其他地方是如何理解事物的樣貌。真相不可能因人而異，它有一套每個人都必須符合的標準，而誠實之人知道並沒有『我的真相』與『他的真相』之差別，只有真相而已。」

莫里思說道：「我從來沒想過可以有這樣的思考角度。」

「羅伯特．莫里思先生，你是好人，」湯瑪斯．比爾說道，「這就是你之所以成為優秀飯店經理人的原因之一。」

然後，他彎身，從座位底下取出那個當初入住時所攜帶的金屬盒，放在桌面。莫里思突然驚覺這並非是隨意閒聊，湯瑪斯．比爾邀他入座有其原因。

「我剛講了，明天我要離開，」比爾說道，「我需要一個自己信得過的男人為我保管這個盒子。我有些要事得處理，在這段時間當中，這個盒子必須在好人的手中。」

莫里思回道：「我明白了。」

「我希望能夠交到你的手裡，」比爾說道，「我應該能夠信任你吧？」

羅伯特．莫里思拿起那個盒子，他嚇了一跳，居然這麼輕，還發出了微響，外頭有個巨鎖，他回道：「您可以信任我，絕對不成問題。」

在旭日升起之前，湯瑪斯．比爾再度離開了飯店。

他結清帳單，走向剛剛甦醒的街道，自此之後，羅伯特．莫里思再也沒看到他。

不過，他倒是有收到一封信。

比爾離開兩個月之後，他收到一封從聖路易斯寄出的信。

信中寫道，在莫里思保管的那個盒子裡面放有某些重要文件，與比爾資產及其某些商業夥伴的財富有關。比爾接下來要去參加一場狩獵遠征與其他的探險，某些可能很危險。他請莫里思幫忙，要是他在接下來的這十年當中沒有回到這間飯店的話，那麼就請莫里思打開那個箱子，根據文件中的那些指示行事。而某些文件所需的解碼關鍵，在比爾的另一個朋友手中。對方會直到一八三二年六月才會過來，解碼文件，執行必要程序。

莫里思把箱子放在飯店的保險櫃裡面，靜靜等待。

接下來的那十年，湯瑪斯．比爾都沒有回到那間飯店，之後也根本沒有人來詢問那盒子的事。雖然那封信寫有指示，但莫里思依然沒有打開盒子。

歲月流逝，羅伯特．莫里思逐漸蒼老。

他還是飯店經理，而這地方也依然是林奇堡最好的飯店。他頭髮轉為灰白，逐漸稀疏，肚子越來越大，皮膚變得鬆垮，目光也逐漸失去了原有的敏銳。

飯店經理會見識到許多秘密。偷偷摸摸的小小幽會、根本不該有任何人聽到的對話內容，房間內遺落的那些物品，娓娓道出了根本不該有人知道的秘辛。不過，一直盤踞他心頭的還是湯瑪斯．比爾的盒子。每隔幾個禮拜，羅伯特．莫里思就會趁晚上打開巨大的飯店保險箱，抽出那個盒子，仔細端詳，心想是不是該把它直接撬開。他搖了搖，聽到微弱的窸窣聲響，握住那把鎖，考量各種把它打開的方法，不過，到了最後總是把盒子放回保險箱，鎖好。

直到那個寒冷傍晚，他走到大廳酒吧，坐在他從比爾手中接過盒子的同一張座椅裡面，太陽的金光也再次從窗戶流瀉進來。如今已經是一八四五年，距離比爾第一次來到林奇堡已相隔二十五年之久。羅伯特．莫里思覺得時間也夠久了，也該看看盒子裡到底有什麼東西。

他喝了一大口琴酒，走到保險箱旁邊，打開，取出了那個盒子，帶入自己的房間，臉色微微漲紅。不到二十分鐘的時間，莫里思就把它撬開了。打從他收到盒子的那一刻開始，他就想過總有一天得動手，早已思考過哪些是適當工具。

當羅伯特．莫里思打開盒子的時候，太陽已然西下，距離它上一次被闔上的時間，已經相隔了二十多年之久。

又過了將近二十年之後，一八六二年的某一天，某個男人匆匆上樓，一次登兩階，衝向羅伯特．莫里思的房間。等到他進去之後，羅伯特．莫里思的蒼老臉龐面向他，露出了淺笑。

「你來了。」

他朋友接口，「我來了。」

莫里思把手輕輕放在女兒的手臂上頭，她一直坐在他床邊。「親愛的，」他對女兒說道，「給我們一點獨處的時間，我有事情要告訴我的好友。」

挨在床邊的女子以溫柔眼神看著他，然後又望向他的朋友，以下令的語氣說道：「要好好看著他，沒問題吧？」

她緩緩起身，裙裾發出窸窣聲響，悄聲邁步離開房間。這位朋友坐在她空出的那張床邊椅。

莫里思開口，「你馬上就趕來了。」

「從那封信的內容看來，我覺得事況相當緊急。」

「我沒有催促的意思。」

「雖然你想要掩藏，但字裡行間還是看得出緊急性。」

莫里思哈哈大笑，「對，沒錯。」然後，他望向窗外，神色漸趨嚴肅，「我時間不多了。」

這位朋友保持沉默，他不是那種會講出連自己都不相信的鼓勵話語的人，這位老先生說得沒錯。終於，他開口，「那麼，我很慶幸自己及時趕到了。」

莫里思面向對方，他再次露出微笑，「我這一生過得不錯，」他說道，「你知道嗎，我真的很心滿意足。」

「聽到你這麼說，真是太好了。」他此刻很想要握住他朋友的手，但還是按捺住了衝動。

「不過，我請你過來，是為了要完成我一直無法解開的謎題，」莫里思把手伸入枕頭底下，取出了三張寫滿密密麻麻數字的紙，他吩咐他朋友，「收下吧。」

這位朋友收下了，努力研讀上頭寫了些什麼，他的目光在那一排排的數字焦急游動，「這是什麼？」

莫里思回道：「四十年前，有個名叫湯瑪斯．比爾的客人到了我的飯店。」

在莫里思講述過往的過程中，他女兒敲了兩次門。他每次都請她再稍等一會兒，他們說，有些闕漏必須要解釋清楚。

等到莫里思說出自己決定破壞盒鎖的過程之後，他朋友問道：「所以盒子裡裝的就是這東西？」

「對，」莫里思說道，「這個，還有一頁的說明。」他又把手伸入枕頭底下，取出一張比較小的紙。

「四十五年前，有個三十人的獵野牛探險團，」他把那張紙交給了他的朋友，「湯瑪斯．J．比爾，是其中一名成員。他們在某距離聖塔菲不遠的某個休息站，發現岩石之間金光閃閃。他們發覺自己停留的這座山谷很可能還有金礦礦脈，所以他們提前結束探險，從附近部落雇用當地工人，在接下來的十八個月當中，挖出了可觀的黃金。比爾負責秘密埋藏寶藏。我第一次見到他就是在他埋黃金之後沒多久。兩年後，他在同一個秘藏地點埋入更多黃金，那一次，他也住在我們這間飯店。不過，他與他的朋友決定要採取自保措施，想出了一套辦法，萬一他們出了事，他們的家人依然會收到他們所分到的寶藏。所以他才會準備了那三張紙，以密碼敘述有關寶藏的一切。第一頁，描述的是寶藏的地點，第二頁是寶藏的內容，而第三頁是可獲得寶藏的親人名單。」

那位朋友問道：「解碼的關鍵呢？」

「我一直沒有收到，」莫里思搖頭，「自從我打開那個盒子之後，就一直想要破解密碼，但一無所獲。我不斷花時間進行研究，在過去這二十年當中，只要是我能夠找到的密碼學書籍，我全都看過了，但我還是不知道湯瑪斯．比爾的藏寶地點，一想到那些辛苦工作男人的成果卻一直送不到他們家人的手中，就讓我的心好揪痛。」

那位朋友靜默無語，努力研讀那幾張紙，數字在他眼前飛舞。

「我這輩子不可能破解這些密碼了，」莫里思說道，「但你是我認識最聰明誠實的人，現在這密碼就交給你了。」

他的朋友不可置信搖頭，囁嚅說道：「哇，羅伯特，這真的，哇……」

莫里思說道：「如果說有人能夠完成使命，非你莫屬。」他轉身面窗，凝望西沉的夕陽。

「然後呢？」歐絲娜特問道，「他有沒有破解成功？」

「完成了一部分吧，」班恩回她，「他的朋友，我們還不知道名字，想出辦法破解了第二頁。」

「他發現頁面上的那些數字的數量超過了英文字母的數量，所以絕對不可能是單純的替代式密碼。過了許久之後，他終於恍然大悟，一定是某種書籍暗號，但還藏有別的花招。」

「怎麼辦到的？」

凡杜爾問道：「什麼是書籍暗號？」

班恩受到這樣的關注，差點洋洋得意，「當某人想要透過他方傳遞訊息給某人的時候，」他說道，「會挑選某本書作為密碼，而訊息裡的每一個字都會賦予一個與書本相對應的數字。比方說，一二五三這個數字可能是第十二頁的第五十三個字，只有知道到底是哪一本書，而且剛好擁有那本書的人能夠破解密碼。大部分的人會使用特定版本的字典，所以可以確定裡面含有他們所需要的所有字詞。不過，一般來說，幾乎所有書都可以拿來當作傳遞訊息的密碼庫。」

「這就是湯瑪斯．比爾的手法？使用某本書作為密碼？」

「多少算是吧，比爾把編碼方式做了一點更動，」班恩開始解釋，「比爾的那幾頁含有不可能是書本密碼的數字，比方說三與八。而且，這個朋友也發現到數字與字母有關，而不是與字詞有關，而當他發現第二頁密碼關鍵的時候，終於出現了重大突破，那是『美國獨立宣言』，每一個數字都與那份文件裡的某個字彙的第一個字母有關。數字三是宣言的第三個字的第一個字母，而數字八是第八個字的第一個字母，以此類推下去。」

「他發現了什麼？」

「他破解了那一頁，找到了比爾寶藏的完整內容，包括了將近一千零九十公斤的純金，以及兩千兩百七十公斤的純銀。此外，還有價值數千美元的珠寶。」

歐絲娜特問道：「好，很厲害，那些金銀價值多少錢？」

「就現在的市值來說，我們剛才所說的那筆寶藏大約是兩千萬美元。」

「哇，」歐絲娜特說道，「不錯耶。」

「另外兩頁呢？」凡杜爾問道，「他知道是使用哪一套文本嗎？」

「沒辦法，」班恩說道，「他花了多年時間研究另外兩頁，當然，尤其是第一頁，裡面描述的是地點，但一無所獲。他嘗試的所有文本都幫不上忙，當然，另外兩頁應該也是以同樣的方式轉為密碼。」

凡杜爾問道：「所以一直沒找到寶藏嘍？」

「沒有，一八八五年的時候，這位朋友因為過度沉溺其中，拚命想要找出寶藏，不但破產，而且還妻離子散，最後，他以匿名方式出版了一本小冊子，娓娓道出整個故事經過，包括了寄給比爾的那封信、那三頁的整組密碼。他對於靠一己之力破解密碼已經不抱任何期望，決定將密碼公諸於世，不過，他也警告讀者不要投注過多的時間，以免像他一樣失去所有。自此之後，大家依然拚命想要破解比爾密碼，但直到現在依然無人成功。」

凡杜爾問道：「所以就是那個比爾先生了？」

班恩回道：「應該是。」

「就是照片中的男人？」

「不，完全不是，」班恩說道，「沒有人知道湯瑪斯．比爾的長相，就連此人是否存在也不是很確定。」

歐絲娜特問道：「『就連此人是否存在也不是很確定』？什麼意思？」

班恩回道：「有些人說在一八八五年匿名出版的那本小冊子，也就是我們知道這整起故事的唯一來源，其實是一場惡作劇。某人編出一組完全沒有意義的密碼，然後又為它添加了這個寶藏故事。有人說羅伯特．莫里思在那些年當中並沒有當飯店經理，或者，如果以語言學的角度進行分析，那本小冊子以及據稱是湯瑪斯．比爾所寄出的那封信，顯然是出於同一人之手。但話說回來，也有解密專家堅稱剩餘的那兩頁當中的確有某種模式，在聖路易斯的郵務總局的確有一個名叫湯瑪斯．比爾的人留下的諸項紀錄。總而言之，我們真的不知道，但這不是重點……」

「所以重點是什麼？」

「重點是海姆．沃爾夫提到比爾這個名字，作為線索——解釋如何解開黑板數字密碼的線索。」

歐絲娜特問道：「要解開那些數字的來源關鍵呢？」

「我們永遠不知道答案，」凡杜爾回道，「它的文本顯然是在另一瓶威士忌，妳被偷走的那一瓶。就像是他在這瓶裡給了班恩他寫下數字的體驗，想必是在給妳的那一瓶裡寫下了閱讀或是撰寫某份文本或信件的體驗。要是沒有另外一瓶，根本就沒有任何價值可言，既然我們沒有那一瓶，當然不可能知道這些數字對應的是什麼字母。」

「對，但其實呢，」班恩說道，「我們辦得到。」

「怎麼說？」

「妳們還是不懂嗎？」他現在真的是全身發顫，「這是書籍暗號！比爾使用的是書籍暗號！」

歐絲娜特問道：「那又怎樣？」

「我們剛好就有啊——我們有一本書！」

「你覺得這本書，」歐絲娜特伸手指向那本書，「含有沃爾夫藏在那瓶酒裡的文本嗎？」

「未必，」班恩好興奮，「但我們也不一定需要同一個文本，只需要在正確地點有一套能找到正確字母的文本就可以了。我們打開這本書，運用翻到的那一頁，找出那些數字代表的字母是什麼。」

歐絲娜特問道：「這不就表示說，解開每一個密碼的答案不止一個而已？」

「那有什麼問題嗎？」班恩反駁，「能夠當成這組密碼的解碼庫文本，的確可能有上千個啊。」

「不過，我們找到符合這組密碼的文本的機率，就統計學來說是零。」

「但這就是本書的意義！」班恩說道，「它告訴我們的道理就是這個。找到一本專門為我們寫的書，而且正好能夠與我們對話的機率是零，這就是完整的意涵。」

凡杜爾問道：「你真的覺得我們隨便就能找到另一套文本？而不是另一瓶酒的內藏文本？」

班恩回她，「對。」

凡杜爾雙臂交叉胸前，「好，我們就等著看吧。」

班恩把書交給歐絲娜特，開口說道：「隨便翻一頁。」

凡杜爾問道：「就這樣啊？」

「就是如此，」班恩回答之後，又趕緊催促她，「打開，趕快打開啊。」

歐絲娜特打開了書，她說道：「好，看起來有希望哦。」

「為什麼？」

歐絲娜特揚起目光盯著他，「因為第一段話就是『湯瑪斯．比爾故事的起點』。」

「太好了，湯瑪斯．比爾，妳看吧？」班恩在紙上草草寫下他記得的那組號碼，「現在開始數算，告訴我第四十六個字是什麼？」

歐絲娜特以手指在那一頁不斷輕敲，進行數算，終於，她開口，「太陽（Sun）。」

「好，所以字母是S，」班恩在自己面前寫下那個字母，「好，第七個字的第一個字母是什麼？」

整個過程耗時不到五分鐘。

班恩唸號碼，歐絲娜特負責數算字序，而凡杜爾則一臉好奇盯著他們。

「好，最後一個號碼，」班恩說道，「一九六。」

歐絲娜特移動手指，嘴巴也跟著默唸。

她終於開口，「N。」

班恩寫下這個字母，然後伸出手指對她示意，「好，完成了，闔上書吧。」

歐絲娜特聽令照做。

他們盯著頁面上逐步累積而成的那些字母。

凡杜爾驚呼，「哇，嚇死人啦！」

歐絲娜特問道：「那是什麼意思？」

S T R A I G H T O N T I L L M O R N I N G

46 7 20 24 34 104 70 90 3 134 99 48 25 28 50 67 65 134 88 172 200

A N D U P S I D E D O W N

19 197 66 75 163 53 110 171 93 190 3 100 196

「另一組密碼，」凡杜爾嘆道，「哎呀呀，沃爾夫，為什麼要這樣虐待我們啊？」

「不，不是，那並不是密碼，」歐絲娜特說道，「那是謎題，但我知道答案，至少我認為我知道。」

班恩問她，「是什麼？」

「現在輪到我搞神秘了，」她說道，「跟我來。」

她邁開大步走出門口，凡杜爾與班恩跟在她後面。

「喔拜託！」他們走下樓梯，班恩大叫，「我們現在要去哪裡？」

歐絲娜特回道：「一直飛到天亮！」

凡杜爾跟在他們後頭，不發一語，只聽得到她啪啦啪啦的腳步聲。

班恩到地下室的時候，歐絲娜特已經在那裡了，她站在書櫃前，指尖撫過書脊。

他問道：「妳在找什麼？」

「如果我們在這裡找到這本書，那麼就是被我說中了。」她現在真的是踮著腳尖在跳舞。

凡杜爾到了門口的時候，歐絲娜特正好發出勝利歡呼，從書櫃抽出一本綠色氈皮的書。

班恩與凡杜爾走過去，端詳她手裡到底拿什麼書。

班恩問道：「《彼得潘》？」

「一直都是我的最愛，」歐絲娜特問道，「你知道要怎麼去『夢幻島』嗎？」

班恩問道：「究竟要怎麼去？」

「右方的第二顆星星，」凡杜爾小聲說道，「然後……」

歐絲娜特洋洋得意唱出答案，「一直飛到天亮！」

「那麼顛倒過來又是什麼意思？」班恩問道，「密碼說『一直到天亮，然後顛倒。』」

凡杜爾走到歐絲娜特面前，搶下那本書。她仔細撫摸封面，凝望書本先前擱在書架上的那個空位，然後把書反過來，把它塞了回去，「現在就是顛倒了。」現在，書本完全歸位。

地下室的燈在閃動，書架裡面傳出了輕柔的唧唧聲響。

一兩秒過去了，聲響逐漸消逝。書架微微搖晃，彷彿沿著某條軸線在移動，之後又傳出清脆的喀啦聲，後頭有個清晰可見的黑洞。

「各位女士先生、男生女生……」歐絲娜特的雙手揮向露出的入口，「歡迎來到巧克力之家。」

凡杜爾深吸氣，唇間發出輕嘆。

班恩與歐絲娜特衝到書架前面，沿著軌道搬動書架，開口終於足以讓一個人容身鑽入。書架後頭的牆面裡頭，有一道通往下方黑暗世界的短階。從地下室燈泡所流瀉的光線，可以看出階底有一道巨大的金屬門。

歐絲娜特稱讚班恩，「你好厲害。」

「書籍暗號……」班恩悄聲自言自語，十分開心。

凡杜爾直接下樓，他們也陪她一起過去。

18

階梯的最下方是一處平坦的梯台。地下室的微光流滲而下，他們三個站在那裡，面對那道厚重的金屬大門。

「這裡有個牌子。」歐絲娜特指向鑲在門旁牆面的某塊金屬匾額。

「另一個謎題？」班恩搖頭，「拜託，這傢伙真的瘋了。」

凡杜爾伸手抹了抹那塊匾額，清除上頭的沾塵，在黯淡燈光的照映下，露出了一句話。

她唸了出來，「小心台階。」

「哦，」班恩說道，「其實不能算是謎題啦。」

凡杜爾的手放在門把上面。

「沒有鎖孔，」她說道，「看來有希望直接進去？要不要試試看？」

歐絲娜特點頭，班恩吞口水，滿心期待。

凡杜爾轉動把手，推門。

燈光自動亮起。

他們上方的某些燈管閃了幾下，迅速滅了，但大部分都回魂過來，一排排的燈管伴隨微弱的電流滋滋聲，穩定投光。

凡杜爾與歐絲娜特進入之後，迅速掃視兩側，想要飽覽這幅新奇景象，班恩也迅速跟上，腳步有些踉蹌，差點跌了個狗吃屎。

「台階啊。」歐絲娜特漫不經心地提醒她，而她的目光緊盯不捨眼前的畫面。

「對……對，我忘了，」班恩道歉，重新站穩，也開始張望四周，「哇！」他說道，「這裡好大。」

他們面前的空間，寬敞程度令人咋舌。

大門右方放置了一張簡單的書桌，還有張椅腳生出些許鏽斑的學校椅子。桌上放了一本皮革裝幀的大書，封面刻有裝飾設計圖案，而裡面的紙頁是仿牛皮紙。桌旁還有一個類似藥箱或是小冰箱的白色小箱。

不過，真正讓他們目不轉睛的，其實是佔據大部分空間的那些櫃架。

凡杜爾往前一步，興奮伸手出去，宛若在等待擁抱的小孩，她眼光泛淚，「是圖書館，」她說道，「是圖書館。」

放眼所及，全部都是鋁製模組的層架，每一層都放置了式樣與大小各異的酒瓶。比較低矮的那一層，幾乎貼地，擺滿了密封食品的袋子，而某些層架擺放的是大酒桶或是密封的紙箱，但大多數層板空間放的都是酒瓶。

「這……我看不到盡頭，」歐絲娜特說道，「一共有數十排，也許更多，而且每一排都是……我要說，哇！」

班恩宛若第一次步入全宇宙最大圖書館的小孩一樣，他不知道該從哪裡看起。

「這裡有流通的空氣，」他突然說道，「有空調設備，設定在非常準確的濕度，我從來沒見過這麼大的食物儲藏室。」

「這裡儲藏的是體驗，」凡杜爾說道，「沃爾夫這裡有數千種體驗藏品，顯然是來自世界各地。不可思議的寶藏，我不確定你們是否明白我們找到了什麼，這將會改變一切，拯救了市場，這……不可思議……」

歐絲娜特走向書桌，打開了放在上頭的那本書。

「所以這一定就是圖書管理員的座位，」她說道，「而這本書就是清冊。」

班恩與凡杜爾走過去，窩在她背後端詳。

班恩說道：「運動項目放在十八C到二十三C。」

「還有，與雕刻相關的體驗放在九H的後面，」歐絲娜特說道，然後開始翻頁，逐行細覽那些小心翼翼的慎重筆跡，「不過，這裡寫的內容並不多，這些櫃架的數目遠遠超過於此。我想他寫到差不多第五頁之後就放棄記錄了……」

凡杜爾突然開心大笑，張開雙手轉圈圈，就像是生日派對的小女孩一樣，「我要趕緊看一下這地方。」說完這句話之後，她就消失在走廊了。

班恩與歐絲娜特看著她鑽進櫃架之後，彼此互望，聳肩，開始在巨大的資料庫裡面四處瀏覽。

歐絲娜特的聲音從一排酒瓶之後傳過來，「你覺得這地方有多大？」

「不曉得，」班恩的頭東晃西晃，想要消化面前所看到的一切，「不過，我想當他建造這個地方的時候，應該是違反了許多使用分區的自治法規，他不可能從市政府那裡拿到這種建物變更許可。」

歐絲娜特只能聳肩以對。

這裡的走道狹長，綿延無盡。他們依循自己的步伐，各自在不同的走道探索，閱讀櫃架上的標籤與瓶身的描述內容。

原來，海姆．沃爾夫窮盡一生努力收集大量體驗，將它們全部保存在「無酒吧」的底下。裡面有遙遠之地的長征，依照地點、旅行時間長度，以及年份分門別類；此外還有過世許久的藝術家的現場演奏；品嚐異國料理的體驗；還有一整個櫃架專門放置「內在啟發的體驗」；另外有個櫃架陳列的全是面對科學新進展時的當下感受，這一切全收藏在佈滿灰塵的酒瓶之中。

「喂！」班恩大吼，「這裡有一瓶的酒標是『洛斯阿拉莫斯❸，一九四五年』，難道真的是我想的那個嗎？」

「別理那個了，」歐絲娜特從遠處的某條廊道大吼，「我這裡有個盒子，『環球劇場，一六〇一年』。」

班恩回吼，「那是什麼意思？」

「也就是說，」凡杜爾的聲音響徹廊道，「我們擁有在當時看過莎士比亞劇作的某名觀眾的

❸洛斯阿拉莫斯國家實驗室，（Los Alamos National Laboratory，縮寫：LANL；前稱「Y計畫」、洛斯阿拉莫斯實驗室、洛斯阿拉莫斯科學實驗室）是美國承擔核子武器設計工作的兩個國家實驗室之一。洛斯阿拉莫斯國家實驗室建立於一九四三年曼哈頓計畫期間，最初負責原子彈的製造，由加州伯克萊大學負責管理，首任主任是「原子彈之父」羅伯特．奧本海默。

經驗，也許莎士比亞自己就在卡司名單裡。」

班恩回道：「哦……」

「反正，我找到的一定會讓你們意想不到，」凡杜爾大聲嚷嚷，「這裡有一個真空包裝的小袋，上面寫的是『特洛伊』。沃爾夫曾經說過他並沒有發明任何東西，他只是學到了某項一直存在於世的技巧，他說的果然是實話。」

他們繼續搜尋櫃架，大聲宣布自己發現的結果。

班恩大喊，「奧林匹克百米短跑賽贏得金牌。」

他聽到歐絲娜特的聲音從他右後方的某處傳來，「是哪一年？」

「沒寫。」

「那就不算什麼，」歐絲娜特立刻做出定奪，她繼續說道：「我這裡有十天騎象之旅。」

「有什麼了不起。」

「與漢尼拔在一起。」

「哦哦，厲害，」班恩說道，「我找到了一些金屬小桶，上面有奇怪的紅色貼紙。」

「千萬不要撕開，那些是冷凍的特殊包裝盒，有乾冰啊還是液態氮什麼的，我記得沃爾夫從英格蘭帶回了好幾瓶，」開口的是凡杜爾，「我一直很好奇他要那種東西做什麼。嘿，這裡有在巴黎建物間無安全網走鋼索的體驗。」

班恩也對聲源方向回吼，「好啦，我這裡有三年馬戲團表演體驗。」

「兩位，我鄭重宣布，我找到了一瓶橄欖油，裡面含有某人參與一九四八年以色列獨立宣言現場的體驗，」歐絲娜特說道，「但下面有一排小字，『品質中等，站的位置很遠』。」

「與海明威共進晚餐，」班恩唸出某個標籤，「但不包括甜點。」

「這是寶庫啊，」櫃架之間傳出凡杜爾的顫抖聲音，「不可思議的寶庫。」

歐絲娜特大聲唸出櫃架上某瓶蘭姆酒的標籤，「世界盃半準決賽，一九七〇年，義大利對上西德，可平視球場的上好座位——」還沒講完，屁股口袋發出手機聲響。

凡杜爾大聲問道：「什麼聲音啊？」

「我的，我的啦，只是我的手機而已。」歐絲娜特回吼，從口袋裡取出手機，她不認得這號碼。

「妳在這裡能收到訊號真是太好了，」班恩繼續大聲嚷嚷，「哇，嚇死人，這裡有三瓶酒標明的是『滑鐵盧』，每一瓶都是不同軍人的體驗。」

歐絲娜特拿著手機，遲疑了一會兒，然後按下通話鍵把手機湊到耳邊。

「喂？」

她先聽到了一陣靜電噪音，顯然地下室的收訊不是很理想，但是電話後來傳出的聲音卻相當清楚。

「嗨，親愛的。」

她愣住了，下巴緊繃。

「史蒂芬……」

「妳還記得我，太好了。」

她激動不已，「你好嗎？親愛的，你這個小王八蛋！」

電話另一頭陷入沉默。

「所以我想我們之間就已經算是吹了吧，」他終於放聲大笑，「很厲害，妳馬上就知道是怎麼一回事。」

「對，你讓我誤以為我們曾經是一對，然後你闖入我家偷東西，我恨你。」

「不，妳才不恨我。根據我的推算，效果完全消失至少要四十八個小時，雖然只有幾滴，但依然有效。而且妳應該要感激我才是，我又沒把一整瓶倒給妳喝，如果是那樣的話，妳永遠走不出和我的這一段情傷。即便是現在，妳的內心還是有個一想到我就感到溫暖的角落。」

「去死吧。」

史蒂芬說道：「我說真的，來吧，畢竟我們歷經過了這一切。」

「我們從來沒有發生過什麼。」

「但妳明明有這種感覺吧？」

歐絲娜特陷入沉默。

「這就是我深愛這一切的原因，」史蒂芬說道，「理智知道的是一回事，但感情是另一回事，因為體驗已經是你的一部分，妳現在心臟怦怦跳是因為充滿了憤怒還是熱情？妳想要打我還是抱我？」他咯咯笑個不停，歐絲娜特覺得一股膽汁湧上喉嚨。「不過，親愛的，本來就是這樣。愛情，任何的愛情，只是一種痛苦炸彈，等待合適的時刻在你面前引爆。」

「不要再打電話給我！」她咆哮，「只要我活著一天，我就不想再聽到你的聲音或看到你，你這個人渣！」

「等等！」史蒂芬的聲音變得清晰，穩定又惡毒，「我強烈建議妳最好不要掛電話。」

歐絲娜特握著手機的那隻臂膀，垂了下來，貼在身體側邊。

在她記憶之中，電話線另一頭的男人，不止一次托住她的臉龐，以額頭撫擦她的額頭，深情凝望她的眼眸。對於聽到他聲音的渴望之情，不禁讓她的腹底激動翻攪，而且想要把他吻到喘不過氣來的那股慾望，幾乎要佔據她的心頭。

她又把手機湊到耳邊。

她溫柔說道：「你也許明瞭愛轉恨只是一瞬之間的事。」

「對，對，我很清楚，」史蒂芬說道，「但我打電話來並不是要討論我們根本不存在的那段關係，妳有我想要的某個東西。」

歐絲娜特不說話。

「妳有另一瓶海姆．沃爾夫留下的威士忌，」史蒂芬說道，「我要那個東西。」

「我不知道你在講什麼。」

「幫幫忙好嗎，」史蒂芬說道，「告訴妳老闆，當她到街上四處詢問的時候，打探問題要更謹慎一點。她可能會在不經意之間，洩漏出有人對照脈絡之後就能參透的細節。」

歐絲娜特問道：「我老闆和這有什麼關係？」

「我們現在是要玩歹戲拖棚的遊戲嗎？」

「我要掛電話了，」歐絲娜特說道，「你把自己的話吞一吞去死吧。」

史蒂芬說道：「我才不要，但對這傢伙來說也許是不錯的了斷方式。」

電話那一頭傳出另一個人的顫抖聲音，「喂？喂？拜託聽他的話乖乖照辦，喂？」

史蒂芬轉身，「那位是律師尤查南．斯托施伯格，謹慎程度非常精確的可愛男子。而且，他就是靠那樣的謹慎程度才讓他——我必須要補充，在最後一刻——保住了他右手的手指，不然就會遭到以某種非外科手術的方式截除了。只要妳透露幾件事，他就沒事了。」

歐絲娜特說道：「你瘋了。」

「沒有，我只是果斷，這樣的性格幫我拿到了我想要的東西，」史蒂芬說道，「妳只想把一切的臭名掛在我身上，藉以催眠自己根本沒有任何感覺，我也只能祝妳好運了。重點是，經過這一整天下來，我終於拼湊出一切，包括養老院的訪客名單、凡杜爾四處打聽的問題，還有斯托施伯格律師識時務的告白。我知道班恩．史瓦茲曼是誰，我也知道他昨晚去了妳那裡，想必你們兩人都知道自己酒瓶的重要性了。我專心對付妳而不是他，是我犯下的一大錯誤，但我也打算要修正過失，我知道妳有另一瓶酒。」

「聽我說……」

「不，我不要，除非妳承認妳有另外一瓶酒，我們的對話才會繼續下去。要是妳講出該講的話，我保證我會放走斯托施伯格先生，表達我的善意。」

歐絲娜特沒有回應。

史蒂芬說道：「我在等妳開口啊。」

歐絲娜特說道：「我們還有另一瓶。」

史蒂芬說道：「既然是這樣，太好了，」她聽到他對律師說道：「尤查南，你可以保住小命了，是不是好消息？」

然後，他直接對她開口，語氣緊張又刺耳，「酒瓶在哪裡？」

「藏起來了。」

「在哪？」

「我不知道，」歐絲娜特撒謊，「凡杜爾藏起來了。」

她聽到班恩在遠方朗聲宣佈，「阿波羅十七號，但並沒有包括重返大氣層的過程。」

她趕緊蓋住手機，這可千萬不能讓史蒂芬聽到。

「給妳二十四小時，」史蒂芬說道，「我要看到那瓶酒放在『無酒吧』的吧檯上面。我進去拿酒，走人，一點都不麻煩妳。」

歐絲娜特問道：「如果我不依呢？」

「拜託，歐絲娜特，不要逼我講那些老套的話，」他說道，「二十四小時，夠清楚了吧？」

歐絲娜特沒回答。

「再見，親愛的，」他說道，「親一下。」

他掛了電話。

19

凡杜爾開口，「我們不能把第二瓶交給他。」

「除非他能夠破解密碼，但是他還不知道檔案庫的事，」歐絲娜特說道，「想要達到這一步，必須解開以那套密碼編碼的訊息。」

「他一定會想辦法進入檔案庫，」凡杜爾說道，「他又不是白痴。他知道裡面有珍品，而且一定會找出來。」

他們正坐在凡杜爾公寓的客廳裡。

那道金屬門已經被關上，書櫃也移回原位，他們三人上樓，坐在矮桌旁的過軟沙發裡。

「妳覺得他真的知道自己要找什麼嗎？」班恩問道，「他知道那些瓶子隱藏了什麼秘密？」

「他知道沃爾夫有秘密，」凡杜爾說道，「他很了解沃爾夫，沃爾夫可能在某個時候向他透露了線索。」

「如果他真的知道有這種體驗的儲藏室，」歐絲娜特說道，「他大可以直接過來找妳，主動找妳一起尋找它。我認為他不知道我們發現了什麼。」

「他不像是那種習慣與別人合作的人，」班恩開口，「他很可能就是希望自己有完整藏品。」

「也許他緊追不捨的是其他東西，」凡杜爾自顧自講話，「也許他覺得這些酒瓶可以吐露出截然不同的秘密，他不願與任何人分享的秘密。」

「反正，」歐絲娜特說道，「我們一定得要想出對付他的方法。」

「你們確定還要繼續下去嗎？」凡杜爾小心翼翼地問道，「狀況開始變得很危險了。」

「我……我覺得我……」班恩說道，「我想……」

「我當然會堅持下去，」歐絲娜特說道，「而且，我們其實也沒有其他選擇。他知道我們是誰，也知道沃爾夫給了我們什麼，要是我們逃走的話，一定會被他揪出來。」

「對……」班恩若有所思，「這樣講也是沒錯……」

「太好了，」歐絲娜特問他，「那我們現在就是有志一同。但我們該怎麼處理這個廢物？」

班恩聳肩，「報警呢？」

歐絲娜特反問：「我們要怎麼跟警察說？」

班恩回她，「他闖進妳的住家。」

「我們怎麼確定是他？」歐絲娜特說道，「我覺得我們的推演過程在法庭上站不住腳。」

「和他談判如何？」

「他差點殺了斯托施伯格，」凡杜爾說道，「江湖上對於史蒂芬願意接下的體驗員任務有許多謠傳，絕對不能小看這個人。」

班恩問道：「也許我們可以找一名他的勁敵加入我們的陣容？」

「他的勁敵可不是那種隨便打電話就可以找到的人，如果這世界上還有他的勁敵的話……」

凡杜爾說道，「不過，我覺得我們可以先吃點東西再繼續討論。每當我肚子餓的時候，腦袋就被榨得一乾二淨，而且我這裡有美味的蜂蜜蛋糕，有沒有人想吃？」

凡杜爾站在廚房裡切蜂蜜蛋糕，每一塊面積均等。

她從來沒有見過史蒂芬這傢伙。但她三不五時聽到街頭那些兜售員說起他的那些謠言，已經讓她在這個階段開始擔心了起來。他是一個不受控、無法無天的體驗員，要是價格令他滿意，他什麼事都做得出來。當然，那些故事一定是誇大了，但就算只有一半是真的，他們也遇到了大麻煩。

他是那種如果認為他們是他與自身想望之間的障礙，一定會毫不遲疑殺死他們的類型，而且，她覺得這次他們所站的位置，已經阻擋住了他追求自己極度渴望事物的去路。

最主要的問題是，像他這種什麼都願意一試的體驗員，已經累積了改變自身的諸多體驗，冷酷無情的程度超過了預期，對他來說，對於痛苦與刺激的門檻也跟著提高，已經到了視一般人性命不過就等同於路上的成排螞蟻罷了的程度。

而史蒂芬早已賦予自己百分百的生殺大權。

比方說，現在閃過她心頭的某個故事，是他被派到瑞士執行的那一場任務，差不多是一年前。沒有人知道那次任務的性質，不過，最後大家才知道史蒂芬做到這個階段已經樹下仇敵，他們派波納切利夫婦去追殺他。凡杜爾與波納切利混的那個圈子不熟，但隨即打聽之後發現這對夫妻是殺手鴛鴦。

有人知道了史蒂芬正在執行的任務，派這對夫婦去瑞士追殺他。謠傳他們在森林深處的某棟小木屋堵到了他，想要在那裡取他性命。史蒂芬想盡辦法逃走了，波納切利先生徒步追過去，兩人到了某個加油站，都偷了無辜駕駛人的車，演變成一場山林蜿蜒小道的飛車追逐戰。

最後，在某次急轉彎之後，波納切利的車子失控，撞破安全護欄，但他的人依然在車內，掛在懸崖邊，岌岌可危。史蒂芬沒有繼續逃跑。他停下自己的車，掉頭，停在安全距離，盯著波納切利努力小心翼翼想要爬出車外，萬一失去平衡的話，就會墜落底下的山谷。

最後波納切利還是失敗了，就在他搖搖欲墜的那一刻，史蒂芬衝過去，以腳推了一下那輛車。然後，他站在破裂護欄旁邊，望著那輛車與波納切利一起滾下山崖。他冷冷站在那裡，動也不動，全程目睹。根據某些人的說法，他甚至還拿出了望遠鏡，仔細俯瞰底下的毀爛現場。

不過，故事還沒有結束。

那丈夫的葬禮過後一個禮拜，史蒂芬半夜出現在那太太的住處，他帶了一瓶酒，他拿著槍，逼她喝下，而那瓶酒裡面含有他對於她先生之死的親身體驗。

他的用量並不像是放入歐絲娜特酒杯裡的幾滴而已，他逼迫對方喝下的那一杯足以讓波納切利的妻子銘記在心，永遠不忘。

凡杜爾當初聽到這故事的時候，嚇得不寒而慄。她實在不敢想像有那種回憶伴隨的生活會是什麼感覺。波納切利太太必須與那一段鮮明記憶共存，而主角是她的丈夫，兩人相愛已經超過了十五年。不過，這個邪惡舉動不只是逼她強迫接受丈夫之死的畫面，而是史蒂芬強迫她接受他在現場所感受到的快意與歡喜。如今那全成了她的心情，她無力抵抗。

內心的衝突導致她崩潰，她發瘋了。謠傳她依然住在醫院，在深愛丈夫的濃情蜜意和看到他死亡的歡喜體驗之間，不斷來回糾結。

而這只是其中一個故事而已。無庸置疑，絕對不能小看史蒂芬。

她回到客廳，面向坐在沙發上、靜靜等待她的一男一女。

她只有這兩個助手：一個躊躇不安的年輕男子，還有一個與仇敵相愛的年輕女子，該拿他們怎麼辦？她得要想出辦法才是。

班恩指向五斗櫃角落的那張小照片。

「歐絲娜特和我都很好奇，那照片裡的男人是誰？」

凡杜爾望向褪色銀框裡的那張小照片，黑白照，某張青春光滑的臉龐，頭髮微禿的男人正在對她微笑。她記得那樣的笑容，而她不記得那男人是誰。

哦，千萬不要，又來了。

她把裝有蜂蜜蛋糕的托盤放在桌面。

「你們自己來，」她口乾舌燥，「我得回房間一下。」她匆匆離開的時候，聽到班恩對身旁女子問道：「我是不是說錯了什麼？」

她大步進入走廊，鑽進最後一個房間，關上了門。

一股微微的不安感流竄全身，她現在是遺漏了哪些年的歲月？

房間裡空蕩蕩。有張白色塑膠椅放在封口紙箱的旁邊。她走到其中一個紙箱前面，打開，取出了裡面收藏的小塑膠瓶。她拿了其中一瓶出來，檢視標籤，又把它放回去，來來回回，終於找到了她要找的那些酒瓶，她把四瓶半滿的酒瓶放在身旁的地板上面，看來這幾瓶應該最妥當。

大約在十年前，她開始出現健忘症。

一開始的時候，她會忘記小事，不會特別注意到的那種枝微末節。不知道把鑰匙放在哪裡，到底有沒有關瓦斯，害她得一再檢查，明明是一兩年前到過的地方卻會迷路，全都是那種大家偶爾都會遇到的情景。

不過，狀況變得雪上加霜。路上偶遇的舊識，她不記得對方叫什麼名字，明明早已默記在心的數字、搭乘多年的公車路線也會忘記。她原本以為這只是一般的老化警鐘，不過，某個晚上，有名她的熟客又要來買夏威夷巨潮沖浪體驗的時候，她才驚覺不對勁。他站在門口，她盯著他，卻不認識對方。他的面孔似曾相識，但名字還有他的拜訪目的卻讓她完全摸不著頭緒。

當她詢問對方是誰的時候，幾乎害他勃然大怒，等到他提醒她之後，她才發現自己失誤的嚴重性。販賣記憶的業務居然出現健忘症狀，最糟糕的狀況莫甚於此。

她哈哈大笑，努力掩飾，假裝是開玩笑出了包，她不確定是否瞞得過對方的眼睛。

她知道這會是一大問題，她的身體零件逐漸開始磨損，將會隨著時間消逝。

顧客離開之後，她拿著白蘭地，目光充滿懷疑，她一整夜都在公寓的走道裡來回踱步，沉思，恐懼，惴惴不安。她想要搞清楚這是否為她先前從事體驗員工作留下的副作用，但是她知道其他的體驗員並不會因為自己的任務而出現記憶受損。

到了某個階段，在黑夜為王、疲憊襲身的時刻，她發現自己會在公寓裡尋找記憶，彷彿只要她仔細尋找，就可能會找回失落的過往。當她注意到自己會在深夜時刻在冰箱下方尋索失落記憶的時候，終於驚覺狀況已經失控。她搖頭，決定要去睡覺，一早醒來的時候再思索解決狀況的最佳方式。

她睡不著。我們每一個人的內心成分都經過編碼，沒有人能夠百分百解讀其他的人，因為每一個人編碼的方式都不一樣。世間所有的友誼與關係都是一種解碼對方的緩慢過程，逐字進行。她好害怕，對於失去了解譯自我的能力，她還沒有心理準備。

第二天早上，她起床著衣，離家的時候心中已經有了腹案。

她買了一整箱的伏特加，又買了幾十瓶的小瓶礦泉水。她告訴自己所有的客戶與業務，她要休息一個禮拜，這段時間找不到她的人。然後，她清出了家中走道角落的那個房間。

她花了整整一個禮拜的時間，把自己的一生灌入那一箱伏特加。她一天花八到十小時的時間，可能是坐在椅內或地板上，忙著把自己的體驗灌入伏特加，然後再把它們分裝在礦泉水空瓶裡面，每一瓶是一年。有時候，遇到特別忙碌的年份，她會把那一年的體驗分成兩瓶甚或是三瓶。

接下來，她把那些瓶子放入箱內，依照生命的不同階段進行標示。童年與早年青春期、初為女人的頭幾年、為沃爾夫當體驗員的那些年，還有剩下的歲月。

等到她大功告成之後，她關上那些箱子，離開小房間，洗澡洗了很久，然後上床睡覺，一直到隔天下午才醒來。痛苦的身體與刺痛的靈魂需要休養。

她偶爾會進入那個房間，小飲一口，回憶自我。

有時候，她是因為知道自己遺忘了某個事件而特別進去一趟，其他時候就是隨機挑一瓶，增強她依然保有的記憶。不過，過去這兩年變得益發困難，她必須強迫自己不斷進入這個房間。某些年的損耗特別嚴重，她必須買更多的伏特加，再次將記憶填充進去。她心中至少有十年的記憶是來自於備份的備份的備份。記憶變得越來越模糊，宛若她自己的生命歷程一樣，逐漸朦朧不清，宛若粉蠟筆的塗痕。

每年結束的時候，她就會多加一瓶酒。她買的水瓶越來越多，清空之後又繼續補充，而且為了要保持記憶，她進去走道底端那個房間的頻率越來越高。

她知道要在哪裡找尋特定記憶。

與客戶相關的記憶漏失，都是在某三罐塑膠瓶裡面，而與財務有關的疑問，通常意味要靠某兩罐不同的瓶子，間隔有十五年之久。那個五斗櫃上的照片則幾乎都是要找那同樣的三、四瓶酒，也就是她從體驗員退下來的那幾年。

說來諷刺。她不記得生活本身，但是卻記得那些記憶留存在哪些酒瓶之中。

她坐在那張塑膠椅上頭，望著自己放在地上的那四瓶酒。

終於，她拿了其中一瓶，旋開瓶蓋，喝了一小口。她一氣呵成，把蓋子旋好，放入箱內，又伸手拿下一瓶。

啊，記憶開始流轉。

她的生活碎片開始變得完整。有一個男人，愛妳的男人，其實妳也愛他，只是當時來不及體會到這一點。

妳是在濱海大道遇見了他，向晚時分。他帶了自己的畫架與小凳子坐在那裡，而妳和其他兩個女性朋友在一起，詢問他是否可以為三人畫一張畫，他說沒辦法，他的職業是警方的模擬繪像師，這是他唯一的嗜好。大家跑來，把自己對未來戀人的想望告訴他，他會問道，什麼樣的眼睛？嘴巴？耳朵？根據他們的描述，他畫下素描，這是他的專長。所以妳就坐下來，對他描述白馬王子的模樣，這樣的眼睛，差不多這麼高，額頭是這樣，微笑是那樣。

等到他畫完之後，他把那張畫轉給妳看，妳對他破口大罵，堅持一點都不像。妳告訴他，這根本不是我想要的人，你畫的是別人。他微笑回道，妳語焉不詳了好幾次，但我不想要糾正妳，這應該就是他的模樣，相信我。大家總是告訴我一點都不像，但其實我們在遇到自己的真愛之前，根本不知道對方是什麼模樣，我們還沒有遇見的真愛是沒有臉孔的。

而妳開始自己畫，妳一邊抱怨一邊擺臭臉，他看著那張素描，對妳說道，嘿，真的耶，這個人其實就是我，明天傍晚妳有沒有空？

原來，他是對的，原來很多事居然跟想像中的不一樣。

我們一直堅信被愛是我們奮戰的最重要目標，然而愛情其實也一直是同樣艱難的挑戰，能夠敞開心胸也是某種需要學習的技巧。後來妳才發現，愛情的複雜程度超過了單純的是與不是。而且我們有時候的唯一想望就是希望身邊有個可以緩和衝擊力、對心靈下指導棋、能夠釐清這所有……亂局的人，一個解決問題的人。但我們發覺未必每次都能如此。愛情也不是每次都能夠平復混亂，它是以亂制亂，新的亂局可能稍微能夠令人喘口氣，也可能稍微令人不安。而我們的生活之中並沒有真正的秩序，瑕疵永遠存在，反正，我們就是得要學習與其共處。

但妳愛他，他愛妳，從表面上看來，已經別無所求了。

妳無法因此得到滿足。

環遊世界，收集到無數體驗之後，一個有早禿徵狀、喜歡與妳依偎不離、愛妳的普通人，對妳來說似乎成了令人看不起、充滿侷限的一套例行公事。妳想要的是那種宛若爆竹把妳送上天的冒險風暴。而他是個好人，喜歡擁抱，個性單純不矯飾，除了在妳身上尋求幸福之外，幾乎毫無所求的人。而妳卻覺得，這一點害妳留在地面，融化了妳的蠟羽雙翼。妳已經逐漸習慣與鯊魚嬉鬧、從懸崖躍下、騎著馬力強大的摩托車穿越沙漠的生活，座落在承諾淨地的單純之愛對妳來說似乎無聊、窒悶、充滿了羈絆，妳的靈魂渴望的是一種大膽放肆的生活。

所以妳離開了他，嫁給了另一個人，然後又是下一個。那個臭屁性感的高大男子，還有那個性格變化莫測，讓妳立刻陷入狂戀與狂喜的男子。妳找尋的不是愛人，而是能夠讓事物充滿魅力、讓妳鮮血沸騰、與妳玩樂調情妳也與他玩樂調情的人，因為只有軟弱可憐的人才需要愛，重點是要向上高飛。

他是一起跑趴的完美男伴，會招來所有人妒忌目光的那種人。英俊、高大、耀眼、氣場強大，他是那種在市場上必須搶進的漲升股票，積極奮戰、永不妥協、不會受到任何拘束的男人。生命給予他的並不夠，最後，妳能給予他的也變得不夠了。

當妳在某個早晨醒來，發現他所有的東西都消失無蹤，妳一個人待在房子裡，屋內只剩下一堆昂貴的照片、一個小嬰兒，以及餐桌上一封只有三行、言簡意賅的信，解釋他必須要邁向人生的下一站，妳一直到後來才了解對方語氣輕蔑，而且妳驚覺會因為認為伴侶無聊而拋下對方的人，其實也不是只有妳而已。

妳的素描畫家已經找到了新的愛侶，妳別無選擇，只能過著孤單節制的生活，看顧這個小女孩長大，為自己重新定義冒險的概念。

妳當初的確誤解了自己真愛的樣貌。我們的想像力很難看透這樣的事，幾乎難以分辨對於尋愛，以及得到一個近乎男神象徵的人兩者之間的差異。

到了夜晚，你會夢到一個逐漸髮禿的矮小男子，還有被緊摟入懷、令人安心的擁抱。當你們剛開始約會的時候，他把它稱之為「擴散的擁抱」。他說，當兩種液體碰觸在一起的時候，就會發生擴散作用，一個分子接著一個分子，彼此互相緩緩滲透，和樂融為一體。妳會與對方緊貼在一起，許久不放，等待一個分子接著一個分子，彼此交融。在那個時候，妳還沒有失去耐心，妳不介意等待。

妳的第二任丈夫並沒有在妳的心裡留下任何痕跡，但那位畫家卻給了妳烙印。雖然你們在一起不過短短幾個月，但融為一體卻已經是綽綽有餘。一點一滴滲入彼此之中，某個思緒的分子，某個情感的分子，某種意見的分子，緩緩在兩人之間流動，自然動作的力量會讓它更流暢，有時候，熱度也會增進這種過程的速率。

現在，即便你們已經不在一起了，妳知道自己的體內依然有他的靈魂微粒在飄浮，而無論他在哪裡，他的體內也有妳的靈魂微粒在飄浮。

最後，妳決定要在小相框裡面放入他的照片，而不是妳先生的照片。當妳忘記誰是誰的時候，當初的這個動作已經變得諷刺。

妳百經滄桑之後才終於明白：我們會被出色完美的對象所吸引，但卻會愛上真實又脆弱的人。

所以妳曾經有過摯愛，有過老公。而妳還曾經有——不，不是曾經，依然擁有一個女兒。很早就學會爬行、超愛去上芭蕾舞課的女兒；依然幾乎每年都會換眼鏡鏡框的女兒；一個被妳教會騎腳踏車的女兒；知道愛不只是兩人在彼此懷中找尋慰藉而已，知道夾腳拖只是給小孩穿的東西，知道與快樂之人為伍比較重要，而不是與喜好沉思者攪和在一起的那個女兒。現在住在荷蘭、臉上有不對稱的深酒窩的某位生物學博士，假期有空的時候可能會來探望妳的那個女兒。

還有，這些是妳曾經造訪過的地方，這是妳與他一起做的事，妳與她一起做的事，這是他的名字，這是她的名字。這是他喜歡的食物，這是她的笑聲，這是妳為她取的小名，還有，這是妳最後一次看到她的模樣，就在她登機之前。

凡杜爾緩緩把酒瓶放回原處。她心想，我，已經正式變成老太太了。在過去這些年當中，妳踽踽獨行，沒有人看到妳的全部歷程。那個有一頭亂髮、在石頭上摔倒膝蓋瘀青的小女孩；哈哈大笑、在登山結束的時候跳入一泓池水裡的青少女；在一堆無人知曉的男人之間俐落移動、目光沉穩的女子。某個對妳一見傾心的男人，他認識妳的第一天對自己說道，就是她了，就是她沒錯，老舊的運動鞋、褪色的襯衫、過壯的前臂、捲度宛若假髮的髮型、每塊肌肉都堅實無比的軀體，這就是妳現在所看到他的模樣，因為只有這個當下才能呈現他的真貌。而妳的眼底看到了同樣那個穿著高跟鞋的女孩，凝視著他，她目光閃動，衣裙輕薄，曳動之姿宛若輕聲細語，她不知道他到底看到什麼會出現那種表情，還有為什麼他眼中所見的是反感而不是喜悅？

當身心一起成熟之後，身體繼續依循自己的旅程前進，靈魂卻在原地不動，然後，老年到來，身體感受與靈魂悸動之間的綿長落差，總是讓人揪心不已。

她把最後那批瓶子放回箱內，嘆氣。

大家都覺得奇怪，她為什麼不自己開設體驗員課程？當她根本不記得記憶效應的時候，她又怎麼能夠幫人上課？難道她可以一次又一次喝酒之後再教學嗎？自己輸出記憶之後，再喝下喚醒的次數有其極限，細節變得模糊，記憶的主體結構開始消融……

她從椅上起身，走向大門，打開之後，邁開大步朝客廳走去。

凡杜爾回來之後，開口說道：「照片中的那個男人是我丈夫。」本來應該是我的丈夫，本來，那張照片只是掩蓋事實的某種修正方式。

她坐在沙發上，「他名叫麥可。」

班恩與歐絲娜特盯著她，停下咀嚼蛋糕的動作。

「嗯，」班恩滿嘴蜂蜜蛋糕，「我猜也是。」

她提醒自己，生活並非只是記憶與鄉愁的組裝線而已，不只是悠長準備等待老化，渴求過往，其實還有當下。

而且必須要面對它。

「就我看來，我們有兩個選擇，」凡杜爾又往後貼靠沙發，「第一個選項是把含有別的記憶，或是根本沒有任何記憶的酒交給史蒂芬，這個方法只能為我們拖一點時間。但話說回來，這也可能會激怒他，不知道會逼他做出什麼樣的事。第二個選項就是，什麼都不要給他，看看他打算怎麼辦，而這一招也可能會惹得他不爽。」

班恩開口，「也許我們可以找他好好談一談……」

「不可能，」凡杜爾說道，「這不可能是史蒂芬這種人的選項。」

歐絲娜特問道：「所以我們要怎麼辦？」

「還有二十四個小時可以想出對策，」凡杜爾說道，「我們不需要現在決定，但我們得要準備計畫。」

班恩大驚，「計畫？」

「對，要是史蒂芬打算對我們發動攻擊，我們必須要有所準備。」

「哪方面？」

凡杜爾起身離開沙發，走向角落的古董櫃。她拿出一支小鑰匙，把它插入鎖孔，然後打開小門，取出一把巨大的黑槍，看起來沉甸甸。她把它放在桌上，「一開始的時候，先做這樣的準備。」

班恩說道：「哦……」

「我知道要怎麼用槍，」歐絲娜特說道，「我上過課，兩年前。」

「我認為初階課程還有靶場的必修課無法應付史蒂芬，」凡杜爾說道，「但總比什麼都不知道來得好。反正，妳最近的心理狀態還無法對他開槍。而你呢，」她面向班恩，「需要治療。」

班恩問道：「妳說的『治療』是什麼意思？」

凡杜爾側頭，陷入沉思。

班恩追問：「哈囉？」

「那個儲藏室，」凡杜爾若有所思，「真是個絕妙的好點子。」

「什麼絕妙的好點子？」

「嗯……」凡杜爾站起來，喊了一聲「加油！」。

現在班恩真的在大叫，「加油什麼？」

凡杜爾問道：「你記得我曾經說過體驗會如何改變人類嗎？」

「記得。」

「好，你的內心馬上要出現變化了。」

「什麼意思？」

「歐絲娜特，妳跟我一起下去，我們得找出一些合適的體驗。」凡杜爾完全不理會他瞪大的雙眼。

歐絲娜特立刻跳起來，「酷哦。」

「你到樓下，在吧檯旁邊等我們。」凡杜爾說完之後，走向門口，歐絲娜特緊跟在後。

班恩問道：「但我們現在要幹什麼？」

歐絲娜特反問：「你是真的不知道？」

「不懂。」

「好，這樣吧，」她回道，「趁我們在樓下的時候，你在吧檯找些小酒杯，差不多弄個十個或十五個。」

「我們為什麼需要……」他恍然大悟，「哦不會吧。」

「哦就是這樣！」歐絲娜特樂不可支，她對他認真眨眼之後，離開了。

班恩說道：「太多瓶了。」

歐絲娜特與凡杜爾到儲藏室第三趟後，現在回到了酒吧，吧檯上放了一長排的酒，一旁是陣容壯觀的許多小酒杯。

凡杜爾說道：「我們有好多得教你。」

「這真是太扯了，」班恩說道，「我不可能全都喝下去。」

「年輕人，聽我說，」凡杜爾說道，「千萬不能小看我們的朋友史蒂芬。他訓練有素。我也遇過衝突與戰鬥，但我的頂峰時期根本難望其項背。就我看來，只要歐絲娜特小姐對這傢伙的愛意體驗還沒有消散，那麼她根本就派不上用場，看來狀況也將是如此。所以，選項就只剩下你和你的體驗。」

「但我完全沒有體驗！」

凡杜爾指向吧檯上的那一批酒，「這些都是體驗，」她說道，「很快就會成為你的體驗。」

班恩用力吞嚥口水，他不是勇敢的人，也不想聽到「凡殺不死你的必使你更強大」之類的話。

「我不太會喝酒，」他說道，「這些全部都是酒嗎？」

「很不幸，對，」凡杜爾回他，「我們只有在酒類才找得到合適的體驗。但不要擔心，我們會確保最低用量，而且會把多種不同的威士忌全部混在同一杯裡，光是服下必要的最低用量，就能夠讓你變得，嗯，勇猛。」

「勇猛？」誰會使用這種字眼啊？

「來吧，」凡杜爾說道，「我們幫你改頭換面。」

凡杜爾開始拔軟木塞，倒酒。

她向歐絲娜特示意，交給她正確的那些酒瓶，然後，她掃視標籤，對著不同的酒杯倒入少量的酒。

酒杯都注滿了，裡面可能是一種酒，也可能是混酒。

班恩低聲自言自語，「根本不合邏輯。」

「恰恰相反，這麼做最符合邏輯了，」凡杜爾送出第一杯酒，「小伙子，乾杯吧。」

班恩接下第一杯酒，滿臉煩躁盯著杯中物。

凡杜爾打量他的目光，彎身面向他，「如果你決定放棄，也不會有人責怪你。我之前是不是有提過，其實我們還是有不需要靠你的其他方案？」

「什麼？妳要一個人對付史蒂芬？絕對不可以！」歐絲娜特說道，「他現在不可以臨陣脫逃！」然後她又面向班恩，「你不會現在要拋棄我們吧？」

班恩依然盯著酒杯。

「你要記得！這是你一生中最瘋狂的冒險，」歐絲娜特說道，「你不可以臨陣退縮！」

班恩閉上雙眼，嘆氣，「我哪裡都不去，」他語氣溫柔，其實是在自言自語，「冷靜，好嗎？」

「那我們就來吧，」凡杜爾說道，「今天是你蛻變成為男人的日子。」

他把玻璃杯湊到嘴邊，立刻把酒液倒入嘴裡，歐絲娜特立刻歡呼又鼓掌。

他喉嚨灼燙，雙眼盈滿淚水。

凡杜爾問道：「好，現在覺得怎麼樣？」

班恩覺得自己可能沒有辦法講話，鼻腔裡充滿了煙味，喉底發出難受的聲響。

「好，加油，再一杯。」第二杯送到了他的面前。

「等等，等我一下就好。」當他接下那一杯的時候，其實已經快吐了。

「不要在嘴裡把酒含太久，」凡杜爾從他手中接下第二個空杯，「這樣會害你醉得更快，因為口腔內的血管會吸收酒精。我們不希望你喝醉，只是期盼你可以吸收正確體驗。」

他很想要問她，妳到底在說什麼鬼話，我現在根本想不起任何陌生的經驗啊。

但是她卻對他微笑，「再試試吧。」

或者，現在對他講話的不是她。

不，真的不是，是他的老師。在山區小寺院的那三年時光當中，教他武術的滿臉皺紋、個頭矮小的尼泊爾人。當老師坐在他的面前，他不斷練習技法，身體因為勞動疲憊與沉重的單調練習而痛苦不堪的時候，老師也是用那輕柔的悅耳語調說道：「再試試吧。」長達數月的靜坐與徒手搏擊時光已經滲入了他的骨內，而那股聲音，平靜的語氣，將會在他的夢境之中駐留數年之久。

他喜歡回想自己執行秘勤任務的那段日子，保護總統，行遍世界各地。美食、掃視周邊群眾時不斷保持的敏捷感、密語，以及令人舒心的正式禮節。還有無政府主義者持槍衝入走廊，他與德瑞克及時保衛總統，那是一段相當風光的歲月。

他咳嗽，那聲音聽起來像是某個不太喝酒的人從喉嚨發出的咳響。這讓他想起了自己當初在那場沙漠長旅的時候，他的腳夫發出的咳聲。飛沙侵入每一個孔洞，要是一個不小心，蓋住臉龐的罩布很可能會滑落，每一次的呼吸都會把一堆沙漠砂礫帶入肺臟。他們很幸運，及時鑽進了那個穴地，他們等待沙塵暴威力消失，在那裡足足待了三天。

「他已經完全醉了。」他聽到有人在講話？那是誰？哦，凡杜爾，妳好嗎？怎麼了呢？還有那個歐絲娜特怎麼這麼可愛？啊，別胡思亂想。

「我覺得我們要開始用湯匙了。」當然，當然啊！妳說什麼都對。他的體內有另外一個人，正在搖晃他，而且那個人自己也開始重心不穩。謹慎是必要措施，必須要保持平衡。

大家都不知道平衡有多麼重要。比方說，在擊劍對峙的時候。他想起了自己曾經站在某個堡壘頂端與人持劍一決生死的過程。是站在原地獲勝？抑或是直接摔落牆底，墜入下面的洶湧波濤之中？關鍵就是平衡感。得花好長一段時間才能學好那鬼東西，擊劍，但很爽。你可以一邊揮劍一邊講話，擾亂對手心神。

「張開！」有人下令，他也乖乖張嘴，含入某個小湯匙，火燙但美好的液體進了他的嘴，「吞下去，班恩，吞下去！」

哦，好啦，我喝下去了。

這裡，喚起了我的某些記憶。

我似乎早就來過這種地方。當時比較擁擠，有人躲在角落玩牌，而我總是喝到不用錢的酒，感覺我是個警長。只要牌桌那裡有狀況，他們會叫我過去，我會順利排解糾紛。但那一次除外，所有人開始指責提摩西耍陰的時候，這白痴就抓狂了，我只好開槍射他的手，讓他乖乖安靜下來。

不過，就連在那樣的地方，美眉，都沒有人像妳一樣可愛。妳剛說妳叫什麼來著？

也許緊抓欄杆這想法還不錯。我覺得我們似乎是在某艘船上，一切都在晃動。在莊邁家裡也一樣，有時也有搭船的感覺。微風輕撩窗簾，偶爾會讓那地方出現一種詭奇感。莊邁是好老師，我對於功夫的所有知識，都是從他身上習得而來，愛上喝茶也是因為這位老師，此人也深諳泡茶之道。

「乾杯！」班恩突如其來就舉杯，一飲而盡。

歐絲娜特趕緊從吧檯後面衝出來，他躺在地上，某隻手臂張攤側邊。她以雙手托住他的頭，他睜開了眼睛。

她問道：「你還好嗎？」

他的目光面向她的眼眸，「我懂功夫。」

也不知道怎麼回事，我又坐起來了。

能坐著真好。

這位老太太把更多液體倒入湯匙裡面，開始唱歌，「一湯匙的威士忌有助服藥。」❹這歌詞聽起來言之成理，但也不知道哪裡怪怪的。

她把那一匙威士忌送入我的嘴巴，我開始慢慢吸吮，「我們得盡快收手，」她說道，「他已經完全醉了，我不希望害他酒精中毒。」老太太，妳在跟誰講話？

啊，那個小美女。

我需要和她講話。

可愛老太太問我，「你還好嗎？」我豎起大拇指，對她示意沒問題。

我旁邊那架飛機的飛行員對我回敬大拇指。我喜歡他，真的。我們在比賽誰能夠打下更多的敵機，但這只是一場君子之爭。不過就是在昨天，我們還在烈陽下一起喝啤酒。空氣溫熱黏稠，就像是我衝入火災屋內搶救那小孩時的狀況一樣，他叫什麼名字我忘了，同樣的熱度。遇到緊急狀況的時候，感官會變得敏銳，熱氣會感覺更熱，而氣味也變得更濃烈。我一直忘不了當年在列寧格勒搶救好友時的那股火藥味道。對，那次真的是生死一瞬間。

我不知道是我說出了自己的思緒？或者只是我聽到自己腦海的聲音？

她們在盯著我，所以我應該是在自言自語。

不過，這感覺真的像是思緒，而不是在講話。好，反正，我覺得自己精疲力竭。

我現在真的需要好好來杯冰水。

我騎著我忠心耿耿的駿馬「拯救者」，山稜線之上的城堡越來越逼近，在晴空的映襯之下，

❹ 電影《歡樂滿人間》裡的歌詞改編版本，原文為「一湯匙的糖有助服藥」。

它更像是從地面凸升而起的巨大碎木片，將陰影投射地面的巨大高塔。也許，也許我還有一些水，我會補充水分之後，繼續上路。今天我們要演習雙門高射砲。也就是我要當他們的測試官。不過，我會設計一點小比賽，看看誰最準確，還有誰能夠最先拆裝並組裝完成。

怎麼了？

我是不是有點頭暈？是不是想要躺一會兒？

不，沒有，我很好，老實說，感覺非常之好。

你還好嗎？

聽得到我在說話嗎？抑或是我在自言自語？動動腦或是做些什麼吧，這樣一來我就知道答案了。

你知道嘴唇裡有多少神經末梢嗎？超多！密集程度遠遠超過身體的其他部位。對了，下唇多一點。它們就乖乖待在那裡，嘴唇的內緣，等待撫觸，等待大事降臨。經過多年的沉潛，一輩子的靜靜等待，要是突然有人過來親吻，它的能量釋放將會是一場超級騷動。

它們就像是一群疲憊的後備軍人一樣，老是在互開玩笑，那不過就像是碰觸紙杯邊緣的隨意撫觸罷了，但最後卻會嚇得半死。

早已習慣懶洋洋窩在嘴唇內壁的數千個神經末梢會突然全部跳起來，驚嚇萬分，「不可能，」它們會這麼說，「不可能。」不過，等到它們發現這是真的，它們就會開始亂跑，尖叫，「真的發生了！真的發生了！」它們會不斷撫觸唇壁，不可置信，直到其中一個喊道：「我們必須要告訴腦袋！」它們會開始安排代表，備妥速度最快的駿馬，上路奔馳。然後，它們將會抵達腦袋的大門，智慧的入口大廳，會捶拳敲門，裡面傳出聲音，「誰啊？」然後，它們會說：「是我們！嘴唇的神經末梢！」裡面全都哈哈大笑。

「幫幫忙好嗎？」哨兵會這麼說，「大家都一清二楚，提到班恩的時候，他嘴唇的神經末梢一直是閒置狀態。」

然後，它們會大吼大叫，說服對方，拚命解釋，然後大腦終於明白狀況。也許在這個時候，吻依然是進行式，而為什麼我需要這麼久的時間反應讓對方完全摸不著頭緒。不過，不需要擔心，很快就會到來了。大門會突然旋開，警衛道歉，神經末梢們會快馬加鞭奔向內廳，坐在那裡的皇后，也就是腦內的意識，靜靜等待，它們會卸下馬具，欠身行禮，皇后開口問道：「出了什麼事？」然後，它們很清楚這是歷史性的一刻，而且充滿初體驗的刺激感，它們會以興奮的嘶啞聲音說出這句話：「我們被吻了。」

20

太陽還沒有現身，但昏暗不再。建物之間的空隙出現了一抹晨曦藍光。

歐絲娜特整個人靠在「無酒吧」入口旁邊的牆面，周邊依然有黑夜將盡時的涼氣在迴盪。她心煩意亂，把手湊到嘴邊，又咬了一塊黑色的甘草麻花條。

每個人心情不好的時候都會有些小惡習，靠著這種急救式安慰就能夠恢復過來。對某些人來說那是香菸，其他人則是酒，而對歐絲娜特而言，是甘草麻花條。任何事物都可能令人上癮，聰明的人只會培養健康的癮頭。甘草糖可能不是很理想，但也不算是太糟糕的選擇，她當時心想，不好不壞的成癮物吧。

她上次啃甘草已經是七年前的事了。但今晚的狀況似乎很適合來一點。

班恩依然軟癱在「無酒吧」角落的那張老舊扶手椅，過沒多久之後，他就會從這一場從所未有的宿醉中醒來。

凡杜爾說他們必須要儲備氣力迎接明天。然後，她把「無酒吧」的每一個地方都鎖好，確定關緊了儲藏室，而且特別把《彼得潘》擺正，放入正確的位置裡面，然後，上樓準備就寢。

歐絲娜特回到自己的公寓，想要入睡，但只能淺眠幾個小時而已。剩下的夜半時光，她輾轉難眠，最後還是接受了自己終將失眠的事實。

她起身，下樓，走到附近的雜貨店。等到她把錢交給店員的時候，她才驚覺自己買的是甘草糖。

她第一次吃甘草的時候，萬萬沒想到自己日後會這麼愛它。這種黑色麻花條的功能，充其量就是當她陷入深思的時候，讓嘴巴保持咀嚼以免身體進入關機狀態的某種甜食罷了。她坐在伊拉特的海邊，獨自一人，帶了許多根甘草麻花條、一盒無花果紐頓夾心酥，還有一大瓶可口可樂。

當時她是個徬徨的十七歲少女，自己跑去伊拉特學了一個禮拜的深潛課。她在晚上拚命找方法消磨時間。伊拉特地區的日常活動項目引不起她的興趣。她住的那間小旅館是有電影頻道，但奧地利肌肉男漫遊火星這種電影又能看幾次呢？

所以她去了海邊，大嚼甘草，躺在靠童年末期沉著性格的薄絲所綑綁的思緒之床，不斷漂浮，事情慢慢兒起來了，對於這個世界的初步了解，還有，大家都說做自己、隨性而為、純粹當自己有多麼重要之後，但隨後又向你解釋你應該要如何如何，還有你本來的環境是怎樣，因為他們就是知道——你對於這種態度的各種反應。她當時身處於挖掘驚奇感的來源已經不再只有世界之美也有世界冷漠的那種年紀，心中惦念的是一堆各種體悟，卻不知自己是否能實踐的那種年紀。她沿著紅海岸邊前行，收集各種老生常談，宛若在撿拾貝殼的小女孩一樣，她告訴自己，沒有真正的信仰，只有自我說服；要不就是默默思索欠缺自我意識的人，與看透之後選擇自我解放與置之不理的人之間，到底有什麼差別？

其實，她並沒有完成旅程取得潛水執照，執照只是藉口而已。她離開是為了要稍微放空自己，她的靈魂渴望開闊空間，更刺激的事物，某種井然有序的喧囂，與城市那種吵鬧虛假可憎之日常截然不同。有一種病在她的四周不斷醞釀，某種吵鬧的字詞病症，形容詞大爆發的傳染病，每一餐都「超美味」，每一種論述都「好創新」，每一種科技都「非常先進」，而且每一件襯衫都是「穿在妳身上超好看」。她覺得每個人都把音量的旋鈕轉到最大，如此一來，就會覺得生氣十足，而那樣的尖聲嘶吼也讓人難以忍受。所有的決定都「攸關命運」，所有的友誼都是「美好又永恆」，所有的情愛都「好偉大」。當她周邊的人都以她根本無法相信的這種強度對她大吼大叫的時候，這些字句的作用逐漸消逝，彷彿這一切都不是真話。

當所有事物都「好棒」的時候，其實根本一點都不棒。

所以她去了伊拉特，潛水，這是她一生中所做的最棒決定之一，她在水面之下找到了寂靜。那裡有一種她從來不知道的新鮮組合，某種靜默的緊繃感，美妙的危險。但話說回來，雖然有一點害怕，但她的腦袋知道一定要掌控全局，保持警戒。要謹慎移動，謹慎呼吸。她知道潛水深度每增加一公尺，風險也會隨之升高。但話說回來，她的呼吸節韻，還有她隨著海水內浪、隨著每一次吸氣起起浮浮的靜謐方式——這一切都具有某種冥想的特質。她發覺衝突特質居然能夠結合在一起，而且如此美妙神奇又深奧，深深震撼了她，她覺得那是種寧和的緊繃感。

潛水——後來是高空跳傘、滑翔翼、衝浪、爬山，一切都逼迫她要活在當下。就是現在，此時此刻。因此，她也不會去咒罵那些無所不在的渴望。

在她朋友的成長過程當中，她親眼見識了這樣的過程。在他們的心中，一切都是可以達到的目標。不會變老、大家愛你，你也愛大家，前途似錦，生命中的各種可能性都成熟圓滿，只需伸手摘取就是了。不過，當生活從幻想縮限到只剩下單一選擇的時候，他們心中的某個部分就斷線了。包圍夢想者的是所有不會實現的願望，還有可能實現的願望。也不知道為什麼，在水面之下，深潛其中的時刻，那樣的領悟透過氯丁橡膠潛水衣一點一滴滲入她的體內。我們可以幻想有百萬種的生活方式，不過，人生就只有這麼一遭，要是我們無法坦然接受的話，那麼一切都會因為失望而凝結，我們必須要對夢想小心翼翼。當她被迫面對當下的時候，突然之間，那一刻的體現變得清朗通透——那是她的人生，而不是其他的那些計畫。

那個週末，她回到家裡，心中充滿了各種念頭與決定。後來，那些在十七歲的時候似乎重要的諸多決定，某些實踐了，有些疏忽了，某些是徹底忘了。她不再慶祝自己的生日。待在將近三十公尺深的水底，她體悟到生日是一種自我欺瞞，這種活動會讓我們誤以為每年能在同一個時間點出發，奔向各式各樣的旅程，而且生活由數十個部分或是以一年為期的單位所組成，那也只是幻想罷了。

生命是完整的區塊，一體成型，而就在水面之下，她決定要以這種方式來面對生命。

她又咬了一大塊甘草糖，心想要是昨天拒絕了那一瓶酒，不知道現在會怎麼樣？或者，要是沒有接斯托施伯格律師打來的不明號碼電話呢？她並沒有任何的悔意，有機會到來，就是應該要牢牢把握。弔詭的是，她在生命歷程中攫取的每一次狂喜，都讓她覺得要好好保護自己，掌控一切，以光滑的全身盔甲護身，可以讓接踵而來的攻勢偏移方向，從她身上滑脫而出，濺散到一旁。這是我做出的抉擇，它並沒有「發生在我身上」。當她陷入愛河的那一刻，她就應該知道有哪裡出錯了，她絕對不可能放任那種事發生，陷入愛河就表示任由某種情緒掌控自我，而這與她所相信的一切背道而馳，完全違反了她自我保護的堅守信條。

現在，史蒂芬在她心中只是一抹微微閃動的光點，不再是前一晚的躁動心跳，不過，她心中某個重要區塊依然還是被撩起了渴望。還有，萬一他給她下的量不只是幾滴而已呢？萬一他跨越了暫時體驗的那一條界線，讓引發這段該死愛情的體驗在她身上留下永遠的創傷呢？是否找得到方法可以逃脫？

凡杜爾正在睡覺，反正，現在問她的話也只會得到靜靜等待看下去的答案。

不過，她需要指引，她需要一切盡速結束。這種愚蠢的愛情魔咒，與史蒂芬的詭異對抗，整場大亂鬥，必須要做個了斷，她得要再次取得對自我生活的主控權。

她突然想到，他們都是白痴，真的。大家都知道，當金魚讓你許三個願望的時候，第一個願望應該是——能夠再許一千個願望。而他們有了一本書，解釋該採取哪些行動的書！這就像是有個古怪漁夫讓他們許三個願望，而他們卻只是「偶爾」、「只有在需要知道『下一步』是什麼」的時候才會偷瞄一下，答案明明就在裡面，為什麼要從頭到尾經歷一場煎熬惡夢？

我們應該要直接跳到結論，找到答案，打開那本書，一次就夠了，只要問一個問題，找出要怎麼解決整起事件和所有亂局的方式，目的就是要結束這場鬧劇，一了百了。真的，他們到底在等什麼？

他們把那本書放在哪裡？

凡杜爾小心翼翼把那瓶酒鎖在儲藏室裡面，但那本書呢？歐絲娜特回想剛才這幾個小時之間的事。班恩一直把它拿在手中，認真護衛的姿態宛若把它當成了他的私人神諭。但要是她沒弄錯的話，他把它留在……對，似乎是這樣。

她又進去「無酒吧」，關上門，鎖好。

在微光流入酒吧的環境中，一切看起來好迷離。吧檯上頭默默訴說抑或是欲言又止的故事讓她有所感，也不是第一次了，她的心中開始玩味曾經上演的各種劇本。坐在吧檯的老人買酒請大家的原因並不是慶祝他的孫子生日，而是自己從以色列情報局退休；穿高跟鞋的那個女子並沒有打算吸引男人的目光，她正忙著在吧檯餐巾紙上頭畫下革命性發明的草圖。還有那對每年會來一次，而且年年都會報到的夫妻，正在慶祝他們的第一次約會紀念日。他因為對於找尋一生摯愛感到絕望，心生悲傷；她也因為對於找尋一生摯愛感到絕望，心生悲傷，他們認識，成婚，自此之後，他們兩人一起傷心，夜復一夜，安慰彼此這一生再也沒有機會尋到摯愛了。

在這個近乎全黑空間的角落，她發現了班恩的黑影，幾乎看不出來的胸膛起伏。

她走到他躺坐的扶手椅前面，四處張望，只是想要確定一下。不，書不在那裡，跟她猜想的一樣。

她離開現場，後頭傳來他在黑暗中的緩慢呼吸聲。

她默默往下走，前往防空洞。下樓梯的時候腳步有些不穩，趕緊伸手撫摸後腰，觸摸手槍。

凡杜爾先前是這麼說的，班恩在那種狀態，沒辦法發揮什麼功用，既然如此，在他清醒過來之前，妳就先負責保管吧。也不知道為什麼，她現在摸黑下樓梯的時候心浮氣躁，逼她伸手找尋那個武器，確保它在原位。她上次去靶場已經是許久之前的事了，但讓她回想如何操作倒是不成問題。

她懶得打開防空洞的燈，不需要。風扇的金屬冷光與樓梯上方的燈源已經綽綽有餘。她的手沿著書架一路摸過去，靠著書封材質的線索，終於碰到了她在找的那一本。她把它抽出來，以顛倒方式塞回去，現在，傳出了輕微的悶響，書架開始移動。

體驗儲藏室的燈已經亮了。

班恩的書擺在門口那張書桌上頭等候著她。她瞇眼迎光，再次打量那一長排櫃架，想要搞清楚那裡現存的檔案規模。

門旁書桌後面有張小椅子，還有一個很像老舊飯店小冰箱的白色櫃子。

她坐在那張椅子上頭，拿起了《未來生活指南》。

她應該這麼做嗎？還是不應該？

應該啊，拜託，她當然應該這麼做。

她閉上雙眼，隨便打開了書本。

然後，她再次睜眼，目光猶疑，盯著立刻映入眼簾的那幾行字。她的目光緩移，小心翼翼，彷彿要確認真的在緊盯頁面一樣，那些字詞躍然紙上。

不可置信。

她坐在海姆．沃爾夫體驗儲藏室的圖書管理員書桌前面，閱讀她剛才翻開的那一章。每看完一個句子，她都很想把書闔起來，看完每一章的時候，都差點覺得反悔。但後來每當她看完一句，看完一段，就是繼續看下去，興奮、暴怒、沉靜，又驚又疑。她翻頁，緊蹙眉頭，目光掃過每一行文字。

突然之間，她挺直背脊，啪一聲闔上了書，放在桌面，一臉恐懼望向前方，她這才看到那個一身黑衣的男子斜靠在某個櫃架，雙臂交疊在壯厚胸前，他盯著她，看到她嚇得站起來的時候，露出了邪惡淺笑。

「所以呢？」史蒂芬問道，「是好看的書嗎？」

「不賴，」歐絲娜特回他，「學習新知。」

「值得一讀嗎？」

「不知道合不合你的胃口。」

「妳覺得我喜歡什麼樣的口味？」

「那本書不好讀。人渣喜歡讀什麼書？」

「啊，」史蒂芬說道，「所以我們現在要開始私怨羞辱了。準備要你來我往嗎？因為如果真的是這樣，我可是有許多驚人招數。」

「你是怎麼進來的？」

「妳問錯問題了，」史蒂芬離開原地，緩緩朝她走去，雙眼死盯著她。她一度以為他的雙腳並沒有在動，他的動作流暢到了一種令人作嘔的地步，宛若目標明確、目光閃動的蛇。「我是怎麼進來的並不重要。因為我已經在這裡了。妳現在是打算怎樣？補好我剛才鑽進來的洞嗎？」

他站在書桌的另一頭，擺出要靠不靠的姿勢，食指放在桌緣，依然緊盯著她的雙眸。她拚命睜大眼睛，差點快要掉淚。她既想要掐住他脖子，也想要摟住他的軀體，這樣的天人交戰害她開始胃抽筋。

「改問其他問題吧，」他咬牙切齒，「妳一定辦得到。」

「你為什麼到這裡來？」歐絲娜特問道，「你說過我們有二十四小時。」

「妳也看到了，我已經到了這裡，」史蒂芬說道，「但如果妳堅持的話，好吧，二十四小時是為了要讓妳冷靜，讓妳稍微放鬆，不要那麼警戒，這一招叫做調虎離山。等到我們這裡解決了之後，歡迎妳去查一下字典這是什麼意思。妳不會真心覺得我只會光坐在這裡，等妳慢慢想出怎麼騙我的方法嗎？」

他站在那裡，微微側頭。

「阿波羅十七號，」他說道，「我當時心想，是哪個白痴會吼出這句話？為什麼會有人大喊『阿波羅十七號』？而且還這麼熱情洋溢？顯然一定有值得好好探究的東西，所以我就開始仔細查訪，妳看看，我找到了什麼樣的寶庫。」

他對她微笑，露出了森森白牙，她背脊一陣顫抖，「老實說，我已經不在乎妳的酒瓶了。我是不知道妳是怎麼在沒有我這瓶酒的狀況下解開了瘋狂沃爾夫的謎題，但看來妳具有創意思考的能力，想出了解題的方法。我得要向妳致敬。不過我也發現其實你們是三人組，所以每個人只能分到我三分之一的敬意。」

「你又不能拿走這裡的一切，」歐絲娜特發現自己對他露出嘲弄的微笑，此舉太不智了，「這裡有太多體驗了。」

「沒錯，」史蒂芬說道，「但想要奪下這裡的擁有權，」他伸出大拇指，朝後頭的櫃架一指，「我只需要殺光其他所有權人就行了。」

「就這麼簡單嗎？」

「就這麼簡單。為什麼這麼問？哪裡有問題嗎？」

「你知道嗎？這是我要問你的問題，」歐絲娜特說道，「曾經有個女人深愛過你，我有第一手體驗，而且我了解的深入程度更甚於此。而且我還很清楚她喜歡的是哪一種人。你怎麼會變成對我做出那種事的人？那種會嚷嚷『殺光其他所有權人』的人？」

「看來我們處理這件事已經到了殺時間的無聊階段，」史蒂芬說道，「妳如此關注我的心理健康，我很感動。」

「要是你曾經是那樣的人，誰說你不能改邪歸正？」歐絲娜特的雙手反剪在後，以奚落的目光大膽挑釁。

史蒂芬怒氣沖沖盯著她，但隨後爆出大笑，「哇，嚇死我了，妳想要把我拉回到與妳在一起的戀愛時光，」他繼續說道，「明明就不曾存在的一段戀愛時光。」

他面色轉趨嚴肅，隔著書桌往前靠，整個人湊到她面前，她差點往後一縮，還是忍住了。

「對於必須要做的事，我們一定都會付諸行動。我知道居下風的那一方自然就不會太開心，但為了達成目標，上欺下也不過就是一種實踐的合理過程，差不多就像是知道某個性命岌岌可危的人擁有你必須奪下的東西，你對著他露出微笑。」

「實踐的合理過程？」

「哦幫幫忙，妳檢討一下妳自己吧，明明狀況不太對勁，但妳還是予以合理化，編出正當藉口，難道妳就不曾做過這種事嗎？」

「好，我懂了，所以我們都是內心邪惡的動物，只是三不五時就會宣稱自己的行動具有正當性。」

「不，誰提到邪惡了？」史蒂芬說道，「我們只是太容易陷入論述捷徑的誘惑之中。所以我們乾脆告訴自己這個是善然後那個是惡。」

「哇，無庸置疑，你辯贏了，」她說道，「而且觀點也很圓熟。」

史蒂芬的語氣很不耐，「哦，我惹毛妳了啊。」

「你忘了我曾經知道你是什麼樣的人，」她的手緩緩移向後腰，撩起了襯衫，幾乎就快要碰到手槍了，「而且你曾經是好人，不然也不會有人愛上你。」

史蒂芬說道：「有很多白痴會被人愛，而也有許多好人根本不會有人愛。愛情不能當成英勇的引證，而且它也不是道德高尚之人的專利。」

「你真是惡毒，幸好你沒有講出更刻薄的話。」

「親愛的，我歷經了這麼多的辛苦折磨，當然有權利尖酸刻薄。」

「好，你到底要什麼？」

史蒂芬往後退，雙臂一攤，在空中揮了好幾下，佯裝鬆了一大口氣，「吼！」他大叫，「終於問到正確問題。」

他說道：「我要那杯雞尾酒。」

歐絲娜特的手已經快要接近可以穩穩握槍的位置，「什麼？」

「妳覺得沃爾夫先生的唯一偏執就是搞個所有體驗的地下儲藏室嗎？」史蒂芬問道，「海姆．沃爾夫博士……他歷經了各式各樣的階段，每一次都是不同的想法。比方說，他一直想盡辦法將體驗也加入水中，也就是唯一無法保存體驗的物質。妳知道這件事嗎？」

「對，我知道。」

「而妳知道為什麼嗎？」史蒂芬發出嘖嘖聲，「沃爾夫先生想要把體驗加入全國供水系統，能夠讓大家『透過他人之眼觀看世界』、『讓人更具有同理心』的那些體驗。他誤以為要是每一個人都能夠從他人角度看待世界，那麼就再也不會有戰爭了。不過，他打算執行的這個計畫有點像是恐怖攻擊。以體驗污染供水系統？我說認真的，幫幫忙好嗎？最後他放棄了，讓大家都鬆了一大口氣。不過，他還有一堆那種得意洋洋的計畫，而且，還有雞尾酒。」

史蒂芬現在也把雙手反剪在後，「雞尾酒，」他說道，「是全球某些最強悍的著名領導人的綜合體驗。沃爾夫發現體驗保存技術比他先前想像的更悠久，多年以來，某些重量級歷史人物早就把自身的統治體驗精華保存了下來，也就是他們統御之術的真髓，重要關鍵。這種體驗，沃爾夫幾乎已經全都收集到了，而且還予以混合。」

「領導人雞尾酒？」

「還有科學家雞尾酒、偉大藝術家雞尾酒，還有其他種類的垃圾雞尾酒。」史蒂芬大手一揮，「沃爾夫為每一種學門混合調製了一種雞尾酒。當然，他很天真。妳能想像了解拿破崙、華盛頓的失落，以及對結局的第一手體驗會是什麼感覺嗎？要是能夠掌握凱撒大帝與史達林千辛萬苦所累積的智慧呢？抑或是毛澤東與漢尼拔？」

「所以那就是你追求的東西？權力？」歐絲娜特冷笑，「你？你想要當領導人？」

「大家都想要擁有一些別的事物，」史蒂芬說道，「某些人想要平靜、幸福，以及愛。不過，到頭來，這些事物的根源也只有一個。控制，權力，就連冷靜自持也需要掌控周遭事物的能力，要盡量拉大掌控範圍。而我呢，已經不想再當奴僕了。」

他在心中依然默默滔滔不絕。控制會以多種形式呈現，你依然搞不懂的形式。控制，也就是意味逼迫他人必須因苦痛的恐懼而行事；控制表示讓他人誤以為自己的行動是出於本身利益，但其實卻是基於你的利益而行事；控制表示讓別人愛你。親愛的，看看妳自己，還有妳站在這裡拚命捍衛自己的模樣，難道妳還不明白嗎？我已經贏了，純粹就是因為我有控制力。

我學到了精華，明白了所有的要領。秘密行動，好整以暇，行事要有耐心，分階段培養能力。多年過去，我發覺身為體驗員的那種興奮悸動只有變得越來越強烈。將體驗移轉給他人，把它們移植到別人的腦海，這就是控制之精髓。它可以讓你造成別人以你的行為方式思考、透過你的雙眼看待世界。

不過，風險在於有太多人將會採取相同舉動，所以必須要清除敵手。那個在夜店外頭的金髮男只是第一個而已。多年來，我一直慢慢在消滅競爭者，同一檔次的其他體驗員數目越來越稀少。我會繼續保持獨一無二的地位，而且繼續將我的觀點複製出去，就算不是以水作為媒介，也會靠其他的物質，我會讓它一點一滴流入每一個人的心中。

妳年輕愚蠢，看不到全貌，但是某種堅定而穩定的進展已經在過去這幾年當中顯現無遺，我會繼續見證，而妳呢，親愛的，就享受不到這樣的快感，妳馬上就要出局了。

「現在是我稱霸，無論我有沒有雞尾酒，我都會下手。」

他咧嘴而笑，露出滿口白牙，「但我希望最好是有，而且它就在妳走進來的這個地方。」

歐絲娜特拔槍對準史蒂芬的臉，她把手伸得好直，幾乎完全沒有顫抖，她開口說道：「你是拿不到了。」

史蒂芬眼睛一亮，露出逗趣表情，「看看這是什麼！槍耶！」他的頭左右搖晃，彷彿在仔細檢視她手中的那個物品，他端詳槍管，她也一路緊盯他的雙眼，「等等，我是不是弄錯了？沒有，真的沒有！有槍管扳機啊什麼都有！真的是手槍！我好興奮哪，這女孩拿著槍。」他暫時閉嘴，透過槍枝準星冷冷望向歐絲娜特，「我是不是要稱讚妳好棒？」

歐絲娜特回道：「這女孩拿著槍，而且你要是不閉上你的臭嘴，她就會直接轟爛你的臉。」

史蒂芬伸出手指，宛若在沉思，「哦哦，是這樣的，我不同意妳的看法，」他繼續說道，「而且我可以至少給你三個理由。

「第一個理由，妳對我的愛情體驗還沒有完全排除體外。對妳來說，我依然是重要的人，這是精神層次的理由。光是射我的腳就會讓妳陷入天人交戰，射我的臉？我很懷疑。

「第二，妳從來沒殺過人，妳依然不知道那有多麼容易。妳身處的文化環境一直告訴妳，某些行動與其他行動有本質之不同，它們具有更為深遠的意義，死亡、愛情、謀殺。只有妳親身經歷過之後才會恍然大悟，那就像是世間的其他動作一樣。射出子彈進入人腦的物理法則宛若踢球入網，公式一樣，只是變數大小不一。還有，妳，親愛的，妳還不曾朝任何人的臉開槍，妳還是不懂那舉動有多麼稀鬆平常。妳誤以為那一刻的重要感，會害妳無法冷酷下手。

「第三，這一點對妳來說應該是關鍵，妳的槍還沒有開保險栓。」

歐絲娜特吞口水，依然沒有放低槍口。

「妳的確知道槍枝保險栓背負了重要角色。沒關好的保險栓表示妳很可能誤觸傷到自己的腳，或者，就妳的狀況來說——是妳的屁股——妳以為我沒有注意到妳背後藏了槍嗎？對了，那屁股真是可愛。妳應該就是因為這樣才一直關著保險栓吧。不過，親愛的，當妳真的要對某人開槍的時候，一定要開保險栓，專業人士能夠一氣呵成，光靠一個動作就能拿槍對人、打開保險栓。不然，他們就是隨身攜槍的時候不關保險栓。反正，他們的做法就是如此。」

她還沒來得及思考，史蒂芬的手上已經變出了一把槍。她發現有槍對準自己的臉，兩人都持槍，伸直手臂動也不動，而槍口與臉的距離不過只是十公分左右。

史蒂芬語氣冷酷，「我的解釋夠清楚了吧？」

他們就這麼各據辦公桌兩側，陷入僵持，長達好幾秒之久，終於，歐絲娜特伸出食指，扳了一下槍側的保險栓。她問道：「就這樣？」

他的雙唇露出一抹淺笑，「對。」

「你開心就好。」

「親愛的，我是因為妳而感到驚喜。不過，我覺得我們兩個都心裡有數，到底是誰才有那能耐會扣下扳機。」

「如果我把它這樣轉過來呢？就像是黑道一樣？」歐絲娜特將槍枝角度轉為與地板平行，「這樣難度就更高了吧？」

「我必須要稱讚妳，妳真的很勇敢，尤其是有人拿槍對著妳眼窩的時候。」

「謝謝。」歐絲娜特露出淺笑。

「而且她還膽敢露出微笑，」他的語氣儼然是在自言自語，「了不起。不過，就讓我知道妳在笑什麼吧。」

她說道：「也許我知道一些你不明白的事。」

「讓我猜猜，」史蒂芬說道，「妳是左撇子？」

「不，」歐絲娜特回他，「這裡不是只有我而已。」

史蒂芬終於知道了真相，但目光才動了一下，隨即被摔到一旁。衝擊力道讓他背部疼痛，雙手緊握的手槍飛了出去，他摔倒了，頭部狠撞水泥地，如今站在史蒂芬剛剛那個位置的是班恩。

「我不確定自己是在哪裡學到那種飛踢，」班恩的眼神有光，「我想可能是在尼泊爾的某間寺院。不過，我覺得從這個角度出腳最有殺傷力，算是某種直覺吧。」

「漂亮！幹得好！」歐絲娜特指向地板，「但他準備要站起來了。」

班恩看到那名黑衣男子搖搖頭，跳起來。

他的頭好痛，宛若有一排排的士兵在裡面邁步而過，但是他的思路卻狂放不羈。對方動作迅速，朝他逼來，目光凌厲，雙手緊握成拳，那個姿態似乎很熟悉。當黑衣男與他扭打在一起的時候，他的身體一陣震顫，他根本不知道自己擁有的某段肌肉記憶，讓他舉起了雙手阻擋毆擊。

原來，在真實世界中的打架過程，和電影裡演的完全不一樣，手腳的俐落動作並不會發出「咻咻」的好聽聲響，而且拳肉接觸、器官互相重擊的聲音並不是什麼深沉鼓鳴，而是某種高頻的聲音，就像是臉被賞了一巴掌一樣。班恩努力釐清這個真相，這是他人生第一場真實戰鬥當中所發現的真相，而且他對於敵手動作的反應幾乎完全是不假思索，宛若某個一生都在打鬥的人。

揮拳—揮拳—飛踢—猛撲—阻擋—揮拳，這就像是心中若有所思時，無腦通勤的狀態一樣，不可思議，阻擋—揮拳—阻擋—迴避—上下跳躍。

史蒂芬的臉在他面前晃動，想要攻破他的防線，班恩覺得這宛若在作夢，他在對眼前躍動的人影做出反應，但還有另一部分的他——飛踢—阻擋—迴避—飛踢——卻站在一旁，充滿了疑惑，是誰的拳腳這麼厲害？是我嗎？

無數小時的訓練，經年累月的累積，全從他身上傾巢而出。他緊盯對方的目光，跳到右側，然後又出手了好幾次之後，轉到左側，其間的腳步移動甩開了敵手，他全神貫注，左腳蓄力準備一踢，他舉起手——現在是趁機攻擊的好時點。一切渾然天成，準確，順暢。

史蒂芬的身體宛若一張弱點指示燈不斷在閃閃滅滅的地圖，而且班恩累積的體驗，已經讓他更能辨識出敵人雙手揮舞的時候到底是危險訊號？抑或是危險退散之際的虛招？對，那就是我，在這裡打架的人就是我，不錯，感覺真的很不錯。

他伸手往前猛揮，阻斷了史蒂芬的雙拳，而且還順勢移動，所以分散了衝擊力道，值此同時，對方的胸膛成了破口，他立刻使出全力猛攻黑衣男的無設防部位。不過，史蒂芬的身體閃過了，只是稍微輕擦了一下，然後他立刻起腳攻擊。班恩抓住史蒂芬的腿，借力使力，扳倒對方，史蒂芬再次被拋飛，最後落在一公尺以外的地方，拳頭鬆了，臉上露出微笑。

「你知道嗎？」史蒂芬說道，「就圖書館員來說，你的拳腳相當不錯。」

「拜託你弄清楚好嗎，」班恩回他，「其實我是記者。」

「好，沒問題，記者先生，」史蒂芬說道，「但我覺得我花了多年時間學習與精進技巧，你卻抄捷徑，可能會有人認為這是某種作弊法。」

「也許吧，」班恩點點頭，「你打算討論這問題嗎？」

「不要。」史蒂芬此時已跳到旁邊。

當史蒂芬還沒有落地的時候，班恩已經知道接下來會出現什麼狀況。

他的腦中開始計算那一跳的意義，浮現了三個選項。無論是哪一個，都逼他要拔腿快跑。當史蒂芬落在桌子的另一頭、抓住歐絲娜特的手，利用她手中的槍對他開火的時候，班恩早已衝向那一排排的櫃架。

史蒂芬壓制歐絲娜特，將她摔在地上，自己跳上書桌，然後繼續對班恩開火。子彈發出尖嘯，擊碎酒瓶，穿破了麻袋，碎片在金屬櫃架之間飛濺。

班恩彎身奔跑，穿過層層的爆裂體驗，四周全是玻璃碎片與滴落的汁液。

然後，我登頂，四周的景色美極了的體驗從他上方層架滴漏而下，我一直拚命踩單車終於擺脫了那一群人的體驗滲入他的衣服布料裡面。儲藏室裡到處都是小水塘。我以肩揹的降落傘跳下懸崖，狂風吹襲臉龐，還有我與總統握手，他對我微笑，真沒想到他的手這麼乾燥又堅實。

除此之外，某個層架還有一條滴答不斷的水流——引擎，轟隆隆。我，閉上雙眼，他們，正把我們推出大氣層。

「起來！」史蒂芬對歐絲娜特下令，猛拉她的手臂。

他火冒三丈，把槍管抵住她的太陽穴。

「喂，男子漢，」他大叫，「快過來，不然你女朋友的腦袋就準備吃子彈，慢慢給我走出來。」

櫃架之間完全沒有傳出任何聲響。

史蒂芬因怒火與腎上腺素而全身顫抖，「我數到三，就會扣下扳機，」他對著整個儲藏間大吼，「慢慢給我走出來，雙手舉高！」

「一！」

櫃架之間沒有任何動靜。遠方某處的無聲涓流滴向地板，裡面的體驗是我在黑暗中抱著她，等待暴風雨平息。

「二！」

歐絲娜特緩緩吐氣。

「ㄙ……」

一道無聲幽影從上方一躍而下。

歐絲娜特害怕得緊閉雙眼，她聽到出拳的捶擊聲，還有史蒂芬的模糊怒吼。她站在那裡不動，雙手緊握成拳，想要靠聲音辨識周邊出了什麼事。終於，她鼓起勇氣睜眼，偷瞄了一下，那兩個男人呈現對峙狀態，雙手在空中快速揮動，轉扭拍打，而槍就在兩人的手中來來回回，不斷易主，換人，換手，一遍又一遍。她想要緊盯不放，但終告失敗。史蒂芬齜牙咧嘴，班恩在兩人拚命奪槍的過程中，一直緊盯著它不放。

最後，史蒂芬轉了一個大圈，搶走了班恩的手槍，同時又高腳猛踢班恩的胸膛。

班恩往後一跳，只稍微受到一點衝擊，不過，他現在卻與史蒂芬面對面，對方拿著槍，直接對準他的胸膛。

歐絲娜特的心跳漏拍，但後來發現史蒂芬手中那把槍上半部不見了，而班恩手裡緊抓著一根長管狀黑色金屬，而且臉上露出了一抹淺笑。

史蒂芬不發一語。

他丟掉了那把無用的武器，朝班恩猛撲過去，而班恩丟掉了那截槍管，擋住了那一擊。班恩心想：這樣沒完沒了。他的雙手再次出擊，宛若自動自發一樣。（我為什麼要把手舉到這麼高的角度？哦，為了要擋住這一拳，好，幹得漂亮啊班恩。）

「史蒂芬！」

班恩抬頭，看到歐絲娜特拿著史蒂芬的槍。此刻背對著她的史蒂芬，根本懶得轉身，他露出淡淡一笑，趁著那一瞬間的空檔，狠狠朝班恩的胸膛踢下去，害他躺在層架之間的走道。

「妳還是沒辦法對我開槍。」他咬牙切齒，以蹲姿奔向門口。

歐絲娜特扣下扳機——晚了半秒鐘——子彈飛過黑衣男背後，撞到牆壁。

「不准跑！」班恩聽到自己大吼，然後他衝向史蒂芬，對方衝上階梯，離開防空洞，立刻奔向通往「無酒吧」的台階。

當班恩到達酒吧樓層的時候，依然能夠透過敞開的大門看到史蒂芬。當史蒂芬朝他的方向丟擲某個東西時，兩人還四目相接，「送你一份禮物。」史蒂芬丟下這句話之後，就消失在街頭。

班恩望著在空中滾動、朝他直撲而來的那個橢圓物體。他覺得奇怪，不知道那是什麼東西，不過，他心中還有另外一個比較老練的他，很熟悉這種拋飛的橢圓物體是什麼。

「手榴彈！」他聽到自己人吼，身體被震飛到吧檯後方，這場爆炸重創了「無酒吧」。

21

首先，讓我們先建立一點信任感。

妳坐在這裡，儲藏室裡面，沒有取得允許就逕自看書。沒關係，我本來就打算要寫給妳看，但妳打算作弊，跳過整個過程，直接切入結果。這世界不是以那種方式在運作，就算妳擁有一本像我這樣的書也是一樣。千萬不要耍那種花招，讓我們雙方都很難堪。

妳盤腿而坐，味蕾依然因為甘草麻花條而充滿滋潤。

需要我提供更多的細節來證明我認識妳嗎？讓妳相信這些字句是為了妳而寫？

因為我的確有這個能耐。

我可以告訴妳的第一段記憶。妳五歲，某個夜晚，妳躺在床上，應該是入睡的時間了，妳房間上方的天花板充滿了小光點，靠著百葉窗窗板縫隙透入的光束而照亮的迷你星網。我還可以告訴妳八歲時的那一場游泳比賽，妳奮力破水前進，不斷伸臂猛划，打敗了其他七個小女孩，享受群眾狂吼的喜悅，而且每當妳把頭埋入水中，從水中抬頭的時候都會回味不已。我還可以告訴妳有關冰寒空氣與妳吸入的感覺，妳每次往下一跳的時候，洗滌靈魂的那種體驗，還有，在空中墜落翻滾，一直到最後一刻才拉傘繩的感受，讓妳深深沉迷不已。

每一個人都說「她是徹頭徹尾的瘋子」、「腎上腺素成癮症」。妳知道嗎？還真可能被他們說中了。不過，我們兩人都知道這不是全部的真相。妳樂意嘗試最瘋狂的事物，前提是妳能夠掌控一切。妳靠著古怪又複雜的方式體驗刺激，但依然能夠堅守自我界線。

由於在許久之前，妳就已經為自己的生命定調，當時的妳認為那些學校裡所有的好交情都不過是預先安排好的角色扮演罷了。因為到頭來其實並沒有人真正在乎別人，而所謂的交心，也不過是精心設計之個人表述的交易市場罷了。他告訴我某個秘密，現在輪到我吐露一點小故事，她讓我看到她脆弱的一面，現在輪到我表現給她看了。

在妳小時候，妳堅信要是自己出了什麼狀況但不告訴任何人的話，那就宛若不曾發生過一樣。只要是專屬於自己，那麼發生的一切都只是迷霧，但萬一將它化為字詞告訴別人的話，它就此凝固成為事實。當妳年紀漸長，妳翻轉到光譜的另一頭，妳盡情感受一切，決定從此之後拒絕分享。

因為沒有人能夠真正觸動別人，所以妳一直堅持沉默。當妳說出了某個字詞，沒有人聽見，也不明瞭妳的行事風格。它所涵蓋的意義只會在妳的心裡發出迴盪。只要是人與人之間，都會有一道無法跨越的鴻溝，因為不論我們是否有意願，絕對不會有朋友能夠百分百真心了解自己。永遠只是幾乎，永遠就是差那麼一點，只是平行線。

我們外圍有一層隱形硬殼，將我們的想法以充滿意涵的字詞、眼神、目光傳達出去，而收受者的外層盔甲解碼那些字句與手勢，把它們翻譯為與原始符碼根本不一樣的概念。我們獨自一人，做什麼都不成問題。只有在獨處的時候才會顯露真我，不過，我們窮其一生，拚命尋索的是一個能夠穿透那層硬殼的人，而且這個人與我們十分親密相繫，所以在有他們陪伴的時候，我們依然是那個獨處時的真我。要是我們找不到這樣的人，我們就會開始自行幻想。

我們親吻某個我們稱之為一生摯愛的人，但對方的外表卻是一個徹頭徹尾的普通人樣貌。我們期盼，也許會有那麼一天，要是我們吻得夠深夠堅定，也許他們的外殼就會出現裂痕，碎爛，真正的愛就能穿透隙縫而綻放光芒。

而在這個願望實現之前，我們會運用能夠從永恆汲取力量的偉大字詞，我的愛，我的生命，我的世界。因為，有誰會想要在夜半時分躺在某個溫暖親暱的人旁邊，向對方私密低語，「我的備胎……我親愛的暫時備胎……」

光是注意旁邊一起等紅綠燈的那對情侶就夠了。兩個安靜的人，目光朝前，等待燈號轉綠，等待生命發生改變，等待，既成的事實發生改變。

瞄一眼他們的死寂目光就懂了。

孤獨，那才是我們的自然狀態。

這種扭曲場面會發生在我們被擠壓在狹小空間的時候：汽車、電梯、婚宴大帳篷、某棟三房公寓的牆面裡，還有凌亂床鋪的活動範圍之內。

所以妳總是自己整理降落傘，不願意假手他人。這並非只是獨立性的問題，也是為了要能夠從空中自在墜落而下，深入水面之下，奔向屬於自我的寂靜世界。

不要害我陷入危險，我要自己來。跳下飛機的那一刻，我可以掌控自己的降落傘，這絕對比由別人決定我的命運，害我直墜而下好得太多了。

難怪告訴那個和妳在一起的男人「不要認真」、「我只是想要玩玩而已」這件事一直很重要。因為要是降落傘沒有按照應有的方式打開，而妳出了什麼事的話，妳知道是自己打包，責任自負。不過，某人心傷的原因千萬不要是因為妳，而妳必須要為對方負起責任。

妳自有一套理論，妳覺得自己理直氣壯，而且執行了這麼久不可能出錯。現在，突然之間，有人在妳的酒杯裡加料，妳懂得愛的感覺。心中有新的感受在萌芽，突破了土壤，雖然在一兩天的時間內就凋萎，妳的理論卻遭到了駁斥。世間的確有愛。

所以，對，這是雞與蛋的問題。要是不相信有愛的可能，那麼妳就無法愛人；但要是不曾愛人，也無法相信會有愛的可能。這世界的其他人怎麼面對呢？那不是妳的問題，妳已經得到了捷徑。

恭喜。

有人在妳的杯子裡滴入了愛，現在，努力說服自己吧，愛是有可能的。

要是沒有愛，沒有那樣的精華，我們就成了有缺陷的生靈。

有許多願意付出，或是願意付出自我的男人的例子，他們不是為了提交一式三份的列印報告，也沒有冷酷或理性的算計。

阻斷剩餘的那一點精華，那一點神秘，也就是把人類之存在等同於某種化學反應的理論予以正常化，將人類之存在限縮為一連串事件之總和，而且，將人類之存在視為一種毫無高潮的無聊漫長過程。

也許現在該以不同的角度看待世事了。

對，這世界因為各種細碎的謊言與騙局而滿目瘡痍，有刮傷、破孔，還有刺痕。

這就是它的本質。

有時候，某種東西能夠縫合它，有時卻會讓它散裂。

這就是世界。

滿目瘡痍。

而且它包含了滿目瘡痍的人、滿目瘡痍的友誼，還有，它的各種愛也都是滿目瘡痍的產物，充滿了裂痕，易碎脆弱。

但那依然是人間，人類就是如此，依然有愛。

滿目瘡痍，但還是有愛。

現在，只要等到我們把新的概念植入妳的可愛腦袋裡面，那麼就是該闔上這本書，把頭抬起的時候了。

你找到了夥伴。

22

李歐·委內瑞拉下了公車。

他摸了摸扎人的鬍鬚，這是他思索令人嘆氣之事的習慣性動作，然後，他果然嘆了一口氣。

他想到自己曾經擁有一輛銀色的寶馬汽車：敞篷款，有加熱座椅。但最近呢，搭公車，曾經風光一時，如今潦倒落魄。

曾經有一段時間，街上的所有體驗銷售員都知道他的名號，李歐·委內瑞拉。他第一個撲向背包客的圈子，想盡辦法收集了來自全世界各個角落、供應量驚人的旅遊體驗，大部分都是以飯店小冰箱酒瓶的方式售出。這種創意真是天才，無庸置疑。

先前，他只是李歐·列維，然後，他有次弄到走遍委內瑞拉之旅的二十個小酒瓶，打響了他的名號，而且他的大爆發不僅止於此。

一開始的時候，他做生意的方式就和大家一樣。靠口耳相傳，在街頭兜售，努力與某些酒品專賣店建立體系，普通小業務賣的一般商品。不過，他後來突發奇想，把它包裝成某種真正的旅遊套裝行程。

其實這創意很簡單。

客人想要度假，真正的假期，在提比利亞或內坦亞或是北方的某個小木屋，哪裡都可以。重點是房間裡要有一台小冰箱。李歐．委內瑞拉擁有飯店與汽車旅館經理的豐厚人脈，他會把含有事先預訂體驗的酒瓶交給他們，然後，他們會把它放入小冰箱，「僅供客人專用」。因為假期包含了體驗，飯店會調高價格，而他也會讓他們賺分紅，這種價格比單純的街頭兜售高出許多。這也是一種比較細緻的交換方式，而客戶願意付出更多的錢，因為他們在這樣的套裝旅程當中，獲得了真正的假期。

他們靠著這樣的方式，明明前往度假的地點是亞實基倫，但帶回家的卻是兩週的特內里費島體驗。

每一個人都心滿意足，而且李歐的爽度是第一名，事業蒸蒸日上，而成功帶給他那種……嗯，成功感。

不過，時代變了。

風潮退散，他的合作關係也漸漸淡薄，砍價的競爭者打壞了市場。本耶胡達街的某個傢伙專賣藥丸形式的體驗，不是原本應該使用的酒液。大家在參加派對之前吞下藥，對別人大談上次去巴黎的過程。這白痴把同樣的行程體驗賣給每一個圈內人，而這一招居然還是很管用！

李歐．委內瑞拉必須採取必要措施撐下去。砍預算，實驗各式各樣的全新實驗性體驗，與不同的體驗員合作。通常他賣的是次級品，選項越來越少，他的那些供貨人不玩了，已經退休，斷聯，他的收入大不如前，體驗已經今非昔比。半年前，他得要花兩個月的時間做一份實際的工作，才能支付一整年的房租，現在的狀況真的是鳥到不行。

所以，當凡杜爾打電話給他的時候，他說他會立刻趕到。他沒有說他會搭公車，這的確是事實，但這場面還是不好看。

也許她要找他買貨。

也許她想要派他出去體驗。他已經很久沒從事這種活動，應該很不錯，只要他還記得步驟就不成問題。

他走在路上，雙手深插口袋。

他會安然度過這段枯荒期，一定會的，他是生存者，不然就是生存至上者，隨便怎麼說都好。

他推開「無酒吧」的大門，看到凡杜爾已經坐在某張桌子前等他。

「凡杜拉，妳好嗎？」李歐．委內瑞拉開口打招呼，他想要表現出我的生意一如往常的模樣，財務不佳會讓別人興趣盡失。

「我叫凡杜爾，」她回道，「還有，一切都好，謝謝。李歐你呢？」

李歐走過去，腳步有些輕快，「還過得去，妳也知道還過得去是什麼意思。外頭是個叢林世界，但關鍵就是要想盡辦法撐下去。」

他環顧四周，「這裡是怎麼了？酒吧到處都是洞。桌子還有那個……怎麼了？這裡是有什麼東西爆炸啊？」

「我們出了一點小狀況，」凡杜爾說道，「反正我們本來就打算要稍微整修一下，這樣的破損也不算太糟糕。我們一直就打算換吧檯，而且我們還需要整理天花板，而買新桌子也不是什麼難事……」

「但……但這裡是怎麼了？」

凡杜爾起身，指向她桌旁的那張椅子，說道：「李歐，坐下。」

李歐入座，凡杜爾站起來，走到了吧檯後方，「要不要弄點飲料給你？啤酒怎麼樣？」

「啤酒？」李歐問道，「在這種時候？」

「你是哪時候開始計較喝啤酒的時段？」

「哦，好吧，」李歐說道，「但沒有加東西吧？」

「沒有，」凡杜爾回他，「完全正常的啤酒。你覺得現在市況如此，我會浪費體驗幫你加料？純到不行的啤酒啦，傻蛋。」

李歐耐心等待，等她倒了兩杯滿杯啤酒坐到桌子的另一頭，然後把他的杯子推到他面前。他灌了好幾口。

凡杜爾問道：「所以現在街頭小販的業界狀況如何？」

李歐回她，「妳也知道我們比較喜歡自稱為獨立中間商。」

凡杜爾心不在焉吸了一些啤酒泡沫，「隨便啦。」

李歐嘆氣。這種幾乎像是朋友飲酒談心的氣氛，打開了他的心底話，「世道大不如前，」他說道，「再也沒有新的體驗員，但客戶們總是想要新鮮有趣的事物。雪上加霜的是，現在那些真正的大戶都擁有自己的體驗員。如今一般收入的人也不太買體驗了，妳應該也有差不多感受吧。」

「狀況不好，這一點大家都很清楚，」凡杜爾回道，「有時候我收了單，但卻沒辦法滿足對方的需求，真是讓這地方蒙羞了。」

「嗯，而『無酒吧』依然被視為高檔的地方，有品質保證，畢竟這是沃爾夫的地方，大家記得很清楚，」李歐繼續說道，「大家總是覺得我們沒那麼『正經』，但最近已經到了我覺得自己像是從口袋裡掏出假勞力士手錶兜售的騙子，『嘿，老弟，想不想買一個開羅之旅？』生意越來越難做了。」

凡杜爾舉杯，「敬美好舊時光。」

李歐也舉杯，「敬過去與未來。」

「當然。」

他們互碰杯身，默默喝酒。

終於，李歐放下酒杯，望著凡杜爾。

「妳為什麼要叫我來這裡？」他問道，「一個黃金歲月已經逝去的老頭業務員，到底能幫『無酒吧』什麼忙？」

「老實說吧，」凡杜爾告訴他，「我覺得你可以幫我和『大茲維卡』搭上線。」

李歐雙肩陡然一沉，「拜託，真的假的，」他說道，「不可能。」

「你們以前是好搭檔，」凡杜爾問道，「你跟他都沒有聯絡了嗎？」

「沒有，」李歐回道，「他死了，而且我們早在他死掉之前就因為生意談不攏而分道揚鑣。或者，應該說是他死亡之後，就看妳從什麼角度判斷。」

「我聽不懂。」

李歐嘆氣，又喝了一小口啤酒。

「茲維卡和我合作了六年。妳也知道，我的主力放在旅遊市場，而茲維卡則是與當時開疆闢土，前往難以到達區域的體驗員合作。他擅長的是偏遠之地、極地、南極洲啊之類的地方，也包括了非洲。我自己的主力是經典歐洲與遠東地區體驗，所以在我打算要拓展產品線的時候，我們就開始合作了。

「茲維卡是好人，是那種總是會掛心別人，而且所有細節都會做到超標的人。我說的是會把一切放在心中、一切要做到完美，讓大家都滿意的人。我老是告訴他，『冷靜啊，茲維卡，這樣對你的心臟不好。你有焦慮滿載症的問題，必須天天吃一顆媽的什麼都不鳥的藥，一定要好好休息。』但他就是不肯聽。他人很正派，我還記得我們有次答應為男模經紀公司準備一趟哥斯大黎加的刺激旅程。男模喜歡哥斯大黎加，但是他們不希望把體驗置入酒精之內，而是希望放在麵粉或是糕點糖粉裡面，這樣一來他們就可以在走秀之前吸食一下。總之，長話短說，我們的體驗員暈船，整趟旅程毀了。距離我們交貨只剩下兩個禮拜，茲維卡就自己出任務，搞出一趟令人驚豔的旅程。他讓我試貨，真的是別樹一格。經紀公司很開心，又向我們訂了兩套更刺激的行程。他是可以信賴的人，而且那根本不是他的地盤。」

「真正的朋友，」凡杜爾說道，「以那種方式自我犧牲，直衝荒野。」

「哦，其實他也玩得很開心啦，你知道我的意思。」李歐說完之後聳肩。

「我一直不明白大家為什麼叫他『大茲維卡』，」凡杜爾問道，「他明明個頭很矮小。」

「他父親離婚之後，娶了另一名女子，她有個兒子也叫茲維卡，」李歐說道，「但因為他年紀比較大，所以他們叫他『大茲維卡』，另一個是『小茲維卡』。此外，他們也有姊妹同名，『大伊娃』與『小伊娃』，那個家族之中有許多奇怪巧合。」

凡杜爾問道：「你們為什麼分道揚鑣？」

「他死了，」李歐說道，「而且那時候他已經決定要退出旅遊業。」

凡杜爾瞇眼盯著他，終於開口，「什麼意思？」

「如果我沒記錯的話，他跑去剛果，接下什麼戰爭旅遊之類的任務，」李歐說道，「我長話短說，當他忙著執行委託細節的時候，某個游擊隊的人攻擊他們，我不知道他們到底是什麼叛軍，我並沒有一直注意那些非洲叛亂團體的名稱，妳也知道，他們一直換名字。他們遭受攻擊時到底是否知道對方是誰？我連這一點也不確定。但反正有顆子彈射進茲維卡的脖子，嚴重失血，他們在荒郊野外努力穩定他的傷勢，但是在送醫的途中死了，死了六分鐘。」

「六分鐘？」

「對，臨床死亡了六分鐘之久，心臟不跳了啊什麼的。其實他真的算掛了，但所幸他們把他送進了某間擁有較現代化設備的村落診所。他們給他電擊之類的治療，他起死回生。而他出院之後，有了完整的瀕死體驗。某種白色燦光，隧道，寧和的感覺，深刻的愛。反正，他看到了他媽的靈光。他從剛果回來之後，成了完全不一樣的人，對於生命抱持的是一種截然不同的深刻觀點。」

「所以他退出了體驗市場？」

「啊？沒有。他開始販售他的瀕死經驗。旅行套裝行程稀鬆平常，但瀕死的經驗？垂死又復生？從來沒有人有過這種經驗。他獨樹一格，想要『散播靈光』，而那道光正好也能讓他輕鬆賺大錢。」

凡杜爾回道：「明白了。」

「哦不可能，我覺得妳不懂，」李歐說道，「我們說的是千百萬的數字。大家都想要找尋某種能夠帶來生命意義的啟示，渴望得不得了，真的，但沒有人會要為其一死，老實說，連努力一下也不想啦。所以茲維卡回來賣這種東西，一開始在以色列，然後是歐洲，接下來是美國。這傢伙的瀕死經驗超級暢銷，每個人都想要見識靈光，感受那種寧和。而且，他是唯一的供應商，沒有人想要冒生命危險創造這種體驗。最後，他去了美國創業。」

「成功了嗎？」

「說成功還算是客氣了。他賺進的錢是千百萬美金，建立網站，在網路上販賣，放在威士忌、橘子汁，還有阿斯匹靈裡面。大家只要吞一顆泰諾就可以看到靈光，真是瘋了。不過，他實在太志得意滿了，看到靈光應該是很私密的事，我提醒他了。沒有，他完全不理我，根本不聽。他開始亂花錢，賭博呀嫖妓什麼都有。我說不論你看到了多少的靈光，我們每一個人最後還是變得唯利是圖。反正，對於一個得到靈光現示的人而言，說他吸食了大量古柯鹼完全不誇張，哦，而且他也在同一個網站販賣吸食古柯鹼的體驗，使用的是另一個標頭，這麼說吧，真的是，完全超現實。」

「他現在人呢？」

李歐伸出食指，在啤酒杯的杯身滑了一下，「死了，又死了一次，用藥過度。但這次就沒有死而復生，也沒辦法靠第二次的死亡賺進任何一毛錢。」

「太可惜了，」凡杜爾說道，「我本想要找他談一談。」

「關於什麼？」

「我們見過一次面，他說他認識那個博物館男子。」

李歐．委內瑞拉跟著複述，「那個博物館男子啊……」

「對，你知道那個早自以色列建國之初，就開始收藏許多重要體驗品項的博物館地窖？反止，茲維卡認識博物館館長，有鑰匙的那個人。」

「那個紅髮男？」

凡杜爾回道：「我不知道，我們沒討論過他的髮色。」

李歐挑眉，「你幹嘛要找那個博物館男子？」

「沒什麼特別的……」凡杜爾說道，「這樣說吧，我有些東西想放在那裡，那應該算是儲藏記憶最安全的地方了吧。」

「妳想要儲藏什麼？」

「某些東西。」

「某些東西？」

「應該說有一堆東西。」

李歐整個人往椅背一靠，「要是我告訴妳，我有這位館長的電話呢？」

凡杜爾也做出相同動作，「那麼我就真的是興趣滿滿了。」

他們打量彼此，開始討價還價。

「茲維卡前往美國之前，把各式各樣的電話號碼都交給了我。」李歐說道，「那個博物館男子就是我首批聯絡的人士之一，我一直慫恿，看看他是不是能把哪個珍藏的體驗賣給我，完全沒用，這個人超正直。」

「真是令人感佩又難得一見。」

「的確，要找到適當的人守護這些東西，相當重要，」李歐點點頭，「我和他聊了兩三次，我們必須要跟那樣的人保持緊密關係。但我從來不知道他的名字，只有電話號碼而已，此人非常神秘。」

他們沉默了好幾秒之久。

「你自己也很清楚吧，」凡杜爾若有所思，「要是我沒記錯的話，你在我們這裡賒了不少帳。」

「真的嗎？」

「其實，不只是幾瓶而已，總共有二十五瓶。」

「妳說什麼？我真的不記得。」

「真的嗎？因為我記得，其實是記得很清楚。十瓶威士忌、兩瓶龍舌蘭，還有十三瓶白蘭地。」

李歐回道：「哦，經妳這麼一說，似乎是有這檔子事。」

「你知道那些白蘭地價值多少嗎？你知道你總共欠了我們多少錢？」

「聽起來很可觀，」李歐語氣溫柔，「但我會全部還給你。」

「你還不了，這一點我們都心知肚明，」凡杜爾說道，「要不是因為我今天打電話給你，暗示你今天來這裡可以拿到一點好處的話，你一定是維持老習慣，遠離『無酒吧』方圓一百公尺之內的街道。不過，我有一筆生意要給你。」

「什麼樣的生意？」

「你欠的債可以一筆勾銷，你去找這個博物館男子，讓我在地窖，也就是那個庫房存放一些酒瓶。」

李歐發現機會來了，「看來妳是真的得把妳的存貨放在那裡是吧？」

「我不放那裡也不成問題，但要是能儲藏在安全的地方會比較妥當。我需要速戰速決，就是今天。」

「我們現在討論的是什麼樣的貨？」

「我無權透露。」

「不然這樣吧？我幫妳保管？我在市中心有些不錯的儲藏地點。」

「不，我要博物館底下的那個地窖。」

李歐側頭，陷入沉思。

「我想我應該可以動用一點關係搞定。」

凡杜爾問道：「你怎麼這麼有把握？」

「他……他欠我一個人情，我呢，」李歐說道，「算是幫他牽過線，讓他可以跟某個他煞了很久的女子約會，我應該可以找他談一談。」

「今天嗎？」

「今天。」

「太好了。」

「不過，我覺得光是把債務一筆勾銷還不夠，」李歐．委內瑞拉說道，「我還需要一點小小的酬勞。」

「你開什麼玩笑啊？」

「我需要高級體驗，有市場需求、可以讓我重返戰場的那一種。」

「你知道我幫你勾銷的那二十五瓶酒是多大的一筆債？」

「話雖如此，但恐怕我還是得堅持多要一點甜頭，」李歐舔了舔嘴唇，「就當作是一種示好的舉動吧，怎麼樣？」

凡杜爾拿起她的啤酒杯，盯著剩下的酒，然後一口氣灌入喉底。

她把酒杯重重擱在桌面，然後雙手交疊，若有所思，目光直透委內瑞拉。

她終於開口，「就給你一瓶。」

「但必須是好貨，」李歐說道，「上等品。」

「沒有問題。」

「我要的是一種清透的體驗，密封的酒瓶，從來沒有使用過。最好是某趟旅程，特殊的體驗，能夠稍稍震撼市場，引發一點騷動。」

「一定會讓你滿意，別擔心，」凡杜爾說道，「你一定會滿意得不得了，在這裡等我。」

23

班恩與歐絲娜特在層架之間緩緩走動，目光不斷搜尋標籤。

這是班恩巡的第五次，歐絲娜特的第三次。

原來放在那張書桌上的那本厚冊子一點用處也沒有。前四頁是草草寫下關於層架分類的零落資訊。但顯然沃爾夫不知道是在什麼時候放棄製作目錄。他完全停筆，而且留下的那些資料與真實庫藏幾乎毫無關聯，他們必須在這裡仔細檢查每一個酒瓶，逐一檢視。

凡杜爾曾經說過，也許是有史蒂芬先前所提到的那種雞尾酒，但也可能沒有。不過，要是真的存在的話，絕對不能讓它們落入惡人之手。他們必須要找出來，藏好，因為這地方再也不安全了。

班恩一直盯著低層架的那幾個鐵盒。

一共有八個盒子，大小各異，每一個盒子上面都寫了L.V.B這幾個字母。他打開了其中某個盒子的栓蓋，探望裡頭。有一層橘色細粉，盒蓋邊緣還卡了一些顆粒。班恩伸出手指，抹了一下盒緣，望著沾在指腹上的那三顆橘色粉粒，盯了數秒之久。

他掙扎了幾秒，還是伸舌舔了一下手指。過了幾秒之後，他知道那是什麼了。他關上盒蓋，發現邊緣有一個小貼紙，「一八二四年五月」，對，很合理。雖然是高樓層座位，但絕對是第九號交響曲沒錯。首演，搭配首演的指揮……他把盒子放回原位。顯然這些盒子裡含有的都是某場表演的現場體驗。

二十四小時之前的班恩絕對不敢品嚐那些粉末。而且，二十四小時之前的班恩應該是怯生生伸出指尖拿起盒子，而不是以雙手捧住。現在的班恩呼吸比較從容，就像這樣，背脊可以挺得直直的。他覺得整個世界——景象、聲音——都變得更加鮮明。他心想，原來我們可以這麼快就習慣驕傲挺直胸膛，無畏直視眼前的一切。

歐絲娜特的手指劃過面前五彩繽紛的各色瓶身，「我必須老實說，你先前的表現讓我嚇了一跳。」

「對，我自己也嚇了一跳。」

歐絲娜特問道：「嗯，你自己也覺得不一樣嗎？」

班恩想了好幾秒，揚起目光，透過層架那一排排體驗酒瓶的空隙，他看到她正望著他。

「是啊。」他終於開口，自顧自微笑。

他所歷經的一切，還有他所體驗的一切——讓他的概念變得更加明確。突然之間，那些不斷參加比賽越挫越勇的狂人不再是老掉牙的故事，為什麼要一直害怕犯錯？他現在也吸納了許多的錯誤，它們是必經之路。

也許是因為幻想，危險的幻想讓他看輕了行動，迴避行事，不願意面對在邁向成功的路途中會遇到的千次錯誤。那樣的幻想所呈現給他的是許多的妄想與根本無法達到的劇本，它會讓贏得樂透看起來像是唾手可得的事，讓他白天在街上注意的女子進入他的夜夢，點燃他內蓄的熱情與愛戀。那樣的幻想造成他不斷歷經錯誤，一再循環，刺激他想出那些會逼所有嘲笑他的人閉嘴的一招斃命金句，以及當他愣在當下、不知該如何反應、不做反應或呈現真正反應而將就面對時所展現出的荒謬浮誇姿態。

那種幻想會溫柔哄他入睡，所以他不會一早醒來的時候因為浪費生命而驚恐不已——別怕，我在這裡，我會好好照顧你，只要有我在你身邊，你就會一輩子覺得一切安好……

他曾經一度認為，悲劇的根源在於我們的一生是單一的故事，單一的劇本。不過，只有當我們拒絕在那樣的天命之前謙卑低頭的時候，那才是悲劇。

他的內心有某個角色成形了，這麼多年以來，他一直在等待一切開始的那一刻，生命會變得「真切」的那一刻。他曾經覺得一切只是某種預備，某種基礎的架設，對於真實事物的期盼。突然之間，那樣的期待爆發了，因為他現在的所作所為都含有某種明確的「現存感」。

凡杜爾一邊下樓，一邊抱怨，「好，現在呢，他要求回報，這個小混蛋……」

歐絲娜特的聲音從櫃架深處傳來，「誰啊？」

「李歐，我告訴過妳的那個男人，」凡杜爾回她，「他在樓上等我，我告訴他我會給他一瓶讓他心服口服的東西。」

「什麼樣的體驗？」班恩問道，「我在這條走道發現了幾個很有趣的東西。」

凡杜爾跟著他走進去，「這傢伙喜歡旅行，」她問道，「有沒有看到什麼不錯的異國之旅？」

「有啊，就在上面。」班恩走到了那條走道的最前面，望著上方的層架。「哦在這裡，」終於，他伸手指了一下，「這一整層都是。只要是妳看中意的，隨便妳挑吧。」

凡杜爾瞄了一下，都是體積比較大的球根狀酒瓶，裡面是暗色液體，「幾乎都是『平塔號』與『女孩號』❺的體驗，」她說道，「但我覺得真正會讓他動心的是『聖母號』，我們有三瓶，拿一瓶下來給我。」

班恩伸長手臂，從層架拿了其中一瓶下來，凡杜爾接過去，「你現在看起來真的好多了，」她大讚，「我是說你的姿勢，一舉一動看起來更篤實。對了，你有沒有發現什麼？」

「什麼都沒有，」歐絲娜特說道，「妳確定真有那樣的雞尾酒嗎？沃爾夫曾經在什麼時候提過那個嗎？」

凡杜爾站在入口，轉身準備離開，「沒有，」她說道，「他從來沒提過，但他也從來沒講過他醞釀了一堆計畫，因為妳看看，他根本從來沒提過有這個地方。」她大手一揮，指向那個擺滿層架的房間之後就閃人了。

歐絲娜特說道：「你知道嗎？我覺得我們找這東西是好是壞很難說。」

班恩問道：「為什麼？」

「我們只是在為史蒂芬工作而已，」她說道，「截至目前為止，沒有人知道雞尾酒在哪裡，

❺哥倫布航行美洲大陸的探險船名稱。

甚至就連是否存在也不知道，就連他也不清楚。要是我們真的找到了，他大可以從我們這裡直接攔截。」

「如果我們能夠把它們先送到博物館，那麼他就無法得逞。」

「但幹嘛要找啊？如果他想要就自己找啊。」

「我覺得，輪到他自己找的時候，就表示我們已經被他滅口了，」班恩說道，「這可不太妙。」

「現在你已經有了一身絕學體驗，我就不是那麼擔心他了。」歐絲娜特揮舞雙手，微笑，做出假裝噁心的表情。

班恩透過酒瓶之間的隙縫與她四目相接，「這種一身絕學體驗也告訴我，必須要小心過度自滿。」

在某個櫃架的深處，班恩看到了某個罐子，上頭的標籤不是很清楚。

他伸手進去，小心翼翼取出來，是個蜂蜜罐，瓶身貼有簡單的白色標籤，寫有「三百八十七號實驗品。」

真的，看來有希望了……

他打開瓶蓋，盯著裡面，蜂蜜已經結晶，但他知道只需要加熱就可以繼續食用。瓶口邊緣依然有閃閃發亮的糖，他小心翼翼伸出食指抹乾淨，然後又挖了一點粒狀的陳年蜂蜜。把那種東西放入嘴巴是明智之舉嗎？

他聳肩，還是舔了舔手指。等到他關好瓶口把它放回原處之後，記憶開始涓滴流入腦中。宛若薄紗的記憶緩緩落定，有人把頭靠在他肩上，背景傳來英國口音的人在悠緩歌唱。他看到的照片很模糊，宛若從樹頭濃密枝椏流瀉的傍晚光線，記憶中有隻形體模糊的小鳥在枝頭跳躍。無論他多麼專注，能看到的最多就是如此。那段記憶散發出某種悠閒優雅的感受，空氣中瀰漫巧克力的香氣。好，到此為止。

他們可能得這樣持續進行好幾個小時，好幾天，而且依然找不到他們要找的答案。搞不好雞尾酒早已被刻意亂貼標籤，以防被別人找到。

「好，這樣下去是行不通的。」班恩邁步離開層架區，走向入口的那張書桌。《未來生活指南》正在桌面等著他，在閃動的天花板燈管的照映之下，它的封面閃閃發光。

歐絲娜特問道：「你打算怎麼辦？」

「先看一下吧。」班恩拿起了那本書，翻開，開始閱讀。

兩分鐘過後，他闔上書，把它放在桌上。

歐絲娜特問道：「現在呢？」

班恩回道：「N排二十二區。」

「太好了！」歐絲娜特瞳孔擴張，拿起了那本書，看著它，又望向班恩，然後目光又回到那本書，把它放下之後，微笑說道：「真的是太好了！」

她朝那條步道走去，但卻被班恩攔下來，「我們得先找到鑰匙。」

「你們真應該看看他的表情，」凡杜爾回到儲藏室的時候，大聲嚷嚷，「我差點以為他會心臟病發。他才喝了兩滴，馬上就因為興奮感而眼眶泛淚。」

歐絲娜特問道：「他給妳電話號碼了嗎？」

「當然，」凡杜爾回道，「他當場就打給對方。他塞好瓶口，拿出電話撥過去。我們約好了，午夜與他在博物館見面，他會在裡頭，等我們按下對講機之後就會開門。」

歐絲娜特說道：「距離午夜沒剩下多少時間了。」

「沒錯，」凡杜爾回她，「所以你們怎麼還待在這裡？不是應該要趕緊找尋我們需要的東西嗎？」

歐絲娜特說道：「班恩翻了那本書。」

「啊，所以你們有答案了，」凡杜爾說道，「然後呢……？」

「N排二十二區，」班恩說道，「不過我們得要先找到放在這個小櫃子的鑰匙。」

他走到那個小櫃子前面，彎身，打開門。

歐絲娜特與凡杜爾也立刻拉長脖子。

裡面有許多貌似指甲油的小瓶子，像是訓練有素的士兵一樣，排放在三層櫃架上頭。

凡杜爾驚呼，「試酒瓶！」

班恩與歐絲娜特異口同聲，「什麼？」

凡杜爾趕緊繞過桌子，彎身。

「當課程即將結束的時候，沃爾夫已經教會學員要如何萃取自身經驗，放入液體或固體之中，」凡杜爾解釋，「他們必須要接受期末考，尤其得要把自己上課的體驗進行濃縮，置入這些小瓶子當中，我沒想到他居然都留了下來。」

歐絲娜特驚嘆，「哇，好奇妙的自我指涉。」

「所以，如果我沒聽錯的話，」班恩問道，「也沒有真正的理由需要教授這樣的課程，只需要喝下其中一瓶酒，就懂得要怎麼處理了，是嗎？」

「對，」凡杜爾若有所思，「的確如此。我有次也對他講出那種話。但我以為他喜歡訓練大家，喜歡與眾人互動。『每一個人都有些許不同，』他有次曾經這麼告訴我，『這樣一定是比較妥當，盡可能親自關注每一名學生。』製造一個大家都能立刻上手的體驗，可能是效率高的途徑，不過，沃爾夫要是想要充實體驗的時候，未必會把效率放在第一位，我這裡所說的是他自己的體驗。」

歐絲娜特依然斜靠在書桌旁，「所以他把所有學生的樣本都放在這裡？」

「沒錯，看起來是這樣，」凡杜爾拿起了好幾個瓶子，在手中把玩，「搞不好我認識裡面的人。」

班恩東撈西撈，終於拿出一個紫色小狗形狀吊飾的鑰匙圈，「鑰匙在這裡。」

他挺直身體，態度決然，面朝走道的方向。

歐絲娜特與凡杜爾趕緊跟過去。

他們默默往前走，班恩開口，「N排到了！」然後，他轉進走道。

「……四……十二……十五……」

班恩宣布，「二十二區。」

他們停下腳步，望著眼前的櫃架。

最上方的那三層櫃子被兩道看起來厚實的大門所封住，門框還有精細的花紋，而兩道門之間扣有一個沉重的金屬鎖。

在木門的右下角，有一張白色小貼紙，畫的是一個小骷髏頭。

歐絲娜特問道：「這不是好兆頭吧？」

班恩掏出那串鑰匙鍊，隨便試了其中一把鑰匙，沒辦法開鎖。他拔出來，轉動手中的鑰匙鍊，改試下一把。他心底突然大驚，現在，站在櫃子前面的人正是他，而凡杜爾與歐絲娜特則站在他後頭，他現在是領頭羊。

第二把也沒辦法轉動。

第三把鑰匙根本塞不進鎖孔。

班恩低聲自言自語，「拜託，拜託啊。」

第四把鑰匙直接就進去了，班恩轉了一下，門鎖啪一聲開了。

然後，他回頭望向歐絲娜特與凡杜爾，朝她們的方向微微點頭，凡杜爾也頷首示意。

他把雙手貼住櫃門，大方打開。

他們一開始的那五秒鐘很安靜，盯著那些酒瓶與寫得鉅細靡遺的標籤，偶爾還會把鼻子湊過去，進一步仔細端詳。

歐絲娜特終於開口，「哇……」

凡杜爾低聲感嘆，「哎喲喂呀……」

班恩說道：「太—好—了。」

24

李歐開燈的一剎那，立刻就發現不對勁。

他的確有各式各樣的債務纏身，但還沒有到必須拔插頭省電的地步。他靜靜站在原處好幾秒，等待雙眼適應黑暗環境。凡杜爾給他的酒袋（裡面的那瓶酒會讓每一個人驚嘆得講不出話）放在地板上，而家具與客廳物品的輪廓也慢慢開始浮現，但這真的不像是他的住所，有人動過了。

沒有被翻得亂七八糟，這不是闖空門，他以前被偷過。有人動過他家，然後關掉了電源。鋼琴本來應該在客廳的另一頭，而電視現在被擱在地面，牆上的三幅照片位置也不一樣。

他的沙發被放在角落，面對著客廳正中央。

有人坐在那裡，在一片漆黑之中，那顆頭的幽影格外醒目。

「你是誰？」李歐語氣平靜，他已經開始握緊雙手。

對方低聲問道：「委內瑞拉，你好嗎？」李歐聽到聲音就知道對方是誰了。

「你想要什麼？」他驚覺自己的聲音露餡，居然在微微發抖。

「沒什麼，你也知道是怎樣啊，」坐在沙發上的陌生人說道，「一日結束，回家，只是很想知道你今天過得怎麼樣。」

李歐說道：「極其稀鬆平常的一天。」

「真的嗎？」那個黑影人說道，「謠傳你過了很有意思的一天，他們說你在『無酒吧』待了非—常—久。」

李歐不發一語。酒瓶？他要的就是那個嗎？酒瓶？

「委內瑞拉，謠傳是非常可怕的事，」這個客人依然沒有露臉，但他的身分已經昭然若揭，「比方說，江湖有人謠傳你跑去內坦亞的海邊散步，然後將記憶予以稀釋之後，當成摩納哥海濱的體驗出售。」

李歐回道：「鬼扯。」

「當然是鬼扯。不過，要是你胡搞那些法式體驗，我還是看得出門道。」

李歐再次問道：「你想要什麼？」

「沒什麼，純粹好奇而已，」黑影人的語氣令人心生不祥之感，「我把我的一天告訴你，你把你的一天講給我聽，這就是營造良好夥伴關係的方式，你說對吧？」

李歐努力平緩自己的呼吸節奏。

黑影人語氣輕柔，「不過，親愛的，你先來。」

李歐轉身，奔向後頭的房間，要是速度夠快的話，他有機會從後窗逃走。走道入口有條細電線，突然抽緊，他在一片漆黑中摔倒，跌了個狗吃屎。

他這一摔，還來不及恢復過來，卻已經發覺有人把他拉到空中。他發覺自己在旋身，雙腿與頭部都撞到了牆面，背脊一陣劇痛。他根本不知道扭住他的那雙手是哪裡冒出來的，想要掙脫更是不可能了。他想要移動雙腿，卻發現只能在空中亂踢，不斷碰撞走道牆面。

「我建議你現在不要輕舉妄動。」那聲音好近，輕聲細語，幾乎貼觸在他的耳腔，他的皮膚已經感受到對方的吐納。

「你現在遇到的狀況，」對方說道，「也就是所謂的『猶豫劊子手』，要不要聽我解說一下？」

李歐沒有餘力多想，他的背部劇痛以及無助感已經麻痺了他。

「好，那我就說了，」那男人依然把他揪在空中，「這是一種大家不熟悉的鎖肩術，現在這種狀況，扮演劊子手角色的人是我，遲疑的那一個。如今你掛在半空中的狀況有點複雜，你也看得出來，現在，我抓住你的這種方式，給了我兩種簡單的力道選擇。其一是你脖子被扭歪的程度呢，這樣說吧，已經有八成的機率會讓你脖子斷掉。我只需要再施加一點力量，就可以讓你的脖子像竹子一樣應聲斷裂。好，我就多使一點力道示範，讓你體會這是怎麼一回事。」

李歐哀哀叫，他覺得自己的臉明明只是稍微轉動了一點，但彷彿頭部快要斷掉了一樣。

陌生人問道：「有沒有感覺？」

李歐現在沒辦法講話，就連呼吸都很痛苦。

「要是願意乖乖聽話，就用舌頭發出嘖嘖聲吧。」

李歐．委內瑞拉恐慌襲身，好不容易用舌頭發出了幾次聲響，他的受迫力道也稍微減輕了一點。

「很好，」攻擊者說道，「現在，是另外一個選擇，我控制你手臂的這種方式呢，可以讓我只要使出最小的施壓力道，就能讓你感受到巨大痛苦。哦，就像這樣。」

李歐尖叫，那種痛楚真叫人受不了，對方放鬆。

「真是不可思議，是吧？」對方問道，「而且，我幾乎還沒有任何動作。只要我一出手，你就會自言自語，『哦，只是關節有點痛』，不過，只要再多個半毫米，它的痛就會奔向四面八方，你將會覺得整隻手臂十分火燙。而且我還沒有開始使力！很不可思議，對嗎？」

凡杜爾到底害他沾惹了什麼麻煩？他們那裡究竟有什麼重要的東西？讓這個瘋子來追殺他？

「好，如果你是訓練有素的戰士，一定知道至少有三種方式可以擺脫『猶豫劊子手』，」襲擊者說道，「但你沒有受過訓練，就算你知道這些方式，但在這麼狹小的走廊中，也會出問題，你的雙腳根本沒有什麼地方伸展。所以我必須要警告你，只要你企圖掙脫，幾乎就等於是要逼我做出二擇一的決定。聽清楚了沒有？」

李歐氣喘吁吁，他閉上雙眼，努力安靜吐氣，「好。」

「太好了，現在我們從頭開始，妥善處理。好，你今天怎麼樣？」襲擊者問完之後，又補了一句，「拜託，簡潔一點，我記得我半小時之後要與我老闆見面。等等，讓我確定一下。」他稍微轉動手腕看錶，李歐痛苦尖叫。

「哦，抱歉，我一定是忘了我還抓著你，」陌生人說道，「不過，對，我們只剩下半小時。」

25

最後，他提早兩分鐘到達。這一次，四號男是站在門外。史蒂芬耐心等待四號男從迷你耳機接受許可指令，開門，然後他朝對方客套點點頭，走入了家庭劇院。

他的老闆沒有任何朋友，最多就是一些除非為了奪下全世界所有財產才會來此的前妻、也許某個在華爾街玩股票的兒子、某個拿老爸的信用卡在倫敦推出自己服裝品牌的女兒。不過，他並沒有任何可以促膝暢聊人生的對象，他也不覺得自己需要這樣的對象，人際互動不是這位老闆偏好的舉動模式。

不過，在這間面積大得令人失笑的豪宅裡面，他卻覺得得要挑間廳室弄個可容納五十人的家庭劇院。顯然除了主人（以及清潔工之外），不會有任何人踏入這裡。但這裡還是有間完整的家庭劇院，而且，也不知道為什麼，豪宅主人似乎認為這十分符合情理。

他老闆坐在第二排，大腿上放了個托盤，裡面是氣味濃烈的漢堡。腳邊還有一大桶爆米花，顯然是要等一下食用。

他旁邊的座位放了一個小型遙控器，史蒂芬進去的時候，他把它拿起來，按了一下，銀幕上的那部電影立刻停止。史蒂芬步入劇院，他的頭部黑影也照映在銀幕。

「電影很好看，」老闆說完之後，還舔了一下漢堡邊緣的汁液。「這是我第三次看這部電影，打從一開始就讓人目不轉睛，金凱瑞哭得跟個小女生一樣，實在太不尋常了，會讓你覺得一定得追下去，搞清楚到底是發生了什麼事。」

史蒂芬接腔，「嗯……」與他見面的這個男人不想要與人交談，只想聽到對方附和。

老闆問道：「有沒有把那瓶梅洛帶過來？」

「有的。」史蒂芬走過去，把酒瓶放在爆米花桶的旁邊。

「很好，」大啖漢堡的那男人說道，「我沒有其他吩咐了。」

史蒂芬退回到原來的位置。

「其實，」他開口，「我倒是有個小小的提議。」

坐在第二排那男人的右眉微微挑動了一下，史蒂芬認為這是對方授權他繼續講下去的意思。

「我注意到某條線報，」他說道，「有關超大數量珍貴藏品的線報，想必您一定很有興趣。」

「你也很清楚，至少就我們目前的合作關係而言，我只對某種類型的品項有興趣。」

「我所說的正好就是那種品項。」

漢堡被放到了餐盤，餐盤也隨即被擱到地上。

那男人瞇眼盯著他，雙手交疊胸前，往椅背一靠。

「那數量是多少？」

「非常多。」

「比我的藏品間還多？」

「超過你的藏品間，」史蒂芬說道，「而且不只是飲品而已。」

「嗯。」

「而且不只是當代。」

「好，」他沉吟了一會兒，「這條線報可靠嗎？」

「非常可靠，」史蒂芬說道，「我進去過，見識了它的規模。我們所說的是海姆．沃爾夫生前所一手打造的檔案庫，我初估應該有數千件。」

「你是要讓我在根本不知內含什麼的狀況下買下數千件品項？」

「不是。」

「所以你的提議到底是什麼？」

史蒂芬往前一步，「我需要一些人手。受過精心訓練的人。我要拿下那個地方，讓其他知情者出局，然後把所有的品項移往有警衛駐守的倉庫。」

「然後呢？」

「我們把一切編冊，然後五五分帳。」

「你要拿那些品項做什麼？」

「市場對一切都有需求，」史蒂芬說道，「但由你先挑，你先選一半，我再拿剩下的那一半。」

坐在那裡的男人把手伸進爆米花桶，抓了一大把塞入口中。

他仔細思考了一會兒，史蒂芬靜靜等待。

「你需要多少人手？」

史蒂芬回他，「六個。」

「要這麼多？」

「我需要確保萬無一失，」史蒂芬說道，「而且我要的人是很清楚自己在做什麼，接受過專業訓練，不要只是肌肉男。」

「你看不起我的手下？嗯？」

「有些還不錯，有些就差了一點。」

對方又抓了一把爆米花，繼續開始細嚼慢嚥，史蒂芬耐心等待。

「不要，」老闆終於做出決定，「我放棄。」

「也許你會想要重新考慮一下，」史蒂芬說道，「我們在說的是極為特殊的過往體驗。沃爾夫收集得相當完整，很可能——」

「我說不要。」

「我可以給你幾個樣品，這樣一來你就可以知道我們在討論的是什麼。」

「我都說『不要』了，你是哪裡聽不懂？」老闆問道，「我不需要，這很煩，是一種不必要的投資。我也不想要提供人手幫你取得自立門戶所需的創業資本，就此再也不替我工作，這根本不合邏輯。我要你完全聽我的指令，我很清楚你到底想幹什麼。

「好，當我變得偉大、有名、有錢、成功，這並不會讓我產生『哇我真是厲害』的感受，這只會讓世界的其他部分變得似乎渺小、普通、更顯俗氣。原本讓我仰望、高不可攀、似乎比真實身材更為偉岸的那些人，縮成了正常人，就像是我中學時的那個痘痘臉朋友一樣。還有，我終於恍然大悟，自己夢想多時的異國之地並不會比較令人振奮，它就和其他地方一樣，而且也位於同一個他媽的太陽之下，而且我幻想自己的改變世界之舉一路暢行無阻，從來沒有發生——這條實踐之路就跟其他路徑一樣，路面佈滿了同樣的小坑疤。一切都令人失望，純粹就是因為它依然『普通』。

「過了一陣子之後，我失去了表達驚嘆、感受新奇事物的能力。我什麼都知道了，稀鬆平常。就在這個時候，你出現了，我開始逐一收集自己的體驗，我並沒有把它們放在倉庫裡。而是仔細品嚐，浸淫在它們所帶來的歡喜之中，我仔細保藏，讓我想要重溫感動時可以使用。你知道萬一突然之間，數百個這樣的東西將我吞沒的話，會發生什麼事嗎？我會上癮，我會坐在那裡，盯著牆壁一整天，就像是殭屍一樣。體驗將會駕馭我，而不是由我自己去駕馭那些體驗。就我看來，你的提議糟到不行——我失去了一名員工，而且被拖進了失去自制的陷阱之中。我擁有許多，但這並非表示我不明瞭均衡的重要性。答案是，不要。」

史蒂芬站在那裡，完全動也不動。他從來沒有聽過老闆一次對他講這麼多話。也許他高估了眼前這男人的欲望與貪婪。

他的計畫碰了釘子，底盤被撞凹了，他可以在不靠雞尾酒的狀態下完成目標，但是他不想放棄。過去這些年來，是一連串行動的不斷累積，通往目標的向上階梯。他現在的位置不過在中點而已，依然每隔幾個月就會更新計畫，但是方向很清楚。他每一次出任務所獲得的體驗，也讓他自己得到了調校，對象不只是他的老闆而已。他已經學到了要如何運用簡單的操弄方式，讓他接近權力核心。他不斷出手殺死其他的體驗員，這樣一來，他就會成為他這種等級的唯一之人，地位維持不墜，唯一知道要如何把自己的意旨移植到他人心中的人。全世界的每一個政客與有錢人都會爬向他的門口，請求他——唯一的供貨者——提供能夠超越其他人的利器。然後，他會決定處方，要賣給誰，慢慢形塑他們，以他的自我意志編織出一張控制的網。最後，他會擁有他們，而不是被他們所擁有。雞尾酒將可以給他巨大推力，衝向正確的方向——向他透露手指虎鐵律的學問、解決烏合之眾的能力，讓他可以跳脫被雇用的體驗員低微位置，一躍進入權力殿堂的核心，到達他可以隨心所欲的那種巔峰。如果靠著雞尾酒內含諸多經驗的協助，能夠讓他成為權力之王，那麼又何需當一個「夠強」的人？

老闆說道：「你現在可以離開了，我需要你的時候會再找你。」

他必須另闢蹊徑，沒拿到想到手的東西，他不能就這麼離開。

史蒂芬語氣平靜，「還有一件事。」

「別浪費我的時間。」

「你熟悉柏拉圖的教育哲學嗎？」

「我要把電影看完，你妨礙到我了。」

越來越危險了，他繼續說下去。

史蒂芬滔滔不絕，「根據柏拉圖的說法，我們其實並不會從外界學習到任何新的事物。永恆的靈魂知道一切，而一點一滴的學習過程其實只是重新回憶我們心中的某個區塊而已。」

「年輕人，你已經逾越分際了。」

史蒂芬說道：「我當初在海姆．沃爾夫身邊學習的時候，他曾經和我討論過幾個概念。」史蒂芬滔滔不絕，「我們一直在熱烈討論，遺忘的記憶不只是概念與學習而已，我們的所有遭遇都是被遺忘的記憶。因此，體驗其實只是一種將記憶從『無法想起』轉移到『想起』的空間而已。」

老闆懶洋洋回他，「你在說的是決定論。」

「不，不，」史蒂芬說道，「根據沃爾夫的說法，我們的記憶路徑不會只有一種。我們的所有可能性其實是根植於內心中的各種記憶，而且我們會選擇自己期盼的記憶路徑。『似曾相識』只是一種從『無法想起』區域『滲漏而出』進入『一般』區域的記憶而已。我們看待生命的時候，會受限於第四象限，也就是時間之象限。但要是有人觀照自身時能夠超越這種限制——超越了下一個象限——他就可以看到記憶的所有進程，如此一來，我們已經記得的部分，以及還沒有想起的部分之間就沒有任何差別了。」

老闆拿起遙控器，對準銀幕，「你要是再繼續廢話，我就叫手下把你攆出去。」

史蒂芬說道：「海姆．沃爾夫調製了一種含有未來記憶的飲品。」

老闆望著他，放下了遙控器，「你剛說的『未來記憶』是什麼意思？」

「完全就是字面的意思，」史蒂芬說道，「喝下它，就會想到自己未來發生的某項體驗。」

「而你發現的那間倉庫有那種體驗？」

「對。」

「你說的是預言自己的未來。」

史蒂芬回他，「預言就是顛倒的記憶。」

「你說的是一種可以……」

「幫助記憶從『尚未想起』區域釋放到『現在已經想起』區域的飲品。這並不是記憶儲藏技術的變化版，而是一種截然不同的過程，獨立的技術，可以打開你內心的某個部分，讓你進入那個封閉的空間。」

「你在唬爛，」他老闆站起來，「根本不會有那種事，怎麼可能？」

「我的建議如下，」史蒂芬說道，「可以通達未來體驗的那些酒瓶是你的，那間倉庫裡的其他東西都歸我。」

他們站在那裡，打量彼此。

史蒂芬很明白，而且他也知道自己面前的這個男人心裡有數，兩人絕對不可能回到先前的雇傭關係，他們是競爭對手。這是一種挑戰，隱藏在某項商業提案裡的某一求援項目之中。他已經亮出了比任何體驗都更吸引人的選項，這是最後的釣餌。

但話說回來，如果答案是否定的，他可能沒有辦法活著離開這間廳室。他已經梭哈了，而他面前的這個男人，很可能會殺了他，想要以自己的方式、好整以暇獨拿一切。

「我給你三個人，給我帶回一個未來記憶，當成證據，」他老闆說道，「等到我喝下未來記憶，確定裡面確實含有你所說的東西，那麼剩下的就全部給你。」

史蒂芬伸手，「那就說定了。」

老闆悶哼一聲，整個人又坐回去，「我不跟人家握手。」

史蒂芬把手縮回去，貼在身側。

「如果是這樣的話，」他說道，「請容我送您這份禮物吧。」

他從內裡口袋取出一只紅色小瓶，放在那瓶梅洛的旁邊。

老闆的目光透過爆米花盒子的上緣打量那個瓶子，「這什麼？」

「小驚喜，」史蒂芬說道，「表達我的謝忱。我明白您不會隨便將人手交給別人差遣，所以要是您願意接受我的提案，我就會奉上我提前準備的一點小小體驗。」

「裡面有什麼？」

「我覺得還是由您自己去探索比較好，」史蒂芬說道，「我只能建議最好是睡前服用，可以讓感受更加強烈。」

「有意思，」老闆說道，「我今晚就會一試。告訴外頭那個誰啊，就說我答應你可以隨便挑三個人，黃色等級安全許可，他懂我在說什麼。」

他拿起遙控器，按下按鍵，示意這段對話已經結束。

史蒂芬緩緩走出家庭劇院，關上了門。

他不敢偷笑，但他知道裡面那個人一定禁不起誘惑，晚上就會嚐那一瓶酒。他很想要待在那裡，但太危險了。他心中看到對方喝完之後躺在床上的畫面，等待體驗在心中成形。不過，這一次，酒瓶內並沒有體驗，什麼都沒有。裡面只有在一開始的時候引發微寒，然後是胸痛的某種物質。整個過程不超過四秒鐘，而且最後判定的死因將會是一般的心臟驟停。合理推斷應該是到早上才會發現屍體。沒有任何體驗，只有毒藥。

「我得要找維安組長說話，」他對外頭的警衛說道，「我得到了黃色等級安全許可的授權，要找三個人。」

一開始的時候，他曾經考慮也要把某種體驗放入那個酒瓶當中。站在鏡前，說出某些在飲酒者心臟停止之前在他腦海中不斷迴盪的話，一句講得清清楚楚的短句，他找到了當初是誰雇用那對夫妻前往瑞士狙殺他，發現他的老闆有殺害自己體驗員的習慣，彷彿把他們當成了金字塔裡的奴隸，而不願意好好放人。不過，他一直不喜歡製造無謂的痛苦。

到頭來，他還是在執行自己的任務，他心想，這也沒什麼特殊之處。你付了我兩年半的錢，讓我毒害你的靈魂，而我現在的所作所為只是讓你的體驗更多樣化，順便毒害你的身體。

警衛對著迷你麥克風低聲講了幾個字音，等待回應。

他告訴史蒂芬，「跟我過來。」

史蒂芬乖乖照做。

26

「好，我想現在已經接近午夜，」班恩說道，「我們準備行動吧？」

他們坐在停放在博物館對面的車內已經長達半小時之久，幾乎都沒說話。歐絲娜特嚼的口香糖早就失去了香味，她整個人往後靠，閉目養神。班恩則坐在駕駛座，盯著人流，在腦中盤算各種可能的劇本。

歐絲娜特睜眼，「好。」

他們下車，盡量壓低聲音關車門。

街頭並不寂寞。不時仍有車行而過，一直見到三三兩兩的人群。不過，博物館入口的廣場空無一人。

左側的圖書館當然已經關閉，一長排幽暗階梯空荒無人。入口處電子螢幕有紅字在閃爍，公告即將到來的讀書會與某齣兒童劇要延到下一次的學校假期。

上頭的博物館也關了門，但入口處大亮，宛若遙遠的應許之地。廣場有沉靜的金屬巨型雕塑作為點綴，四處可見栽植在高大方形石盆裡的紅葉樹木。

班恩與歐絲娜特穿越樹木與雕像走向博物館。班恩心想，要是兩天前有人告訴我在接下來的四十八小時之中得做這件事，我一定不知道對方到底在說什麼東西。他們所得到的指示是要按對講機三次，然後等待「某人」開門。進去之後，他們要打電話給館長，拿到進一步的指示。

「特拉維夫的夜晚氣氛很獨特吧？」

聽到這句話，班恩與歐絲娜特立刻轉頭。史蒂芬站在他們後面，雙手插在口袋裡，臉上露出得意微笑。他們迅速張望四周，顯然他剛才一直躲在某座雕像後頭，因為還有三個身穿黑西裝的人從其他雕像後頭冒出來，現在已經將他們兩人團團圍住。

班恩偷偷打量狀況，這四人組距離他們不過兩公尺而已。他後頭的那棵樹擋住了街頭行人的視線，不過，要是這裡出現了什麼動靜，一定會引發關注。歐絲娜特挨近班恩身邊，史蒂芬現在笑得更燦爛了。

史蒂芬語氣平靜說道：「我們可以速戰速決，或是來一場持久戰。」

班恩迅速移動，一對四很難，幾乎是不可能的任務。現實狀況與電影根本不一樣，他們才不會輪流發動攻擊，一個一個來。

他先痛毆最靠近自己的那一個，朝對方胸膛與脖子出拳，然後轉為自衛姿態，防止第二人的攻擊，但他卻愣住了。

他剛才攻擊的魁梧男子已經倒地，口吐白沫，但其他兩個動也不動。而他誤以為會展開攻擊的男子卻雙臂交叉胸前，而第三名男子現在已經挨到歐絲娜特的身邊，拿了一把巨大的槍，抵住她的太陽穴。

「所以是持久戰嘍，我明白了，」史蒂芬說道，「真是遺憾。」他彎身，幫忙倒地的西裝男起身。班恩評估自己與持槍男之間的距離，他辦不到。

「我希望你要搞清楚狀況，」史蒂芬說道，「一個失誤動作，你女友的腦袋就會吃子彈，死於……你叫什麼名字來著？」他詢問持槍男。

那名西裝男回道：「澤拉。」

「澤……真的假的？哇，」史蒂芬問道，「那你的姓氏呢？波里提克喬夫斯基？」

「不是，我姓——」

「不重要，真的不重要，」史蒂芬不耐大手一揮，「子彈迅速射入腦袋，她死於——哦原來——是澤拉之手。」

他靠近班恩，臉湊過去，班恩連他的皮膚毛孔也看得一清二楚。史蒂芬咆哮，「不然就是射中你的膝蓋！」

「妳也是，」史蒂芬繼續說道，打量他們旁邊的歐絲娜特，宛若把她當成獵物，「妳的膝蓋也會遭殃，你們兩個都一樣。」

班恩與歐絲娜特跪在地上，肩並著肩。他們背對博物館，雙手貼地，臉孔面向史蒂芬與他後方的紅葉樹。澤拉的槍依然對著歐絲娜特，而剛才被班恩擊倒的那名男子已經拿出武器對準班恩的頭。第三名粗漢站在兩人中間，雙臂交疊，散發暴戾之氣。

「所以看來凡杜爾的確是想要保護某些東西，」史蒂芬說道，「也不知道為什麼，我覺得這就是我在尋找的目標。」

他蹲下來，盯著班恩的雙眼，「我的雞尾酒在哪裡？」

「我們一直沒有找到雞尾酒，」班恩說道，「我們來這裡是為了找人諮詢。」

史蒂芬說：「少來了！」

「就連到底有沒有雞尾酒都很難說。」

「有啊，當然有。」史蒂芬冷笑，起身，活動了一下筋骨，猛踢班恩的臉，害他整個人趴地哀號。

「你們來這裡是為了找人諮詢！」史蒂芬踢班恩的腹部，「怎樣？你們的顧問是沒有電話嗎？」

他抓起這個口吐白沫年輕人的衣領，把他抬離地面。「你之前把我惹得很毛，你知道吧？」他語氣柔和，「等到這整起事件結束之後，我就不會對你這麼好了。現在，我人很好，這裡，現在所發生的一切，很好。之後——就不會那麼好。」他狂揍班恩的下巴，班恩的頭不斷左搖右晃。

「你接下來會痛苦萬分，」史蒂芬告訴班恩，「不過，等到他們找到你的時候，不會有人知道你承受苦痛的程度。我們會把它搞得像是意外，大家會憐憫你，同時也覺得奇怪你怎麼會犯蠢到這種地步陷入害自己喪命的那種事件。別擔心，我一定會想出來的，我是製造意外的高手。」

歐絲娜特緩緩抬頭，多條思緒突然在她心中匯流歸位，「你就是殺死所有體驗員的兇手，」她說道，「那些意外、失蹤案，全都是你幹的。」

「我記得我沒允許妳開口說話吧。」不過，他的雙眼炯炯有光。

「把他拖起來。」史蒂芬吩咐那個雙臂交疊胸前的壯男，對方走到班恩後方，手臂穿過胳肢窩下方將他抱起，這種姿勢讓班恩幾乎是動彈不得。史蒂芬伸出雙手，對班恩搜身，過了幾秒鐘之後，他以勝利的姿態往後退了一步，手裡握了一個小金屬瓶。

班恩又被迫跪下，槍口再次對準他的頭，而史蒂芬則是趁此時，憑藉流瀉到廣場的光仔細研究那個瓶子。是隨身保溫瓶，式樣簡單，總共是兩百毫升左右。史蒂芬打開瓶口，把酒瓶湊到鼻前。

「現在，讓我解釋一下這場每日課程的重點，」史蒂芬說道，「只要在前線工作待得夠久，就會學到辨識各種事物。雖然多年來除了工作需求之外，我根本不喝酒，但我可以幾乎百分百確定這裡至少有四種不一樣的威士忌，而且顯然還有一種白蘭地。要是我繼續坐在這裡聞半小時，那麼我還可以告訴你裡面各個成分的種類與精確含量。不過，重點其實根本不複雜。在我們這個保溫杯裡面的東西，可能無法符合我所說出名稱的嚴格定義，但我想不出更好的詞彙，我會把它叫做——」他的臉湊到班恩的面前，「——雞尾酒。」

他站得直挺，再次嗅聞打開的瓶口。

「好，」他說道，「非常好。」

「喂！」後頭傳出人聲，「那是怎麼回事？」

某個路人，戴灰帽的老人家，注意到他們。年輕男女跪在博物館的廣場，而且一旁都有人拿槍對準他們的頭，絕對不是什麼日常風景。史蒂芬轉身面向老人，持槍的那隻手也一氣呵成，直接指向那位擔憂老百姓的臉龐。

「我們很好啊，」他微笑回道，「你呢？」

那個戴帽的男人雖然站得遠，但也看得出狀況不對勁。

他舉起雙手，擺出防衛姿態，低聲道歉，倉皇踉蹌離開。

史蒂芬又轉身，槍口回歸原位。

「好，現在我們時間緊迫，」他說道，「這傢伙可能去報警，我們不會想要和警察有牽扯。我不喜歡殺警察，他們是有仇必報的那種人。而且我想站在這裡的波里提克喬夫斯基老先生應該是有一兩項前科。」

「好，那我們就不要浪費時間，乾杯！」他把保溫瓶貼住自己的雙唇。班恩、歐絲娜特，還有其他三名肌肉男默默盯著他吞下一口、兩口、三口，繼續喝下去。

他的嘴離開了瓶口，一臉喜孜孜看著他們。

效果應該是立刻發作。

「老實說，超難喝的東西，」他說道，「這種混合比例完全沒有任何道理，簡直像是喝下汽油與阿摩尼亞的混合溶液。噁心，但一定很值得，對不對？」

班恩默默盯著對方，他呼吸徐緩，閉上雙眼許久，一直沒有張開。

「好，你們不需要回答。」史蒂芬拿起保溫瓶，又喝了一次。

他望著面前的那五個人。

這畫面好傷悲。

那兩個年輕人跪在地上，肩並肩，槍口對準他們的後腦勺，他們的雙眼盯著他的一舉一動。他仔細凝望澤拉對準歐絲娜特頭部的那把槍。很好的手槍，穩定性高，六發子彈的左輪手槍。雖然有點年紀了，但保養得很好。它讓他聯想到那場賽跑的起跑槍響，老實說，不是什麼令人愉快的回憶。四年的訓練，足足四年，最後，他遇到第三個跨欄的時候算錯了時間，落到最後一名，好痛苦。

不過，現在不是回憶這種過往的時候。雞尾酒的功效應該差不多在這時候要發作了，我們要努力把重點放在與統治、領導相關的事務，也許是戰役，想必一定可以從戰場上學到某些戰術。

不過，唯一能讓他不費吹灰之力想起的那一場戰爭十分嘈雜，而且還有他寧可不知道是什麼的焦味。頭盔尺寸不合，他拚命跑，一直跑，想要到達掩護地點，身旁的泥地一直爆開，他沒想到聲響居然會這麼震耳欲聾，他還暫時失去聽力，耳畔轉為長嗶聲，然後又轉為恐怖的靜默，就在此刻看到他朋友被拋飛空中。很熱，超過了他所能夠承受的熱度，而卡在他喉嚨裡的那股恐懼讓他覺得很難堪，看到自己最好朋友的屍塊散落在幾公尺之外，但他卻沒有任何舉動。他們要輸了，他們要輸了，他只能留在這裡，等待他們把他抓走。

還有，那五人組正在打量他。

七號男，拿槍對著班恩的那一個，瞇起雙眼。

「老大，一切還好吧？」

他看到七號男的肌肉在西裝裡顫動，要掩藏那麼大塊的肌肉並不容易，中學時經常痛扁他的那個人也有那一種肌肉。「金髮女孩」，他們老是這麼喊他，他想要反抗，但只是讓他們更加鼓譟。每隔兩個禮拜，就會有人出口提議，然後他就會在某一堂下課的時候被拖進體育館後面。有人抽菸看好戲，還有的直接就是一陣猛捶。他們會刻意避開難以掩藏的人體部位，哈哈大笑，對他飆髒話。有時候他們會帶鈴鐺來，佯裝這是一場職業拳擊賽，還有人演戲下注啊什麼的。而他想要回擊，反抗的結果都只是自取其辱。有時候，他們百無聊賴，會設下全新挑戰。在他屁股後面塞鞭炮，或是對他潑灑汽油之後揚言要點火燒他，不然就是拿足球朝他猛踢，打中胯下部位的分數加倍。

七號男現在面露焦慮表情，「老大？」

他靠過去，想要知道史蒂芬為什麼沒有反應，而且，握槍的那隻手，也不知不覺變得微垂。史蒂芬知道現在是怎麼回事。他差點就要對七號男大吼大叫，媽的你以為你在幹什麼啊？但是他卻無法發聲。但就算能講話又怎麼樣？班恩動作超快，而且是全力攻擊。那女孩宛若旁觀者一樣，當指著她的那把槍與持槍者一起被拋向空中的時候，她閉上了雙眼。

他想起來了，自己老是被女人甩，而且方式總是十分決絕，總是讓他顏面盡失，在大庭廣眾面前難堪，經常是在別的男人車內與對方打得火熱之後才與他分手。

她們把他從自己生活中揮趕出去的那種方式，宛若拍去沾在衣服上的麵包屑一樣。草草結束的電話，終於得到自由的解放笑聲。你這種貨色配不上我，拜託，你真以為我們玩真的啊，怎麼可能會跟你生活在一起，哦我的天啊，你不知道他帶給我什麼感覺，就像你永遠辦不到一樣。她們成群結隊流過他的思緒，她們的臉孔、髮型、雙眸，咯咯笑不停的輕蔑臉龐，他看不起自己。

現在，他面前有個女孩跪地，三個身材魁梧西裝男全被擊倒臥地，還有個眼神激動充滿怒火的男人。

史蒂芬的內心深處終於知道是怎麼回事了。他覺得自己不斷下沉，失去了對眼前事物的興趣。所為何來？一切都行不通，挫敗：這是他人生不斷循環的基調，他很熟悉這些過往。這裡出了狀況，他被耍了。

他剛剛喝下的，並不是勝利。

現在，班恩的臉湊了過來。

「來啊，」他開口說道，「怎麼不多喝一點？」

然後，史蒂芬伸手，拿起那個保溫瓶，碰到了自己的雙唇。史蒂芬想要大叫，但是他內心的某一區塊早已習慣逆來順受。他感受到酒液流入他的喉嚨，肺部難受，他開始猛咳。手中的保溫瓶掉下去，撞到了博物館廣場的石材地面，發出了哐啷聲響。剩下的酒慢慢滴出去，成了石頭地板隙縫之間的涓流。史蒂芬站在那裡，咳嗽，拚命想要吸氣，而班恩站在他的面前，以兇狠目光死盯著他。

白痴，大白痴，你在想什麼？

你沒辦法，你什麼都做不了。

只要是你碰過的一切都會潰爛。回首過往，看看你自己的履歷表，你從事的每一項計畫都慘烈收場，每一段戀愛都是建立在謊言之上。

無論你多麼拚命、多麼認真摸索、灌注了多少心血，不重要——你總是失敗，你是魯蛇，所以幹嘛要努力嘗試？

班恩輕推他一下，根本沒用力，而史蒂芬立刻往後倒，頭撞到了石地。

班恩速度徐緩，一步步朝他接近，然後坐在他的胸口，大腿將史蒂芬的雙臂壓制在地面。

「好，感覺怎麼樣？」班恩問道，「嗯？怎麼樣？」

他抓住史蒂芬的臉，微微抬高，史蒂芬一臉麻木盯著他。

「一切徒勞無功是什麼感覺？」班恩輕聲細語，「突然之間，一切都不再唾手可得了，是不是？淪落到跟我們一樣了，有什麼感想？嗯？」

班恩充滿嫌惡，又把史蒂芬的頭往後撞，碰到石板時發出了一聲悶響。

「怎樣？」他大吼，「感覺如何？很痛對不對？」

他舉起右拳，凝結在空中，準備發動火力攻擊，然後，開始狠捶史蒂芬的臉，「怎麼樣？」

接下來是左拳，「這樣呢？」

史蒂芬躺在他下面，動也不動，沒有任何抵抗。他的頰骨不斷抽痛，但他根本懶得回擊與開口。

右手——「這樣呢？」——左手——「還有這個？痛不痛？」——右邊——「講話啊？」——左——右——左。

抵抗沒有意義，我天生就是如此。打我吧，讓我死了，我連自我了斷都辦不到。吞藥我不行，上基本戰訓的時候帶步槍進廁所對準自己也不行，也不可能從倫敦橋跳下去，我連自殺都沒辦法。

但這不是我，史蒂芬的內心某處發出吶喊，怎麼會出這種事！這一切我從來沒遇過！那不是我！趕快抵抗！想一想別的事！想辦法分辨自己真正做過的事與從來沒做過的事！

他的心中不斷閃現各種畫面。使出鎖頭功扣住他不放的那個金髮男孩對他叫囂，最好掂掂自己的斤兩，千萬不要告訴別人他們考試集體作弊的事；他沒辦法戒掉賭博時而倒閉的事業；女兒困在被火吞噬的家中，在煙塵瀰漫紗門背後逐漸模糊的臉龐，他只能無助大叫她的名字；當他躺在廢棄避難處，手臂纏著橡膠管、針頭插在血管裡的時候，老鼠們在身旁亂竄；他的老婆在另一個房間尖叫，而他依然躲在餐桌底下，整個人蜷曲成胎兒姿態，沒有辦法起身面對她的攻擊。

他覺得自己的靈魂被掏空了。就像是在千百萬觀眾面前的拳王錦標賽，他被對手擊倒之後，還沒有碰觸到地面帆布的那十億分之一秒當中所產生的體悟，那種挫敗將會永遠深植在他的心中。

班恩氣喘吁吁，他想要靠著自己的拳頭掩飾自己內心的某種反應。右手——「現在怎麼樣？不是很愛嘲笑別人嗎？」——左邊——「現在呢？」

歐絲娜特大叫，「班恩！」

「你敢不理我？」班恩怒吼，又出右拳，「有膽試試看！」

「班恩！」

「你現在怎麼樣？」

「班恩！！！」歐絲娜特大吼，趕緊抓住他的手，以免他再次落拳，「夠了。」

「我……我……」

「你是怎麼了？」她抓住他，「你是怎麼回事，這樣就夠了。」

她拉開壓制在史蒂芬身上的班恩，把他帶到一旁。史蒂芬躺在地上，目光朝天，整張臉幾乎全毀，但這樣的痛苦與其他的衝擊相比，也不算什麼了。

「你是怎麼了？」她抓住班恩的肩膀，「出了什麼事？」

「他們為什麼不喜歡我？」他聲音哽咽，「為什麼他們總是認為我不配他們多看一眼？」

「什麼？出了什麼事？」

現在他在低聲哭泣，他自己不知道的某部分自我正在消融，找尋出口。

「妳看看他，那就是以前的我，」他終於開口，「妳看看他，妳知道那是什麼意思嗎？」

歐絲娜特的目光立刻飄向史蒂芬，他躺在地上，因為自我覺醒的煩憂而氣喘吁吁。「我懂，部分而已，看來我永遠無法了解全貌。但我能夠明瞭的是，我明瞭的是，」她繼續說道，「儘管如此，但這種憤怒……深呼吸，放輕鬆，沒有必要。」

班恩沒有回應。

「班恩，聽我說，」歐絲娜特告訴他，「不要這樣，千萬不要太過頭。我們只需要讓他出局就是了，確保他再也不會構成妨礙，再也不會傷害任何人。就這樣，我們辦到了。我們混合的雞尾酒，其實是你的構想，的確很成功。他已經不行了，將會有很長一段時間沒辦法傷害任何人，也許他之後可以克服，但也是許久之後的事了。不過，你千萬不要耍笨，我現在萬萬不想要看到你變成這樣。」

他深呼吸。

「我想要和大家一樣，」他語氣平靜，「我只是想要和大家一樣。」

「沒有人會跟別人一樣，沒有這種事，『每一個人』都是某種創作品。」

他再次深呼吸，揚起目光望著她。

她問道：「還好嗎？」

他點點頭。

「不，回答我，講話，你還好嗎？冷靜下來沒有？」

「我很好，」班恩溫柔回道，「謝謝妳，我很好。」

他抬頭，望著聚集在四周的那些人。附近聚集了一排經過的路人，他們的目光驚嚇又好奇，瞪大雙眼盯著眼前的場景。

他低聲問道：「妳現在看到的人，是真正的我嗎？」

他閉上雙眼，深呼吸，然後睜眼，直視歐絲娜特的臉龐。

「你回神了嗎？」她問道，「和我在一起的是你嗎？」

「對。」

「百分百的你？」

「百分百的我。」

「好極了，」歐絲娜特說道，「我們趕快閃人，因為警察幾秒之後就會出現了。」

他吐了一口氣，「我們走吧。」

「太好了，」歐絲娜特回他，「只不過，我得先要……」

她走到史蒂芬身邊，蹲下來，「我還是覺得你不會是這麼卑劣的人，」她低聲說道，「但我已經走出來了，我的心裡已經沒有你了。」

她起身說道：「現在我們趕快離開這裡吧？」

班恩轉頭，史蒂芬的目光緊追不捨。班恩心想，抱歉。史蒂芬眼睛眨了好幾下。

班恩說道：「我們趕快離開吧。」

他們拔腿狂奔。

史蒂芬躺在地上，浸溺在自己的失敗之中，所有的失敗經驗。

他努力移動雙手，小心翼翼，想要起身。

他好不容易轉為側躺姿勢，縮腿，終於站了起來。他告訴自己，回想你自己的成功經驗，想一想你所有的豐功偉業。回想你擁有的一切，你曾經贏得與征服的所有。

他聽到周邊傳來竊竊私語，四周都是人，他得要逃離現場，盡快。

他一步一步往前走，漸漸拉開了與那三個奄奄一息小嘍囉的距離，他必須迅速離開這裡。

回想那些成功經驗。

要記得自己內心的一切勇猛堅強。

你從來不曾被擊倒。

其實你並沒有發生那種事，是他們對你動了手腳，真的沒有。他又往前走了幾步，然後，宛若陷入舊夢一樣，他掏出手槍，開始四處亂揮。他周邊的人四散退縮，他繼續往前走，拖著腳步，離開了人行道，進入馬路。

他想要盡快走到另一頭，但是他的雙腳卻沒有反應。他覺得自己被沮喪感重重包圍，絕望麻痹他的感官。他很清楚，這就是喝下它之後的反應，他真希望自己可以有一小時的時間能夠恢復過來。

他聽到車子衝過來的聲音，也好不容易轉頭，看到了車子。車行速度太快，裡面的那名驚恐駕駛來不及踩煞車。

要是你想不起任何的成功經驗，最起碼，不要繼續浸淫在他人的失敗，好歹也該陷溺在能確定是自己的失敗之中。

你沒辦法保護她。

你沒辦法留住她。

你應該要覺得慚愧。

你放棄了你擁有的唯一，她消失之後，你背叛了她。

車子撞上他，那股痛苦終於超越了所有其他的痛楚，他發覺自己在騰空。你失敗了，你應該要好好照顧她，應該要保護她，而你……

他覺得自己的身體在飄飛。這是你自己的失敗，而其他的都是你吸收的他人失敗，不過，這卻是唯一的關鍵失敗。

經過了漫長又迷離的空飄過程，他摔落在地，終於發覺放在他外套內側口袋的注射劑被他的胸膛壓碎了，妳凝望我的雙眼，我說出「我覺得妳把我從我的自我之中救了出來」的汁滴滲入他的襯衫，就此永遠消逝，然後，他的頭撞到柏油路面，周邊的一切崩解碎爛。

許久之後，當他再次睜開雙眼，他會看到某個醫生低身挨向他。

那人會對他說些有關頭部傷勢、從昏迷狀態甦醒、找不到身分證件的事，然後又說出這間醫院的名稱、他住院住了多久，以及他抵院時的一切。

在他的心中，他會不斷奔跑，迷失，打開好幾道門之後，發現只有空蕩蕩櫃架的房間，而當他眼前那個人暫時停止說話的那一刻，他會開口問道：「我是誰？」

27

好，聽我說，不需要繼續看下去。

沒有雞尾酒，沒有類似雞尾酒啊什麼的東西。

我的意思並非沃爾夫從來不曾有過任何突破，知道嗎？要是我告訴你這男人發明了哪些東西，你的腦袋一定會爆炸，但他從來沒有找到什麼古老的雞尾酒。至少，史蒂芬那一點是搞錯了。

就算這裡有什麼雞尾酒好了，我建議你還是不要碰，史蒂芬正在等著你。他知道你要去博物館存放「某些重要的品項」。

對，你當然可以靠我們自己「創造雞尾酒」，把各種酒混在一起，營造綜合體驗。不論是基於什麼理由，如果你真的想做的話，就去吧（咳咳），然後，也許你應該要看一下N排二十二區那個鎖住的櫃子。

首先，你必須拿到鑰匙，就在入口附近的那個小櫃裡面。對，像盒子的那個。

裡面裝滿了小瓶子，我知道，但底下有好幾個鑰匙圈，你要拿紫色的那一個。

進入N排二十二區，慢慢走過去，不要急。

你走著走著就會看到右側某個被木門鎖住的櫃架。
拿出你從辦公區那裡取得的鑰匙，打開它們。

就這樣。

對，不客氣。

28

凡杜爾說道：「你開出那種數字叫我付錢，門都沒有。」

把鉛筆塞在耳後的那名男子表情沮喪，「又不能只靠木片蓋住啊！」他說道，「我必須全部重弄，妳的地基都受損了，不只是周邊而已。」

「全部？你聽聽你自己講這什麼話？」

「可是妳自己看看這裡毀損成什麼樣子！妳看看嘛！」

「老弟，我得付錢換牆壁，還得要買桌椅，而且我們都還沒提地板呢。還有，你別向我推銷拼花地板，想都別想。」

「有人朝這裡丟手榴彈是我的錯嗎？」他聳肩，「拜託，妳理性一點好嗎？」

「你是不是沒注意到這地方叫什麼名字來著？反正我表明立場，兩個選擇，要不就拆了這地方，不然就給我修好少廢話。」

班恩與歐絲娜特坐在角落的某個桌位，一直在聽他們的對話。

歐絲娜特說道：「他好像快哭出來了。」

班恩問道：「他們討論多久了？有半個小時嗎？」

「凡杜爾的習慣就是把工人逼瘋，除非接受她所開的條件，不然絕不善罷甘休，」歐絲娜特說道，「你真該看看她以前是怎麼對待空調維修師傅的。這傢伙很幸運，她今天心情很好。」

早晨市聲傳了進來。他們之間放了兩杯水，這算是某種默契，目前，喝一氧化二氫就好。

「昨晚謝謝妳，」班恩說道，「幸好有妳攔阻我，不然我就會完全失控。」

「不客氣，」歐絲娜特回他，「大家都會遇到那樣的時刻。」

兩人又安靜了好一會兒。

「你有沒有看到他的眼神？」歐絲娜特問道，「他完了。沃爾夫知道他想要幹什麼，所以把那些體驗藏得很好。都是很猛的東西，真不知道他萬一得手的話會怎麼處理。」

「到最後，他一定會，」班恩說道，「尤其是像他那種人。不過，我想這次將會讓他退場好一陣子。對於凡杜爾整理底下那些東西，這段時間是綽綽有餘。」

「她打算怎麼辦？」

「她想要清查這整座寶庫，造冊，然後把最重要的品項送進博物館保存，剩下的就留在那裡，鎖好。」

「她完全不打算出售嗎？」

「我想是沒有。她說這是一種要傳遞下去的資產。我們回來之後，她整個人就變得很多愁善感。」

「不知道她會在底下找出什麼，沃爾夫可能早就已經發明了其他各式各樣的古怪產品。」

「是啊，」班恩回道，「不過，我覺得那些沃爾夫主導的雞尾酒與其他奇怪實驗的傳言是言過其實了。他主要還是收藏家，但也許底下有些小小的珍奇異寶。她問我要不要在那個檔案庫裡面工作，可以讓我的圖書館館員技能發揮所長，編目，同時開辦新的訓練課程，利用我們在底下找到的那一套酒瓶，向新的體驗員展示如何完成任務……」

歐絲娜特問道：「那你怎麼說？」

班恩癟嘴，「我不知道，我現在很掙扎。過去幾天的經歷太不尋常了，我覺得自己歷經了一場痛苦折磨，我甚至連該把它叫做什麼都不知道，也不明白要怎麼認定自我。妳呢？打算做什麼？還是跟以前一樣繼續在這裡工作嗎？」

「我不知道。」

班恩說道：「也許我們需要一點建議。」

歐絲娜特微笑，「也許哦。」

他們瞄了一眼放在桌邊的書。

歐絲娜特問道：「由誰打開呢？我還是你？」

班恩回她，「我覺得不重要。」

歐絲娜特伸手，拿起了書，「好吧，」她說道，「我們就看看接下來我們該怎麼辦。」

她隨便亂翻翻，然後把書打開，盯著頁面，又把它轉向，面對班恩，讓他看個清楚。頁面一片空白。

班恩微笑，伸手拿自己的水杯。歐絲娜特闔上了書，把它放回原處。她伸出手指，撫摸杯身。

「我想我應該會旅行一陣子，」她終於開口，若有所思，「我想要體驗更多的事物，認識更多的人。不過，是真正的人與體驗，而不是來自酒瓶裡。耗費時間與氣力，專屬於我自己的那種旅行，我必須要感受各種體驗，讓自己稍微沉浸其中。」

她抬頭望著班恩，「你呢？」

「我不知道，」他說道，「也許會找份新工作。當然，絕對不會繼續以寫括弧為生了，這一點我很確定。」

凡杜爾走過去問道：「你們都還好吧？」

他們都點頭微笑。

「確定什麼都不要嗎？烤起司？檸檬水？保證可口。」

「不用麻煩了，謝謝，」歐絲娜特說道，「白開水就可以了。」

凡杜爾聳肩，「好吧，隨便嘍。」

「對了，」班恩突然開口，「也許妳會想留下我的這本書吧？」

凡杜爾指向桌上的那本書，「你的指引？」

「對，」班恩說道，「要不要？留著吧，把它放到樓下的書櫃，那個防空洞。」

「地下室。」

「好啦，地下室。」他微笑，把那本書遞給她。

凡杜爾接下了書，以各種角度仔細觀看。

「很好。」她終於開口，隨即轉身離去。

歐絲娜特靜靜等待，然後對班恩微笑，舉杯。

她問道：「我們要敬什麼？」

班恩放下沉思，精神一振，「好問題，」他說道，「敬真正的體驗？」

「敬可能的改變？」

「敬『無酒吧』？」

「敬書中的空白頁？」

班恩微笑，舉杯，「敬各式各樣的可能性。」

歐絲娜特回道：「好，那就敬可能性。」

班恩欣然同意，「敬可能性。」

兩人舉杯互碰。

29

某個夜晚與處所。

夜晚與處所。

整座城市裡到處都有人開酒，各式各樣的酒瓶。情侶、一群朋友、獨行客，還有完全不認識的陌生人拿著各種大小的酒杯互相碰觸，喝個一兩口，故事聊不完。

關於那個的那段時光，還有關於那個的那段時光……

在某間燈光透亮的地下室，城市的某個角落，興奮的年輕人圍圈而坐。他們面前放了一個小杯，而中間那名女子告訴他們，喝下之後就會開始上課。

樓上，也就是酒吧裡面，更大的酒杯裡裝滿了酒。

整座城市，整個世界，到處都有人在啜飲，狂飲，對著身旁的人吐露心事。

有人哈哈大笑，

有人專心聆聽，

有人說話。

記得是怎麼回事，
記得是哪個時候，
想必你曾經聽說，
我有沒有告訴你發生了什麼，
不會吧，真是太美妙了，
　　我記得，
　　　　真是太美妙了。

30

好，你覺得怎麼樣？

沒關係，不需要回答，根本也不用嘴硬了。我們在咖啡館見面，小聊了一會兒之後，我就知道你一定會讓我用你的名字出版這本書。你會過了一段時間之後才重拾一讀，但既然現在你（幾乎）已經快要看完了，我想你會欣然同意。

拜託，不要假裝嚇一跳。現在不需要我費事了吧？還得叫我描述你坐在哪裡？正在做什麼之類的事？你現在已經懂了。

好，首先，謝謝。

你打算出版這本書，我真的很開心。

我知道當你看到班恩喝下威士忌準備一戰的時候，你覺得有點太扯了，不過，我很開心你改變了心意，我，就我的角度來說，我不會再煩你了，你可以大方告訴別人這是你的作品。

我只需要再請你幫個最後一點小忙。

有一件小事我沒有處理好，我需要你幫我搞定。別擔心，不需要讓你寫一堆東西或想破頭。

我知道這本書出版之前還有一堆流程，編輯啊封面設計什麼的。我要說的不是這件事。我說的是等到這本書出版之後，必須採取的某項行動。

六個禮拜之後，它就會出現在書店，我要你代我去某個定點。

我需要你穿深色的衣服，到底是怎麼樣的衣服不重要。但是你必須要穿黑色長大衣，蓋住裡面的衣服，還要戴棒球帽，深藍色，你有一頂類似的帽子。

前往我們那天早上相遇的書店，你知道我說的是哪一家，對，就是那裡。

但不要進去。傍晚的時候站在對街，只要盯著書店。

之後，你會看到一個年輕人走進去，四處張望，然後走向我的那一疊書，我的意思是，你的書。他會拿起來，看書封的後面，然後又從櫥窗往外看，他會盯著你，你回瞪他就是了。

千萬不要笑！只需要看著他。

等到他買了書之後，尾隨他回家。保持安全距離，不要太近，這樣才不會打草驚蛇。他要是根本沒看到你，這樣最好，盡可能保持警戒，知道吧？

等到他回家之後，我要你再次站在馬路上等一會兒。這一次，直接站在他家外面，他家的窗戶是二樓從右邊數來的第二扇窗子。只需要站在那裡一會兒就好，我看就二十分鐘吧，最多——半小時。

然後回家，就這樣。

我想你已經明白了我的話。

謝謝，我真的十分感恩。

終曲

「裡面是什麼？」男孩睜大雙眼，盯著小丑拿的那個白盤子，有三個不同形狀的夾心巧克力，排成了一個漂亮的三角形。

小丑看著他，然後又望向盤子，「哦，好問題，」他說道，「這個，圓圓的這一個，裡面都是榛果奶油，而它旁邊的這一個呢，是純巧克力，但也有一點酥脆口感，而第三個是焦糖。」

那小孩一臉嚴肅盯著他。

小朋友住院十個月了，身體周邊插滿了管線。貼滿迪士尼貼紙的那些灰牆成了他第二個家。他認識這個小丑，而且他知道自己必須問兩次。

「不過，」他壓低聲音，所以不會被別人聽見，「裡面是什麼？」

「哦哦，」小丑把頭湊過去，低聲問道：「真正的裡面？」

「對，真正的裡面。」

「好，是這樣的，」他指向那三顆巧克力，「這裡是我上禮拜去戈蘭高地的旅程，天氣很好，我還看到了一些綿羊。這一個是上禮拜的同區球賽，但我坐在球門後面，因為我沒有拿到好座位的門票。而這一個，是我昨天騎腳踏車的行程，濱海大道的來回行程。」

這個病重的小孩在巧克力之間來回張望，他嘟嘴，一臉專注，馬上就要做出重大決定。

他終於開口，「腳踏車。」

「腳踏車？」小丑溫柔問道，「確定嗎？」

小孩問道：「榛果奶油的那一個對吧？」

「對。」

「那就是腳踏車沒錯。」

班恩用他的紅鼻子聞了一下，「馬上來嘍，一個榛果奶油腳踏車之旅。」

他把盤子遞給那小孩，小朋友拿了他選的夾心巧克力，在放入嘴巴之前，他伸出食指，放在唇上，比出保守秘密的手勢，「噓……！」

班恩也低聲回應，「噓……」

一個小時之後，他回到家裡，臉上依然掛著紅鼻子。

「我的小丑回來了！」她蹦蹦跳跳去迎接他，勾著他的脖子，「我的小可愛今天好嗎？」

「所以我現在是小可愛了？我很好。」他露出微笑，盯著她的雙眼。

她摘掉他的紅鼻子，「這東西礙到我了……」她說完之後開始吻他。

兩人停止接吻之後，她說道：「我喜歡你提早到家。」

他微笑，「我也是。」

他目光低垂，把手擱在她的肚子上面，「這位房客還好嗎？」

「這房客不付房租，而且還有一堆要求，」她握住他的手，「幸好他的租約只剩下兩個月。」

「那是什麼味道？」

她抽回手，走向廚房，「我今天做了一點實驗，」她說道，「我發明了新的夾心巧克力，我們必須要取個名字，決定裡面要加些什麼。」

班恩開始解釦子，「有哪些材料？」

「黑巧克力加櫻桃汁與一些焦糖，一小坨白巧克力漩花當頂飾。」她回身拿了一顆試作品，「把嘴張開！」

他張開嘴巴，她將手作巧克力塞了進去。

「嗯……」他讚道，「嗯……嗯……嗯……」

「還可以嗎？」

「嗯……」

「等一下我們去買材料再多做一點，你說好不好？」

「晚一點再去採買好嗎？」他問道，「妳忘了我們今晚有婚禮？我得要把這張白臉洗乾淨，洗個澡。而且，我不知道婚禮地點在哪裡，我可不想遲到。」

「哦，對，對啊，」她猛拍額頭，「你朋友要結婚，她叫什麼名字來著？」

「歐絲娜特，」他開始脫鞋，「我不想遲到，她是我的好友。」

「一定，一定準時到。她要嫁的人是誰？」

「我其實不認識他，」他說道，「不過，他們相遇的過程很精采。她環遊世界，阿根廷、紐西蘭、歐洲啊什麼的。有一天，她搭火車從西班牙前往法國，有名查票員過來，她聽不懂他說些什麼，她四下張望找人，希望對方能告訴她查票員到底在說什麼，但車廂裡幾乎沒人，只有一個窩在後頭座椅睡覺的男人。所以她把他叫醒，他幫了忙，這才發現兩人以前就認識，他是她以前在酒吧工作時的常客。他住在酒吧對面，但兩人幾乎沒說過話，一年半之後，距離家鄉一千多公里之外的地方，兩人居然在歐洲的某班火車中相遇。」

「想必自此之後就一起旅行吧……」

「沒錯，而且現在快要結婚了。」

「原來良人就一直在她身邊。」

「對啊，很棒的故事，妳說是不是？」

「真的好棒，」她點點頭，「我們還剩下多少時間？」

「哦，我們出發之前嗎？」他說道，「大概半小時吧。」

「好耶，那過來這裡吧，」她牽起他的手，「我想要在沙發上窩一會兒。」

「真的，現在不要，我們會忘記時間，一定會遲到。」她把他拉過去的時候，他柔聲抗議。

「你不可以拒絕孕婦，」她伸出手指對他晃了兩下，「尤其她正好又是你的老闆。」

「妳才不是老闆！我們說好了這是合資事業！」她把他推到沙發上，走向音響，他依然在抗議。

「截至目前為止，發明這些夾心巧克力配方的人是我！」她把CD放入面向她露出的溝槽。

「不重要。」他說。

「很重要。」她坐在他身邊，把頭靠在他肩上，她蜷起雙腳，黏在沙發上面，圓滾滾的身體縮成一團。

背景響起〈昨日〉的歌聲，她好愛披頭四。

他坐在那裡，她的頭依偎著他的肩膀，她的體熱慢慢滲入他的身內。他透過敞開的陽台，看到有隻色彩斑斕的鳥兒在四處跳躍。

他自言自語，「嗯哼……」

她抬頭問道：「怎麼了？」

「沒事，」他微笑，「只是突然之間有似曾相識感。」

「有什麼？」

「似曾相識感。」

「嗯……好，隨便啦。」她又把頭靠在他肩上，依偎得更緊了一點。

他說道：「十分鐘哦，等一下我要去洗澡了。」

「好，好啦，我們聽到了，」她抬頭，溫柔親吻他的小丑臉頰，「好，好啦……」

致謝

每一本書都是為了解碼某種密碼的密碼。

書本是密碼，因為沒有人會以它們當初寫下的那種方式精確解讀。每一個人解析的方式都略有不同，而且讀者的解碼與編碼者的意念絕對不會一樣。不過，對作者來說，書也是在解碼，在他撰寫密碼的過程中，解析的是他內在的某個部分，他未知的部分。

本書歷時十五年才完成，而且從頭到尾將近有十多份草稿與改編版本。過程之所以拖得這麼長，肇因於某個錯誤概念，誤以為有人可以寫出一本被眾人解碼的書，可以隨時隨地與任何人直接對話的書。

不過，十五年之後，我領悟到兩個重點。

第一，我不能以自己的名字出版這本書，為了要讓它順利問世，必須有人願意讓我隱身其後，我在某間小書店找到的某本書，意外讓我找到了那個人，最後接下了這份任務。

第二，你不能寫下與所有人對話的書。我們運用解碼的金鑰，每個人都各不相同。你不能寫出一本與一百人直接對話的書，就連三十個也不可能。

所以，最後我決定要寫一本只給四個人看的書。

就算他們不明瞭，但至少我可以說我盡力了，而且我真心盼望可以觸達他們，顯然，我能接近的讀者數目最多也就是這麼多人了，以上，就是本書最後完成的過程。

本書獻給他們，他們四個人，我銘感在心。

好，謝謝你們。

感謝班恩，在括弧裡寫下的字句數量遠超過我認識的所有人的男子；

感謝歐絲娜特，熱愛滾出飛機玩高空跳傘以及英倫音樂的酒窩酒保；

感謝約夫，慨然同意告訴大家本書是他的著作；

感謝你。

國家圖書館出版品預行編目(CIP)資料

未來生活指南/約夫.布盧姆作 ; 吳宗璘譯. -- 初版. -- 臺北市 : 春天出版國際文化有限公司, 2022.09
面 ; 公分. -- (D小說 ; 37)
譯自 : The Guide to the Coming Days
ISBN 978-957-741-566-0(平裝)

864.357　　111010627

D小說 37

未來生活指南

The Guide to the Coming Days

作　　者　約夫・布盧姆
譯　　者　吳宗璘
總 編 輯　莊宜勳
主　　編　鍾靈
出 版 者　春天出版國際文化有限公司
地　　址　台北市大安區忠孝東路四段303號4樓之1
電　　話　02-7733-4070
傳　　眞　02-7733-4069
E－mail　frank.spring@msa.hinet.net
網　　址　http://www.bookspring.com.tw
部 落 格　http://blog.pixnet.net/bookspring
郵政帳號　19705538
戶　　名　春天出版國際文化有限公司
法律顧問　蕭顯忠律師事務所
出版日期　二〇二二年九月初版
定　　價　420元

總 經 銷　楨德圖書事業有限公司
地　　址　新北市新店區中興路二段196號8樓
電　　話　02-8919-3186
傳　　眞　02-8914-5524
香港總代理　一代匯集
地　　址　九龍旺角塘尾道64號 龍駒企業大廈10 B&D室
電　　話　852-2783-8102
傳　　眞　852-2396-0050

ISBN 978-957-741-566-0　Printed in Taiwan